ハヤカワ文庫FT
〈FT419〉

虐げられしテクラ

スティーヴン・ブルースト
金子　司訳

早川書房
5895

TECKLA

by

Steven Brust

Translated by
Tsukasa Kaneko

First published 2006 in Japan by
HAYAKAWA PUBLISHING, INC.
This book is published in Japan by
arrangement with
JAMES FRENKEL AND ASSOCIATES
through TUTTLE-MORI AGENCY, INC., TOKYO.

循環位《サイクル》

フェニックスは腐敗に沈み
傲慢なるドラゴンは殺戮《さつりく》を望む
ライオーンはうなりて、角《つの》をかまえ
ティアサは夢見て、策《しよう》を生ず
ホークは一段の高みから見おろし
ツァーは足音もなく夜にまぎれる
アイソーラは丁重なる会釈《えしやく》から唐突に打ちかかり
ツァルモスはひっそりと生き延びる
ヴァリスタは壊したかと思うと再建し
ジャレグは腐肉のおこぼれをあさる
寡黙《かもく》なイオリッチは執念ぶかく

狡猾《こうかつ》なクリオーサは罠《わな》を紡《つむ》ぐ
イェンディはとぐろを巻きつつ、ひと知れず襲いかかり
ひきしまった細身のオーカは円を描いて泳ぐ
おびえるテクラは草むらに潜《ひそ》み
ジャガーラはときに応じて色を変える
アシーラは精神のやりとりに秀《ひい》で
フェニックスは灰燼《かいじん》から立ちのぼる

虐げられしテクラ

ここはホワイトクレスト伯爵領、アドリランカ。

ドラゲイラ帝国の都にして最大の都市でもあるこの街は、領地として成り立つためのあらゆる機能を備えているが、ひどく凝縮されてもいる。十七大家内部の些細な小競《こぜ》りあいや、ときには他家との争いごとも、ここではさらに細分化され、そして激しさを増す。ドラゴン貴族は名誉のために争い、イオリッチの貴族は正義のため、ジャレグは金のため、そしてツァー貴族は享楽のために争う。

　騒動の過程で法が破られると、痛手を蒙《こうむ》った側は帝国《おかみ》に訴えるかもしれない。帝国は各家間のやりとりを公平に監視しており、決闘の際の裁きはライオーンにゆだねることになる。その一方で、ジャレグ家の中枢に巣くう組織は違法行為によって運営されている。帝国としては、この内部組織を抑えつけるべく法や慣習を強《し》いることなどしたくもないし、その威力ももたない。それでも、ときにこうした不文律が破られることはある。

　それこそは、おれが仕事にかかるときだ。おれは殺し屋ゆえに。

プロローグ

ウンドーントラ通りを三街区ばかり行ったところに占いの店をみつけた。うちの縄張り《シマ》からは少し離れている。その占い師はティアサ家の青と白の衣服を身にまとっていた。店はパン屋の上階の狭苦しいところにあり、崩れかけた壁のあい間《ま》をうねうねとくねってつづく木の階段をのぼっていくうちに、朽《く》ちかけたドアに達する。店内も似たようなたたずまいだが、これ以上は触れずにおこう。

客はなかったから、そいつが前にして坐っていたテーブルに帝国金貨を二枚ほうり、おれも向きあって椅子に腰をおろした。安っぽい八角形の腰かけで、占い師が坐っているのと同じものだ。そいつは少しばかり歳《とし》をくっている。千五百歳といったところだろうか。

占い師はおれの両肩にのっているジャレグ二匹にちらっと目をやったが、驚いてなどいないふりをすることにきめたらしい。

「〈東方人〉じゃな」とそいつがいいあてた。たいしたもんだ。「そして、ジャレグでもある」こいつは天才だ。「どのようなご用かね？」

「じつはな」とおれは切り出した。「これまで夢見たこともなかったほどの大金が、急に手にはいったんだ。うちのかみさんは城を建ててもらいたがってる。ジャレグ家の高い身分を買うこともできる――今は準男爵だが。それとも、その金で事業の拡大だってできるだろう。そっちを選ぶとなると、そう、ほかのやつと競合する怖れもありそうだ。どれほどひどいものになりそうか？　そいつが聞きたい」

占い師は右肘《ひじ》をテーブルにつき、手のひらに顎をのせておれをじっと見据えたまま、左手の指でテーブルをコツコツと鳴らしていた。おれが何者であるかに気づいたらしい。組織の上層部にあって、肩にジャレグをのせている〈東方人〉など、ほかにどれだけいるというのか。

もっともらしく見えるようたっぷりと時間をかけたうえで、そのティアサはいった。

「おぬしが事業を拡大するとなれば、強大な組織が崩れ落ちよう」

ふむ、おやおや。おれはテーブルごしに身を乗り出し、やつの横面《よこつら》を張りとばしてやった。

《ロウツァがこいつを喰《く》いたいってさ、ボス。いいかい？》

《ことによっては、あとでな、ロイオシュ。じゃまするな》

このティアサには、こういってやった。「おまえが両足をへし折られるさまが見えるぜ。これも何かのお告《つ》げかな？」

占い師は、ユーモアの感覚がどうたらとつぶやきつつ、目を閉じた。三十秒ほどもするうちに、こいつの額から汗が浮きはじめた。やがて、首を横に振ると、青い天鵞絨《ビロード》で包んであった一組の札《カード》を取り出した。カードには、こいつの家柄の紋章がはいっている。おれはうめき声をもらした。〝カード読み〟というやつは大嫌いだ。

《もしかして、シャリバでも一勝負やりたいのかもよ》とロイオシュがいった。ロウツァが精神内で笑うかすかなこだまがおれにも届いた。

占い師が、すまなそうな顔で説明する。「何も浮かばなかったもので」

「わかった、わかった。さっさとやってくれ」

おきまりの儀式がすむと、こいつはカードが明かしてくれた託宣的意味あいをくどくどと説明しはじめた。

「頼むから、答えだけにしてくれ」おれがそういうと、占い師は傷ついたような顔をした。

〈変容の山〉をしばらくじっと見つめたうえで、こいつはいった。「わしの見るかぎりでは、閣下、どうも関係はなさそうですな。あなたがいかに行動しようとも、起こるものは起こりますぞ」

今度もまた、こいつはすまなそうな顔をした。こういう表情をつくる練習を日ごろからしているに違いない。「わしには、それしかいえませんな」

すばらしい。

「わかったよ」おれはいった。「釣りはとっておけ」

冗談のつもりだったが、そいつに伝わったとは思えない。それゆえ、たぶんそいつは、おれがユーモアのかけらもない男だといまだに思っているだろう。
階段をおりてウンドーントラ通りに出た。広い通りの東側には職人の店がずらりと建ち並び、対する西側には小さな民家がまばらに点在するばかりだ。奇妙なほど偏《かたよ》って見えた。うちの事務所までなかばほど戻ったあたりで、ロイオシュが報告してきた。
《誰かが近づいてくるぜ、ボス。用心棒らしい》
おれは片方の手で目にかかった髪を払い、もう一方でマントを調節しなおして、隠してある道具《ぶき》をいくつか確かめた。ロウツァがおれの肩をつかむかぎ爪の力が強まっていたが、彼女をなだめるのはロイオシュにまかせておいた。ロウツァはまだこの商売に慣れていない。
《そいつ一人か、ロイオシュ?》
《それは間違いないよ、ボス》
《よし》
ちょうどそのころ、ジャレグ家の色(参考までにいっておくと、灰色と黒だ)を身にまとった中背のドラゲイラ族が、おれの隣に歩調をあわせてきた。中背のドラゲイラとはいえ、ご存じのとおり、おれより頭一つ半は背が高い。
「ごきげんよう、タルトシュ卿」男はおれの名を正確に発音した。
おれもあいまいにあいさつを返す。そいつは軽めの剣を腰に差しており、おれとのあいだでそれがぶらぶらと揺れていた。そいつのマントは、十もの武器を隠せるほどゆったりとしている。おれのマントは、六十三の武器を隠していた。

男がいった。「わが友人が、あなたの最近のご活躍にお祝いの言葉を申しております」

「礼でもいっておいてくれ」

「その人物は、じつによい近隣に恵まれておりましてね」

「そいつはなによりだ」

「近いうちに、あなたもその人物を訪ねる気になるかもしれませんな」

「かもな」

「ご予定はいかがです？」

「今すぐに？」

「後日でもけっこうですよ。そちらのご都合のよろしいときで」

「どこで話しあえばいい？」

「それも、そちらでご指定ください」

おれはふたたび、あいまいな言葉をもらした。話の展開についていけない方々《かたがた》のために補足しておくと、この男はたった今、自分が組織内のひどく高位の者に仕《つか》えており、その人物がおれに何か頼みごとのある旨《むね》を伝えたのだった。理論上は、どんな頼みごとだってありえようが、個人契約《フリーランス》でおれが請け負うと世間に知られている分野はたった一つしかない。

おれたちはもうしばらく歩きつづけ、無事にうちの縄張りまで戻った。そうして、おれはいった。「よかろう」

ウンドーントラ通りに数フィートほど張り出したある酒場に男をいざなった。このような区画の不統一も、手押し車をあやつる商人たちがこのあたりを毛嫌いする理由の一つになっている。

細長いテーブルの端に空《あ》きをみつけると、おれは相手が反対しかけるより先に、そいつと向きあって坐った。ロイオシュがおれの代わりに店内を見わたしたが、何も警告してはこなかった。

「バジノクと申します」と相手が名のった。店の主人が、かなり上等なワイン一瓶とグラスを二つ持ってくる。

「ふむ」

「わが友人が、自宅の近辺にて、ある〝仕事〟をしてもらいたがっているのです」

おれはうなずいた。そういうふうに〝仕事〟というからには、誰かを殺してほしいというわけだ。

「おれにも知りあいがいるが」とおれはいった。「あいにくと、今はみんな手がふさがってる」この前の〝仕事〟はほんの数週間前のことで、いわば、ひどく目につきやすいものだったから、もうしばらくは新たな〝仕事〟にとりかかるつもりもない。

「それは本当ですか？」バジノクがたずねた。「あなたにうってつけだと思うのですが」

「ああ、本当だとも。だが、おれを考えてみてくれたことには礼をいっておいてくれ。またの機会があったらな」

「わかりました」やつはいった。「またの機会に」

バジノクはおれに頭を下げ、席を立って店をあとにした。これで終わりのはずだった。

ヴィーラよ――わが祖先が信仰してきた〝悪《あ》しき女神〟のことだ――あんたの舌が味わう水が、灰に変わりますように。それですべては終わりのはずだったのに。

農耕日
マラクの円形広場前
洗濯・仕立屋
リフィロ商会殿

ガーショス通り十七番地
V・タルトシュ記す

以下の用件を依頼したく。

灰色の綿織りシャツ一枚——右袖のワイン染《じ》みと、左袖の黒い獣脂染みを落とすこと。
右袖口のかぎ裂きを繕《つくろ》うこと。
灰色のズボン一本——右足上部の血液染みと、左足上部のクラヴァ染みを落とすこと。
両膝の泥汚れを落とすこと。
黒の長靴《ブーツ》一足——右足つま先の赤い染みを落とし、両方のほこりや煤《すす》をぬぐったうえで
磨くこと。

灰色の絹ネッカチーフ一枚――かぎ裂きを繕い、汗染みを落とすこと。

灰色の平織りマント一着――洗濯のうえ、アイロンをかけ、猫の毛を払い、白い付着物をブラシで落とすこと。研《と》ぎ油の染みを落とし、左側のかぎ裂きを繕うこと。

ハンケチ一枚――洗濯のうえ、アイロンをかけてたたむこと。

次の寛《くつろ》ぎ日までに届けられんことを望む。

敬具

ジャレグ家準男爵、V・タルトシュ（印章）

1

〝灰色の綿織りシャツ一枚――右袖のワイン染《じ》みと……〟

おれは見えもしない外の通りを窓から眺め、城のことを考えていた。夜のひとときを、おれは自宅でくつろいでいる。仮住《アパート》まいの窓べから、見えもしない通りを眺めているのも悪くはないが、どうせなら、見えもしない中庭を城の窓べから眺めているほうがましな気がする。

妻のカウティは隣に坐り、目を閉じてなにやら考えごとをしている。おれは甘すぎる赤のワインをグラスから一口飲んだ。背の高い食器棚のてっぺんには、おれの使い魔であるジャレグ――ロイオシュがとまっていた。ロイオシュの隣には、彼の伴侶《はんりょ》であるロウツァの姿もある。ごく日常的な夫婦のひとときというわけだ。

おれは咳ばらいを一つしてからいった。「先週、占い師を訪ねてみたんだ」

カウティが顔を向け、おれをまじまじと見つめる。「あなたが？　占い師を訪ねたですって？　どういう風の吹きまわし？　いったい何を訊きにいったの？」

おれは最後の質問にだけこたえることにした。「あの金を、残らず事業に注《つ》ぎこんだらどうなるか、ってな」

「まあ！　またその話ね。その占い師は、何かあいまいで神秘的なことでもこたえたんでしょ。そんなことしたら、あんたは一週間後に命を落としますぞ、なんて」

「そういうわけでもない」おれはあのときの訪問のもようをカウティに話してやった。カウティの顔から、ひやかすような表情が消えていった。彼女のひやかすような顔がおれは好きだ。とはいえ、おれは彼女のたいていの表情が好きだった。

「それで、どうするつもり？」おれがすっかりいい終えると、カウティが訊いた。

「さあな。あの件に関しては、おれよりおまえのほうが熱心だったろ。おまえならどうする？」

カウティはしばらく下唇を噛《か》んでいた。そのあいだに、ロイオシュとロウツァは食器棚を離れ、廊下を飛んでいって、彼ら専用にあてがってやった小部屋へはいった。そんなようすを眺めるうちに、おれの脳裏にいくつか考えが浮かんだが、押しとどめることにした。別の機会に、飛行性の爬虫類ごときにおれたちの夫婦生活を皮肉られるのはごめんだ。

ようやく、カウティがいった。「どうかしら、ヴラディミール。しばらくようすをみるべきだと思うけど」

「ああ。さらなる悩みのたねだよな。なにも、おれたちに金がないってわけじゃ――」

ドスン、と音がした。誰かがドアに鈍器でも打ちつけたような音だった。カウティもおれもほぼ同時に立ち上がる。おれは短剣を片手に、彼女は両手に握っていた。おれが手にしていたワイングラスは床に落ち、手にはねた滴《しずく》は振り払った。おれたち二人は顔を見あわせ、そして待った。

ドスン、という音がもう一度くり返される。ロイオシュが大急ぎで小部屋をとび出してきて、おれの肩にとまった。あとからつづいたロウツァは、騒々しい声で不平を鳴らしている。なんとか黙らせろ、とおれはロイオシュに命じかけたが、ロイオシュはすでになだめていたに違いなく、すぐにおとなしくなった。これがジャレグ家による襲撃であるはずのないことはわかっている。〈組織〉の掟によれば、自宅にいる者には手出しをしないことになっているからだ。が、おれにはジャレグ家の外部にも少なからぬ数の敵があった。

おれたちは玄関に近づいていった。おれがドアの開く側に立ち、カウティは正面に立つ。おれは一度深々と息を吸いこみ、そして吐き出した。取っ手に手をかける。ロイオシュが身をこわばらせた。カウティもこくりとうなずく。ドアの反対側から声がした。

「こんばんは。誰かいるかい？」

おれは手をとめた。

カウティが眉根を寄せ、おずおずと声をかける。「グレゴリー、なの？」

声が返ってきた。「ああ、そうだ。カウティ、あんたかい？」

カウティがこたえる。「ええ」

おれがいった。「いったい――?」

「なんでもないのよ」カウティはそういったものの、その声に確信は感じられず、短剣をしまおうともしていない。

おれは何度も目をしばたたいた。そのうちに、〝グレゴリー〟というのは〈東方人〉の名前であることに気づいた。訪問を知らせるために拳《こぶし》で玄関のドアを叩くというのも、〈東方人〉特有の習慣だ。

「おお」おれは少しだけ緊張をやわらげ、そして声をかけた。「はいってくれ」

おれと同じ〝人間〟の男が、玄関口にはいりかけ、おれたちを見て足をとめた。小柄な壮年の男で、頭はなかば禿《は》げ上がっており、そのうえ、ぎくっとしていた。玄関をくぐろうとするなり、三本の武器が自分に向けられているのに気づいたら、慣れない者なら誰だってぎくっとするだろう。

おれはにっこりした。

「はいってくれ、グレゴリー」そいつの胸になおも短剣を突きつけたまま、おれはいった。

「酒でもどうだ?」

「ヴラディミール」とカウティが口をはさむ。おれの声にとげがあったのを聞きとったのだろう。グレゴリーはぴくりとも動かず、口を開きもしない。

《大丈夫なのよ、ヴラディミール》とカウティがおれに〝直接〟声をかけた。

《何が？》と問い返したものの、おれは短剣をしまい、わきによけた。

　グレゴリーは怖るおそるおれのわきをすり抜けた。とはいえ、さまざまな事情を考慮するなら、それほどひどい反応というわけでもない。

《おれはこいつが気に入らないよ、ボス》とロイオシュがいった。

《どうして？》

《こいつは〈東方人〉だろ。ひげを生《は》やすべきだ》

おれもどちらかといえば賛成だったから、何もこたえずにおいた。顔に毛が生えるというのは、おれたちとドラゲイラ族とをへだてる特徴の一つだ。だからこそ、おれは口ひげを伸ばしている。顎ひげも一度たくわえようとしたことがあったが、カウティのやつが二度もひげを燃やそうとしたあげく、今度はなまくらな短剣でそり落としてやるわよ、と脅《おど》したから断念するほかなかった。

グレゴリーはすすめられるままクッションに坐りこみ、その動作によって、彼が中年に手の届く以前に頭が薄くなっただけであることにおれは気づいた。カウティも同じように武器はしまい、ソファに腰をおろす。おれはワインを取ってきて、簡単な冷やしの呪文をかけ、それぞれのグラスに注いでいった。グレゴリーは感謝のしるしにうなずき、口をつけた。おれもカウティの隣に腰をおろす。

「よし」とおれのほうから切り出した。「おまえは誰だ？」

カウティが声をあげる。「ヴラド……」そうして、ため息をついた。「ヴラディミール、こちらはグレゴリーよ。グレゴリー、こちらが夫のタルトシュ準男爵」

カウティがおれの称号を口にしたとき、おそらくやつの唇がほんのわずかにめくれあがるのが見えたように思う。おれはますますこの男が嫌いになった。このおれがジャレグどもの称号をあざ笑うのはかまわない。だからといって、誰でもおれの称号をあざ笑ってかまわないわけじゃない。

おれはいった。「よし、これでたがいに知りあえたわけだな。さて、おまえは何者で、うちの玄関のドアを叩き壊してどうするつもりだったんだ?」

グレゴリーはちらっとロイオシュに目をやって——彼はおれの右肩にとまっている——次《つ》いでおれの顔を、そして身なりも観察した。おれは自分が検査されているように感じた。それによって、おれの機嫌がよくなったということはまったくない。おれはカウティにちらっと目をやった。妻は唇を嚙んでいる。おれが喜んでいないことは、カウティもわかっていよう。

「ヴラディミール」とカウティが声をかけた。

「なんだ?」

「グレゴリーはあたしのお友だちなの。何週間か前に、おじいちゃん《ノイシュ゠パ》に会いにいったときに、彼と出会って」

「つづけてくれ」

カウティは、きまりが悪そうにもぞもぞと身体を動かした。「たくさん話すことがあるみたい。けど、できたら、彼が何をしにきたのか先に知りたいんだけど」

その声にほんのかすかなとげがあるのに気づいて、おれは譲歩した。

《おれは散歩でもしてこようか？》

《さあ、どうかしら。ともかくも、気をつかってくれてありがと。チュッ》

おれは彼に目を向け、向こうがしゃべりだすのを待った。グレゴリーが切り出した。

「どの質問に最初にこたえてもらいたいのかね？」

「どうしてひげを生やさない？」

「なんだって？」

ロイオシュが、笑い代わりのうなり声をあげる。

「なんでもない」おれはいった。「ここになんの用だ？」

グレゴリーはカウティとおれを交互に眺め、やがて彼女に目を据えたうえでいった。

「昨日の晩、フランツが殺された」

おれは、妻がどんな反応を見せるだろうかと彼女をちらっとうかがった。カウティの目はわずかに見開かれている。おれは声を押しとどめた。

何度か呼吸をととのえたうえで、カウティがいった。「くわしく聞かせて」

大胆にも、グレゴリーはおれのほうに意味ありげな視線を向けた。あやうくやつは怪我を負うところだった。やがて、おれに聞かれても問題あるまいと判断したらしく、グレゴリーは話しだした。

「わたしたちが借りている事務所の廊下で、彼は立ち番をして、ひとの出入りの確認をしていた。そんなところへ、何者かが近づいてきて、いきなり彼の喉を切り裂いたんだ。物音を聞いてわたしもとび出したが、外に出たときには、その何者かは消えていた」

「誰か目撃者は？」

「はっきりと見た者はない。だが、ドラゲイラだったことは確かだ。連中は——あんたらは——いや、なんでもない。そいつは、黒と灰色の服を着ていた」

「玄人《プロ》のしわざらしいな」とおれが感想をもらすと、グレゴリーがおれに目をやった。相手の喉もとに剣先を突きつけてでもいないかぎり、向けるべきでない目つきだ。黙って見過ごしておくのが、だんだん困難になりはじめた。

カウティがすばやくおれに目をやり、そして立ち上がった。「わかったわ、グレゴリー。あとでまた話しましょ」

彼は驚いた顔をして、口を開いて何かいいかけたものの、カウティはおれの冗談がいきすぎたときに見せるあの表情を向けた。彼女がグレゴリーを玄関まで送っていった。おれは立ち上がりもしなかった。

「よし」おれは、カウティが戻ってくるなりいった。「話してもらおうか」

彼女は、まるでおれを目にするのがはじめてだとでもいうように、しげしげと観察していた。それ以上おれから口を開くべきでないことはわかっている。ほどなくして、カウティがいった。「散歩でもしてきましょ」

この散歩から戻ったときのような、たくさんのぶつかりあう強烈な感情をおぼえたことなど、そのときまでまったく経験がなかった。最後の十分ほどは、ロイオシュも含めて全員が口もきかず、おれは皮肉な問いかけのたねも尽きはて、カウティがとげのあるそっけない答えを返す必要さえもなくなっていた。ロイオシュはおれの右肩をつかむかぎ爪の力を交互に強め、おれは無意識のうちにそのことに気づいて感情をやわらげた。ロウツァのほうは、ときにおれたちの頭上を飛びまわり、ときにはおれのもう片方の肩に、そしてときにはカウティの肩にとまることもあったが、今はカウティの肩に腰を落ちつけている。アドリランカの風は身を切るように冷たく、途切れることなくつづく街灯《まちあか》りが足もとにしつこく影を投げかけるなか、おれたちは自宅に戻って玄関のドアをあけた。

おれたち二人は服を脱ぎ、ベッドにもぐりこんだ。交わされたのは必要最小限の会話だけで、返事もそっけない。おれは長いこと眠れずにいたが、そのことをカウティに悟られないよう、できるだけ身動きせずにいた。彼女のほうはすぐに眠れたのか知らないが、ともかくあまり身動きはしていなかった。

翌朝、カウティはおれより先に起き出すと、豆を煎《い》って挽《ひ》き、クラヴァを淹《い》れた。おれは勝手に一杯注ぎ、飲み終えると、歩いて事務所に向かった。ロイオシュはおれと行動をともにし、ロウツァは家に残る。海からの冷たくてどんよりした霧が流れこみ、ほとんど風ひとつない——いわゆる〝暗殺者日和《びより》〟の天候をもたらしていた（こんな形容はばかげているが)。クレイガーとメレスタフに声をかけ、執務室にはいってひとりみじめな思考に沈むべく腰をおろした。

《気分を変えていこうぜ、ボス》

《どうして?》

《どうしてって、あんたにはほかにやることがあるだろ》

《どんな?》

《たとえば、その〈東方人〉とやらを消したやつをみつけるとか》

おれはしばらくそのことについて検討してみた。使い魔を所有しているなら、そいつを無視してみたところではじまらない。

《ほう、どうしてまた?》

彼は何もこたえなかったものの、ほどなくして記憶がひとりでにおれの脳裏へと流れこんできた。彼女に殺されたあとで、〈ツァーの山〉にておれが目にしたカウティ(それについては長い話があるが、今は気にしないでもらいたい)。ほかのやつがおれを殺そうとしたあとで、おれを抱きしめてくれたカウティ。おれが身体をこわばらせて何もできずにいるあいだに、マローランの喉もとにナイフを突きつけながら、このままだと痛いめにあうわよとすごむカウティ。はじめて愛を交わしあったあのときのカウティの表情。そして奇妙な記憶の数々までも——そのときどきのおれの感情が、おれ自身の心と結びついた爬虫類《ジャレグ》を通して伝わってきたのだから。

《やめろ、ロイオシュ！》
《頼んだのはあんただろ》
おれはため息をついた。
《そうらしいな。だが、どうしてカウティがあんなことに加担しないといけないんだ？どうして――？》
《どうして本人に訊いてみないんだい？》
《訊いてみたろ。あいつは何もこたえなかった》
《こたえてくれたかもよ、もしもあんたが、あれほど――》
《ひとの夫婦生活について忠告されたくないね、ヴィーラにかけて、おまえみたいな爬虫……いや、そうしてみるべきかもしれないな。よし、おまえならどうする？》
《うーん……こんなふうにいってやるかな。テクラの死骸を二匹手に入れたら、一匹は譲ってやるよって》
《じつに役立つやつだよ、おまえは》
「メレスタフ！」とおれはどなった。「こっちにクレイガーを呼んでくれ」
「ただちに、ボス」
クレイガーは、とにかく普段からひとに気づかれずにいられる男だ。彼をさがしていて、自分が彼の膝の上に坐っていることにさえ気づかないこともある。だからおれはドアに気を集中させ、クレイガーがはいってくるのをかろうじて目に留めた。

「どうした、ヴラド？」

「心を解放しろ、クレイガー。おまえに見せたい顔がある」

「いいとも」

いわれたとおりに彼が心を開いたから、おれはバジノクの顔に精神を集中させた——何日か前に話しかけてきたあの男、おれに〝うってつけ〟の〝仕事〟とやらをもちかけてきた男に。その〝仕事〟というのが、〈東方人〉を始末することをさしていた可能性はあるだろうか？　ああ、そうかもしれない。やつは知るよしもなかったろう、〈東方人〉を始末するというのは、おれがそもそも殺し屋になった目的と完全に反目することなど。本当にそうか？　おれの心のおぞましい一部分が、つい最近、アリーラと交わした会話の記憶を呼び起こそうとしかけたが、そのことは深く考えないようにした。

「こいつに見おぼえはあるか？」おれはクレイガーに訊いた。「誰の下ではたらいてる？」

「ああ。ハースに雇われてるやつだ」

「ほう」

「ほう？」

「ハースは、街の南域一帯を支配してる」

「〈東方人〉が住みついてる一帯をな」

「そう。つい最近、〈東方人〉が一人殺された。おれたちの誰かによって」

《〝おれたち〟だって?》とロイオシュがいった。《〝おれたち〟って誰のことだい?》
《いい指摘だな。あとで考えてみよう》
「それがおれたちになんの関係があるっていうんだ?」とクレイガーがたずね、〝おれたち〟についての新たな解釈を披露して、〝おれたち〟はさらに混乱した。おっと、失礼。
おれはいった。「まだよくわからんが——ちくしょうめ、ほんとはわかってるんだ。まだそのことは話したくないだけでな。ハースとの会食をお膳立てできるか?」
クレイガーは椅子の肘掛けを指でコツコツ鳴らしつつ、問いかけるようにおれを見ている。くわしい情報を彼に打ち明けずにいるなど、あまりないことだった。
「わかったよ」ついにクレイガーはそういって、出ていった。
おれは短剣を取り出し、くるりと回しはじめた。しばらくして、ロイオシュにいった。
《だとしても、カウティはおれに打ち明けることだってできたのに》
《そうしようとはしてたんだよ。あんたのほうが、とりあわなかったんだろ》
《もっとしつこくやってみることもできたろうに》
《今度の事件がなかったら、そうはならなかったろうね。それに、つまりはカウティの人生だろ。人生の半分を〈東方人〉の貧民窟で過ごして、民衆を扇動したいっていうなら、それはそれでカウティの——》
《とても民衆を扇動するつもりのようには聞こえなかったけどな》
《へえ》とだけロイオシュは応じた。

このことからも、自分の使い魔をいい負かそうとしたところでどうなるものでもないことは明らかだ。

つづく数日のことはとばしてしまいたいくらいだが、おれ自身が体験するほかなかった以上、みなさんがたにもその素描ぐらいは我慢してもらおう。まる二日間というもの、カウティとおれはほとんど口一つききもしなかった。この〈東方人〉集団についてカウティが何もいわずにいたことにおれは腹をたて、彼女は彼女で、おれが腹をたてたことに腹をたてていた。
一、二度、「もしもおまえが――」といいかけたこともあったが、すぐに言葉を呑《の》みこんだ。なにやら期待するようにカウティがこっちを見ていることにおれは気づいたものの、ときすでに遅く、おれは足音も荒く部屋から出ていくところだった。一、二度、彼女のほうでも「あなたって、こんなことさえ気にかけてもいな――」といったふうにいいかけ、そして口ごもることがあった。ロイオシュは――彼の心に祝福を――何もいわずにいた。
使い魔といえども、問題解決の手助けができないことだってある。

だが、このような日々を過ごすのはじつに耐えがたいことだった。そうして、傷痕だけが残った。

ハースはおれと会うことを承諾した――〈前庭《テラス》〉という名の、おれが所有する店にて。

ハースはもの静かな男で、ドラゲイラとしては小柄であり、おれよりも頭半分背が高いだけだった。はにかんだように目を伏せるくせがあった。向こうは護衛を二人連れてきており、こっちも二人引き連れている。うちの者の一人は〝棒きれ《ステイックス》〟と呼ばれている男で、それはひとを殴るのに彼が棒を使うからだ。もう一人は〝蛍《グロウバグ》〟と呼ばれているが、それは彼の目が、妙なときにあやしく光るからだった。護衛たちは、彼らが金で雇われたとおりの職務を果たすのにちょうどいい席をみつけていた。ハースはおれのすすめにしたがってペッパー・ソーセージを注文した。ここのソーセージは、筆舌につくしがたいほどの美味だ。

おれたちが〈東方〉ふうのパンケーキ（このデザートは、本来なら〈ヴァラバーの店〉だけが手がけるべき一品だが、ここのもまずまずではある）を食べ終えたころ、ハースがたずねた。「それで、用件というのは？」

おれはいった。「問題がありましてね」

彼はうなずき、またしても目を伏せた。まるで、〝おお、わたしのような小者《こもの》が、何をしてさしあげられるでしょうか？〟とでもいいたげだ。

おれはつづけた。「数日前に、〈東方人〉が一人、玄人《プロ》の手によって始末されました。あなたの縄張り内での事件ですし、もしかして、何があったのか、そしてその理由も教えていただけるんじゃないかと思いましてね」

さて、やつの答えはいくつか考えられよう。知っているかぎりすべてのことを打ち明けることもできるし、にっこり笑って無実を主張することもできるし、おたくにどんな関わりがあるのかね、と問い返すこともできる。ところがやつは、おれをじっと見て、それから立ち上がった。

「食事をありがとう。またお会いできるかもしれない」こういい残して、ハースは立ち去った。

おれはしばらく席に残り、クラヴァを飲み終えた。

《今のをどう思う、ロイオシュ?》

《さあね、ボス。どこかおかしいことは確かだな。どうしてあんたが知りたがるのかたずねもしなかったし、もしもわかってるなら、そもそものはじめから、どうしてこの会合に同意したんだい?》

《そうだな》おれも同感だった。

勘定書に署名《サイン》をすますと、スティックスとグロウバグを先に立たせて店を出た。事務所まで戻ると、二人には、お疲れさんと告げた。もう夕刻で、いつもならおれも仕事を終えている時間だが、その日はまだ家に帰る気分になれなかった。時間つぶしのためだけに、武器を交換しはじめる。武器の交換は二、三日おきにやっている日課で、武器を長いこと身につけていたためにおれの〝気〟が移ってしまわないように、との用心だった。ドラゲイラどもの妖術はひとの気を認識できないが、〈東方人〉の呪術ならそれも可能だ。帝国《おかみ》が呪術師を一人雇う気になりさえすれば――

《おれはなんて間抜けなんだろう、ロイオシュ》

《ああ、ボス。おれもだよ》

おれは武器の交換を切りあげ、家路を急いだ。

「カウティ！」と大声で呼ぶ。

彼女はキッチンでロウツァの顎を撫でていた。ロウツァがはばたいて、ロイオシュと部屋じゅうを飛びまわり、おそらくは今日一日の出来事でも彼に報告しはじめたのだろう。カウティは立ち上がり、おれを不審そうに見ていた。彼女は尻にぴったりしたジャレグ家ふうの灰色のズボンをはき、黒い刺繍のはいった灰色の胴着《ジャーキン》を身につけている。カウティはかすかに問いかけるような表情を浮かべておれを見て、首を傾《かし》げ、妖術のごとき黒き髪に囲まれたその完璧な顔のなかで眉をつり上げている。おれは、もう二度と経験できないかと危惧していた、あの鼓動の速まりをおぼえた。

「どうしたの？」カウティが訊いた。

「愛してるよ」

彼女は目を閉じ、そしてふたたび開いた。何もいおうとしない。

おれがつづける「武器はあるのか？」

「武器って？」

「あの〈東方人〉を殺すのに使われた凶器だ。武器は、その場に残されてたか？」

「ええ、そうよ。誰かが保管してると思うけど」

「手に入れてこい」

「そいつが誰だったにしても、呪術に通じてるとは思えない。おれならきっと、気をたどれる」

「どうして？」

カウティは目を瞠《みは》り、そしてうなずいた。

「借りてくる」というなり、マントに手を伸ばす。

「おれもいっしょに行こうか？」

「ううん、その必要は……」といいかけ、「ええ、そうね」

ロイオシュがおれの肩にとまり、ロウッァはカウティの肩にとまった。おれたちは階段をおりて、アドリランカの夜に足を踏み入れた。いくらか事態は好転したものの、カウティはおれの腕を取ろうとしなかった。

そろそろみなさんも気が重くなってきたろうか？　そりゃあよかった。こっちも気が重くなってたとこだ。殺せばすむ標的を片づけるほうがずっと簡単だ。

おれたちはうちの縄張りをはずれ、治安のよくない区域を横切りはじめていた。誰かがおれに因縁でもつけてくれれば、今の気分も少しは晴れるのに、と願ったりもした。

おれたち二人の、カツカツと響く足音はわずかにずれたリズムを奏《かな》で、ときにぴったりあうことがあっても、やがてまったくバラバラになった。ときどき、おれのほうから歩調をあわせて足どりを変えてもみたが、うまくいかなかった。二人の歩調は普段の妥協の産物といいえ、かつてはうまくいっていた——彼女にとって一番快適な短い歩調と、おれの長めの歩調が。おれたちは一言も口をきかなかった。

〈東方人〉の区域にはいると、まずはじめににおいで感じることができる。日中は、そこらじゅうに屋外カフェが出ているし、調理のにおいもドラゲイラのものとは違っている。早朝にはパン屋が仕事をはじめ、ほかほかの〈東方〉ふうパンの香りが巻きひげのように延びて、夜のにおいにとって代わる。だが、カフェが閉まり、パン屋もまだ仕事をはじめていないそんな夜のひとときには、悪くなった食べ残しのにおいや、人間や動物の排泄物の悪臭がする。夜半にこの一帯を吹き抜ける風は海に向かい、街の北西にある食肉処理場のほうから吹くことが多い。それはまさに、夜だけはこの区域の本当の色あいが——比喩を重ねて表現するなら——面《おもて》にあらわれる時間だった。

あたりの建物は、夜になるとほとんど見分けがつかない。ところどころの窓からもれるランプやロウソクの灯りしかなく、建物の正体は隠されたままで、ときには通りがあまりにもせばまって、建物のあいだをすり抜ける隙間さえもほとんどないくらいなかには、向かいあった建物同士のドアを同時にあけることができそうにないところもある。ばき、自分が洞窟や密林のなかでもさまよっているような錯覚をおぼえた。足もとはといえば、固く踏みしめられたわだちの残る土の道よりも、生ゴミの上を歩くことのほうが多い。

ここに戻ってくると、なんとも妙な気分になる。一方では、嫌悪していた。こうした環境のすべてから抜け出すためにこそ、おれはこれまであがきつづけてきたのだから。その一方で、〈東方人〉ばかりに囲まれていると、自分では気づいてもいなかった緊張がほどけていくのを感じる。そうしておれは、あらためて思い知らされた。ドラゲイラ族にとって、おれはやはり〝よそ者〟なのだ、と。

おれたちは真夜中過ぎに〈東方人〉区域にたどりついた。この時間に目を覚ましているのは、浮浪者や、彼ら浮浪者を食《く》いものにする連中くらいのものだ。どちらの連中も、危険な区域を危険などものともせず闊歩《かっぽ》していく者に向けられた敬意ゆえに、おれたちを避けていた。そのことに気づいて、おれが喜ばなかったといったら嘘になるだろう。

おれたちはカウティが知っている扉口にたどり着いた。〝扉〟とはいっても、ドア枠にカーテンが下がっているにすぎない。その奥はまったく何も見えなかったものの、狭い廊下にはいったという感覚があった。ひどいにおいがした。カウティが声をかける。

「こんばんは」

かすかにがさごそいう音がした。「誰かいるのか？」

「カウティよ」

荒い息と、がさごそいう音、ほかにも何人かがぼそぼそつぶやく声、そうして火打ち石が打ち鳴らされ、まぶしい光がはなたれてロウソクに火が点《とも》った。まぶしさに、しばらく目が痛くなったほどだ。おれたちは、カーテンさえもないドア枠の手前に立っていた。室内には、身動きする姿がいくつか見える。驚いたことに、一本のロウソクの灯りによって見るかぎり、室内はきれいに整頓されていた。ただし、毛布をかぶったかたまりをのぞいての話だが。テーブルと椅子が何脚か並んでいた。ロウソクの向こう側から、まるい顔のなかで輝く小さな目が、おれたちを見据えていた。この顔は、薄い色の部屋着を着た、背が低く、ひどく太った〈東方人〉の男の身体へとつづいている。その目がおれに留まり、ロイオシュ、カウティ、ロウツァにちらっとうつろって、またおれに戻った。

「入りたまえ」男がいった。「そこに坐るといい」

おれたちがすすめに従うあいだに、男は室内をめぐって、さらに何本かロウソクをつけていった。やわらかな詰め物のされた椅子に腰をおろしながら、おれは床に全部で四人の姿を確認した。彼らも起きなおっている。そのうちの一人は、ややぽっちゃりした白髪《しらが》混じりの女であるとわかった。もう一人は若い娘、三人目はわが旧友グレゴリーであり、そして四人目がドラゲイラ族の男であると気づいておれは驚いた。そいつの顔を観察し、家柄がはっきりした。そいつがテクラであることがわかって、驚きは減じたのか、それともよけいに増したのか、おれにもよくわからない。

カウティもおれの隣に腰をおろす。彼女はその場の全員にうなずいてからいった。

「こちらが夫のヴラディミールよ」つづいて、最初に起きてきたあの太った男を紹介する。

「こちらがケリー」

おれたちはうなずきあった。年長の女はナターリャ、若いほうがシェリル、そしてテクラ家の男はパレシュと紹介された。カウティは彼ら人間の父姓までは告げず、おれもあえて問いただしはしなかった。おれたち全員が、もぐもぐとあいさつを交わしあった。

カウティがいった。「ケリー、フランツのそばでみつかったナイフを持ってる？」

ケリーがうなずく。

グレゴリーが口をきいた。「ちょっと待ってくれ。死体のそばにナイフが残されてたなんて、わたしは一言もいってないぞ」

おれがいった。「その必要もなかったさ。殺したのはジャレグだっていってたからな」

彼はおれをにらみ、顔をしかめた。

《こいつを喰ってもいいかい、ボス？》

《黙ってろ、ロイオシュ。おそらくは、あとでならな》

ケリーがおれを見た。つまり、いぶかしげに細めた目で見据え、おれの内奥まで見すかそうとしていたということだ。とにかく、そんなふうに感じられた。ケリーはカウティに向きなおり、そしていった。「そんなものをどうするつもりだね？」

「ヴラディミールが、短剣から殺し屋をみつけられるかもしれないっていうの」

「それで？」ケリーが、今度はおれに顔を向ける。

おれは肩をすくめた。「そうすりゃ、そいつが誰のために働いてたのかがわかる」

部屋の奥から、ナターリャがいった。「誰のために働いてるのかってことが、何か関係でもあるの？」

おれはただ肩をすくめた。「おれには関係ないな。あんたらには関係あるかもしれないが」

ケリーが視線を戻し、豚のように小さな目でおれを見据えた。こっちがまさに居心地悪く感じはじめたことに、おれはびっくりした。ケリーは自身にいい聞かせるようにかるくうなずくと、しばし部屋を離れ、ナイフを手にして戻ってきた。ナイフは布きれでくるんであるが、それはもともとシーツの一部だったらしい。ケリーは布きれごと、ナイフをカウティに渡した。おれはうなずき、そしていった。「おって連絡する」

おれたち二人はドア枠をくぐって外に出た。パレシュとかいうテクラが、その前に立っていた。おれたちがドアに向かうとそいつはわきに退《の》いたものの、こっちが予想していたほどすみやかにというわけではなかった。どういうわけか、そのことが印象に残った。

おれたちの自宅がある区域に戻ったときも、まだ夜明けまで数時間はあった。おれはいった。「すると、あれが帝国を乗っ取ろうとしてるやつらってわけか？」

カウティは左手に抱えた包みを揺らしながらいった。「そう思ってるひともいるみたいね」

おれは何度も目をしばたたかせた。「ああ。そのようだな」

〈東方人〉区域の悪臭は、おれたちが自宅に戻るまで、しつこくまとわりついてきたように思える。

2

〃……左袖の黒い獣脂染《じ》みを落とすこと……〃

うちの事務所の地下には、おれが〃実験室〃と呼んでいる小部屋がある。祖父が使っていた〈東方《む》〉ふうの呼び名を拝借したというわけだ。床は突き固めた土で、モルタル塗りの石壁が剝き出しになっている。中央には小ぶりなテーブルが、そして隅には収納棚も一つある。テーブルには香炉と、それにロウソクが数本そろっているし、収納棚にはさまざまな道具も備わっていた。

ナイフを入手したその日の午後早くに、おれたち四名――カウティ、ロイオシュ、ロウツァ、そしておれ――はそろってこの部屋に降りていった。錠をはずし、おれが先にはいる。空気はよどんでいて、かすかに収納棚の中身のにおいがした。

おれの左肩の上でロイオシュがいった。《ほんとにやるつもりかい？》

おれが応じる。《どういう意味だ？》

《ほんとに、呪文を唱えるのに適当な心の状態にあるのかい？》

おれはその点について考えてみた。自分の使い魔から警告されたら、まともな精神をした呪術師なら、一考もせずに聞き捨てることなどない。ちらっとカウティに目をやると、彼女は辛抱づよく待ち、もしかしたらおれが何を考えているのか、いくらか当たりをつけているのかもしれなかった。おれの心のうちでは、感情が激しくぶつかりあっている。こうした感情も、呪文に注《そそ》ぎこめさえすれば助けになる。だが、その一方でどこかそわそわして落ちつかないから、こんなときに着手するとぼんやりしてしまうことも多い。呪文を導く力がないと、制御がきかなくなる怖れもある。

《大丈夫だ》とおれはいって聞かせた。

《わかったよ、ボス》

香炉に残っていた灰は部屋の片隅に捨て、近いうちに床をきれいにするよう、頭の片隅に書き留めておいた。おれは収納棚をあけ、香炉の炭を入れ替えるのをカウティも手伝ってくれた。使い古しの黒いロウソクも新しいのと取り替える。カウティはおれの左の位置につき、ナイフを差し出した。おれは〈帝珠〉と接触し、ロウソクの芯を熱くして発火《おこ》をうながした。炎をほかのロウソクにも移し、少し手間どったうえで香炉の炭にも火を熾した。あれやこれやと炎にくべ、くだんの短剣をその前に置く。

ご存じだろうが、いずれも象徴的な儀式だ。

つまり、ときどきこんなふうに考えることがある。ただの水を、清めた水であると〝考える〟(〝清めた〟というのがどんな意味にせよ)だけでもうまくいくだろうか? あるいは、においが似てはいても、なんの変哲もない香を使ったとしたら？〈東の地〉から船で運んできたと聞かされただけで、本当は角《かど》の市場で買ってきたタイムの薬草を使ったら？　おれにはわからないし、いつかはっきりするとも思えないが、あまり関係ないんじゃないかという気もする。ほんのときおり、ひどくそれらしく思える品にぶつかることがあるだけだ。

だが、こうした思考は呪文を唱える前後に起こるだけで、呪文のあいだは鋭い感覚があるばかりだ。ロウソクの揺らぎにあわせて鼓動が打つ。炎の中心にみずからとびこみ、あるいはとびこませるうちにどこか〝別の場所〟に到達し、そして自身を炭と同化させ、カウティがそばに、そしておれのなかにも存在し、影の縛《いまし》めに編みこまれ、鉱《キンバーライト》石派生物中の小さな昆虫のごとくその影に囚《とら》われ、いつの間にかナイフに触れたかと思うとそれが殺人に使われた凶器だと〝知り〟、それを手にしていた人物を感じとりはじめ、そいつがもちいた精巧な掻《か》き切る動作をみずからの手もまね、そいつがやったようにそれを落とし、そいつの〝仕事〟がなされたのと同じように、みずからの務めも果たされた。

おれはさらに少し踏みこんで、呪文の瞬間から得られたすべてをかき集めようとした。そいつの名前が浮かびはじめる。ずっと前から知っていたのに、今この瞬間を選んでおれの意識上にあらわれでもしたかのようだった。そうして同じころ、おれの一部であり本当はロイオシュでもある部分が、魔法の終盤にさしかかったことに気づきはじめ、ロイオシュの一部、つまりおれの一部を護っていた糸をゆるめはじめた。

ちょうどそのころになって、何かがおかしいことにおれは気づきはじめた。呪術師が共同で作業にあたるときに起こる一つの兆候がある。なにも、ほかの呪術師の思考がわかるというわけではなく、相手に成り代わって考えているといったほうが近い。そんなわけで、おれはつかの間、外部からおれ自身のことを考えており、そこに苦い核があって、おれに向けられていることに気づき、精神を揺さぶられた。

ロイオシュが心配していたような危険はまったくなかった。彼がいっしょにいてくれたこともそれには大きく作用している。どのみち、そのころには呪文もただよって去り、おれたちも慎重に離れて、ともにただよっていた。だが、おれの喉には大きなかたまりがつかえ、おれはひきつけを起こし、ロウソクにかぶさるように倒れかかった。カウティが前に出ておれの身体を支え、おれたち二人は一瞬、固く視線を交わしあった。そうするうちにも、呪文の最後の切れ端がそよいで崩れ去り、おれたちの精神はふたたび各自のものに戻った。

おれたちが感じたとおりおたがいに感じていることを知り、カウティは目を伏せた。おれはドアをあけ、部屋の外に煙を逃がした。少し疲れてはいたものの、それほど難しい呪文だったわけでもない。カウティとおれは階段をのぼっていったが、寄り添うようにしていても、身体を触れはしなかった。二人で話しあう必要があるが、どう切り出したらいいかおれにはわからなかった。いや、そうじゃない。おれはただ、とにかくそうする気になれなかった。

二人で執務室に戻ると、おれはクレイガーを大声で呼ばわった。彼のいつもの席にカウティが腰をおろす。そうして、きゃっと叫んでとび上がった。クレイガーがすでに坐っていたのに気づいたからだ。すました顔のクレイガーに、おれはちらっと笑《え》みを向けた。おそらくは、もっと笑ってもいい一幕だったろうが、おれたちはどことなく気づまりを感じていた。

おれがいった。「やつの名はイェレキムだ。おれは聞いたこともない。おまえはどうだ？」

クレイガーがうなずく。「ハースんとこの用心棒だな」

「専属か？」

「だと思う。間違いないだろうが、確認しとこうか？」

「ああ」

クレイガーは仕事が増えたことに不平をもらすでもなく、ただうなずいた。口にはしなくとも、クレイガーも何か感じとっていたと思う。彼がするりと部屋を出ていくと、カウティとおれはしばらく黙ったまま坐っていた。やがて、彼女がぽつりともらした。

「あたしもよ、愛してる」

カウティは家に戻り、おれはみんなのじゃまをしながら、仕事をするふりをしてその日の残りを過ごした。秘書のメレスタフが、じつにいい天気ですな、と三度目に口にしたとき、そろそろお開きにしましょう、という含みをおれもようやく読みとった。

おれは通りをうろつき、このあたりで起こったさまざまな出来事に思いをはせて力を感じるとともに、そんなことなどあまりにも関係がないおかげで無意味にも感じられた。しかしながら、頭を整理して、これからどうしたらいいか、いくつか決定をくだした。どうしてそんなことをしたいのか、その理由はわかってるのかい、とロイオシュが訊いてきたから、わからないとおれはすなおに認めた。

風向きが変わり、海からではなく北から吹いていた。ときどき、北からのひんやりした風に気分が洗われることもある。おれの状態がこんなだったせいかもしれないが、このときは寒々と感じられるばかりだった。

まったく、ひどい天気だ。天候について、もうメレスタフの意見はあてにしないことにした。

翌朝までに、クレイガーが確証をとってきた。そう、イェレキムはハースの下でしか働いていない。よし。となると、ハースはあの〈東方人〉の死を願っていたわけだ。それはつまり、あの〈東方人〉個人に関する問題——とはいえ、ジャレグ家の誰かが〈東方人〉に個人的な恨みをもつとはどうも考えられない——であるか、なんらかの理由で、あの集団が、脅威、あるいはじゃまになったかだろう。

そっちのほうが可能性はありそうだし、そのうえ確かに妙な話だ。

《何か意見は、ロイオシュ？》
《一つ訊かせてほしいな、ボス。つまりさ、あの連中のうち、指導者は誰だい？》
《ケリーだろ。それがどうした？》
《連中が消したのは、あの〈東方人〉――フランツ――のほうだった。どうしてケリーじゃないんだい？》
隣の部屋では、メレスタフが書類の束をパラパラとめくっている。上の階では、誰かが足を踏み鳴らしている。暖炉づたいに、どこかはっきりしないところからくぐもった会話も聞こえてくる。建物自体は静かだが、その息づかいが聞こえてくるようでもあった。
《そうだな》とおれはいった。
午後もなかばにさしかかったころ、おれはロイオシュとともに〈東方人〉区域におもむいていた。おれ一人ではとてもあの場所までたどり着けなかったろうが、ロイオシュがすぐにみつけてくれた。明るいときに見ると、どこにでもありそうなずんぐりと低い茶色の建物で、ドアの両側には小さな窓が並んでいる。どちらの窓も板で閉ざされていた。なかがあれほどほこりっぽかった説明もつこうというものだ。
カーテンの下がったドア枠の手前に立ち、手を打って合図しかけてやめ、代わりに壁を叩いた。ややあって、あのテクラ家の男、パレシュが姿を見せた。彼はドア枠のまんなかに立ちはだかり、まるでそこを護るようにしながら問いただした。「なんだね？」

「ここにゃ、いないよ」パレシュの声は低く、一語一語を区切ってゆっくりとしゃべった。まるで、空気中に吐き出す前に、いっぺん頭のなかで組み立ててでもいるように。アドリランカのすぐ北にある公爵領あたりのあか抜けないなまりがあるが、言葉づかいはクリオーサ家やヴァリスタ家の職人や、ジャガーラ家の商人に近い。どこか妙だ。

《おまえならこいつを信じるか、ロイオシュ？》

《さあね》

そこで、おれはいった。「ほんとにいないのか？」

そのとき、何か——やつの目の端にひきつれのようなもの——がうごめいたものの、パレシュはただこうこたえた。「ああ」

《こいつにはどこか妙なところがあるな、ボス》

《おれも気づいた》

「おまえにはどこか妙なところがあるな」とやつにいってやった。

「どうして？　あんたの着てるおべべの色を目にしただけで、おいらがおびえてガタガタ震えださないからかい？」

「ああ」

「がっかりさせてすまないね」

「いや、がっかりしてなんかない」おれはいった。「興味を持った、ってとこか」

パレシュはしばらくおれを観察していたが、ドア枠からさがった。「お望みだったら、はいるといい」

ほかに急ぎの用もなかったから、おれは彼につづいてなかにはいった。窓が板で閉ざされていては、日中といえども悪臭はあまり変わらない。室内には小さなオイルランプが二つ点《とも》されていた。パレシュが床のクッションを手で示したから、おれは腰をおろした。ほとんど水といってもいい〈東の地〉のワインを彼が持ってきて、縁《ふち》の欠けた陶製のコップに少し注《つ》ぎ、おれと向きあって坐った。パレシュがいった。「おいらに興味を持った、っていったな。おいらがあんたを怖れてないからってわけだ」

「おまえには、珍しいくらい落ちつきがある」

「テクラにしては」

おれはうなずいた。

しばらくのあいだ、おれたちはワインをちびちびやっていた。テクラのほうは虚空をぼんやりと見つめ、おれはこいつを観察していた。やがて、パレシュが語りはじめた。おれはこいつの話に耳を傾けた。語られてゆくうちに、ますますこいつへの興味が増していった。話のすべてがおれに理解できたとは思えないが、おぼえているかぎり正確に話して聞かせよう。判断は各自がすればいい。

称号はお持ちかね？　男爵、だっけ？　ああ、準男爵か。よぉし。あんたにゃどっちだってたいして関係なかろうな。おたがいに、ジャレグの称号なんて、なんの価値があるかわかってるんだ。あんたははっきりとわかってる、といってもいいだろ。オーカの連中は、称号を気にかけてる。あいつらは、貴族の階級ってもんがいつも釣りあうよう、しょっちゅう与えたり取り上げたりしてるから。首席操舵手は掌帆長よりゃ身分が高くて、航海士よりゃ低くなるように、って。知らなかったかね？　けど、こんな話を聞いたこともあるな。どっかのオーカ家の女貴族が伯爵領を取り上げられて、男爵領を与えられて、そいつも取り上げられたかと思うと、今度は公爵領を与えられた。次には別の伯爵領、で、そいつまで取り上げられて、元の伯爵領を返されたんだとさ。それも、すべて半日のうちに。登記上の手違いだったたって話だよ。

けどな、あんたも知ってようが、そういう伯爵領や公爵領なんて、実際に存在するわけじゃないんだよ。ほかにもそんな家柄はあるもんな。

クリオーサ家の場合、称号は厳密に世襲制ときめられてる。何か異常な事態でも起こらないかぎりは。けど、そりゃ、どこの土地とも結びついてない。けど、あんたは準男爵領を持ってるし、そいつは本物だ。自分の領地に行ったことはあるかい？　あんたのその顔つきからすると、領地を訪問しようなんて気は今まで起こりもしなかったみたいだな。あんたの領地内には何家族が暮らしてるんだい、タルトシュ準男爵？　たったそれだけ？　四家族？　それでも、あんたは訪ねてみようなんて思いもしないんだな。

ちっとも驚いちゃいないよ。ジャレグってのは、そんなふうに考えるもんだから。あんたの領地は、どっかの名もない男爵領内にあるんだろ。おそらくはからっぽの土地に。そいでそれは、これまたからっぽの伯爵領内にある。そいでこれまた、どっかの公爵領内に。あんたんとこの公爵さまは何家のおひとだい、準男爵殿？　そいつもジャレグかい？　なに、知らない？　まあ、驚くにゃあたらないか。

何をいいたいのかって？　こういうことだよ。すべての〝尊い家柄〟のうち――つまり、おいらたちテクラ家をのぞいたすべてってことだが――貴族の階級制度を取り入れてるのはほんの一握りだ。ライオーン家の連中は大半が騎士の身分だよな。なにしろ、ライオーンだけが、最初につくられたまんまの称号をたもってるから。それと、騎士の称号に土地は賦与されない。こんなこと、考えてみたことはおありかい、もっとも気高きジャレグ殿？　こういう称号ってのは、占領地と関係してるんだ。はじめは軍の占領地だった。だからこそ、このへんの領地の大半はドラゴン貴族が所有してるんだな。このへんはかつて、帝国の東の辺境だったし、ドラゴン家はいつだって、軍内きっての指導者たちだ。

おいらの領主さまはツァー貴族だったよ。この女領主《かた》のひいじいさまが、エルド島戦争の時分に男爵の称号を授《さず》かってね。くだんの領主さまも、〈空位時代〉前に〈東方人〉との戦役で頭角をあらわした。それなりのお歳《とし》は召してたが、まだあれこれやらかすほどにはお元気だった。あの方は、めったに屋敷にゃ戻らなかったが、領地への思いやりがなかったってわけじゃない。ほかの領主どもとは違って、あのお方はテクラにも文字の読み書きを禁じたりしなかったから、おいらは幸運にも、小さいころから教わる機会があったんだ。もっとも、読むべき本なんて、身のまわりにゃほとんどなかったが。

おいらにゃ姉ちゃんが一人と、弟が二人あってな。うちの地代は、三十エーカーぶんで小麦百ブッシェルか、トウモロコシ六十ブッシェルのどっちかだった。かなりの額だが、うちの収穫はめったにそれを下まわらなかったな。それに、領主さまも凶作の年には理解してくれたし。西のお隣さんなんか、二十八エーカーの畑で小麦を百五十ブッシェルも納めてたよ。だから、うちはまだ運がいいほうだと思ってたし、お隣さんが困ってりゃ、助けてやったりもしたもんだ。北のお隣さんは三十五エーカー持ってて、帝国金貨二枚を納めることになってた。けど、そっちのお隣さんとはあんまり顔もあわさなかったから、どれほどつらい地代だったんかわからないがね。

おいらが六十の歳になると、それまで家族で暮らしてたとこから南に少しいったあたりに二十エーカーの土地を与えられた。ご近所が総出で手伝ってくれて、土地を開墾して、家も建てたんだ。おいらもいつかは家族を持つだろうから、一家で暮らすにも充分なくらい大きなのを。土地と引っ換えに、毎年ご領主さまにゃ、若いケスナを四頭献上しないといけなかった。そんなわけで、必然的に餌のトウモロコシも育てることになったよ。

二十年もたつと、最初に借りたケスナと苗木のぶんを現物で返し終わって、暮らし向きもずいぶん楽になったと思う——とりわけ、ケスナ農場のひどいにおいに慣れてからは。それに、ブラックウォーターで出会った娘っ子《こ》のこともあったっけ。まだ親もとで暮らしてたんだが、おいらとその娘のあいだにゃ、何かが芽生《めば》えかけてたみたいだ。

あれはおいらが独立して二十一年目の、春も遅いある晩のことだった。はるか南のほうで、すんごい物音がしてな。木が倒れるときにはじけるような音だったが、それよりゃずっとずっとやかましかった。その晩、南のほうに赤い炎が見えてな。おいらは家の外につっ立って、空を眺めながら、何があったんだろって考えてたもんだ。

一時間もたつころにゃ炎が空を覆ってて、音もさらにやかましくなった。そのうちに、これまで以上の爆発が起こった。突然の閃光に、一瞬目がくらんだほどだよ。目のくらみがおさまると、真上の空にまで赤や黄色の炎が広がってくように見えた。今にもおいらの上に落っこちてきそうだったな。恐怖のあまり悲鳴をあげて、家に駆けこんだように思う。家に駆けこんだころにゃ、広がった炎が落っこちてきて、おいらの土地は一面が燃えはじめた。家もだよ。そのときこそは、死と間近に向きあった瞬間だった。そのときばかりはさ、タルトシュ卿、自分の命がこんなふうに終わるなんて、どうにも納得できなかったよ。

おいらはバーレンに祈った。あの、緑の鱗《うろこ》を持つ神さまに。けど、どうやらバーレンは、ほかでもお呼びがかかってたらしい。トラウト神にも祈ってみたんだが、こっちのほうも、お湿《しめ》り程度の水さえ降らしてくれなかった。しまいにゃ、半人半猫《キャット=セントール》の女神、ケルチャーにまで、おいらをこの地獄から救ってくださいって頼んでみたもんだ。そいで、代わりに受け取ったのは、息が詰まるほどの煙と、髪や眉を焦がす灼熱の炎、それと、崩れかけの家がたてるきしみや柱の折れるうめき声だけだった。

そのときになって、小川に差し掛けてあった、肉を貯蔵しとく小屋のことを思い出した。

さっそく家をとび出すと、炎のなかを抜けて――記憶によりゃ、自分の背丈より高く燃え上がってたな――そいで、なんとか小屋までたどり着いた。もちろん、小屋は石でできてる。水に浸《ひた》るから、木材だと腐っちまうんだ。おかげで、貯蔵小屋はまだ建ってたよ。おいらはひどい火傷《やけど》を負ってたものの、なんとか小川にとびこんだ。

水んなかで震えながら、一晩じゅう、そして次の日もまる一日うずくまってたに違いない。水はぬるっこくて、熱いこともあったが、まわりの空気よりゃずっとましだったね。小川のなかで眠りこんじまって、そのうち目が覚めたとき――ふん、あたり一帯の荒れっぷりについては、あんましくわしく話したかないね。こういうのも恥ずかしい話なんだが、そのときになって、ようやく家畜のことを思い出した。あいつらは、おいらがあやうくそうなりかけたみたいに、あの晩のうちに焼け死んでたよ。けど、そいつは今さらどうできるもんでもないしな。

そいで、おいらはどうしたと思う、準男爵？　笑いたけりゃ笑うがいい、けどな、最初に思い浮かんだのは、領主さまに今年の地代を納められそうにないってことだった。だから、領主さまの膝にすがって慈悲を請うしかないって思った。領主さまもきっと理解してくださるだろうって。そいで、城に向かって歩きだしたんだ――南の方角に。

ははぁん！　あんたも想像がついたらしいな。おいらも、最初の一歩を踏み出したとたんに気づいたんだよ。南こそは、領主さまの城が建ってる方角、そして、南こそは炎が立ちのぼった方角だ。おいらは足をとめて、しばらく考えこんだね。けど、結局は歩きだしたよ。ほかに行くとこもなかったし。

城まではかなりあった。歩いてくうちに目にしたのは、どれもこれも、焼け落ちた家や焼けただれた土地、それと黒焦げになった木々ばっかしだ——木々は今も手つかずなまま残ってる。道すがら、ただの一人も生きた人間にゃ出会わなかったな。生まれてからの大半を過ごしてきた実家にも立ち寄って、残された光景を目にしたよ。

死んだみんなのために、できるだけの儀式はしてやったさ。それが何を意味してるのか、あんまり感覚が麻痺《まひ》してたもんで、おいらにゃ実感できてなかったと思うがね。それだけすますと、旅をつづけた。なんにもない空《あ》き地で眠ったよ。地面の熱にぬくもりながら。土そのものが耐え忍んだ灼熱のなごりが、まだ残ってた。

城にたどり着いてみると、驚いたことに、そこはちっとも害を受けてなさそうだった。そいでも、門は閉ざされてるし、こたえる者もなくて。おいらは何分も、何時間も、ついには日が暮れてからも、一晩じゅう待ちつづけた。むしょうに腹がへって、何度も何度も呼んでみたが、誰もこたえちゃくれなかったよ。

しまいにゃ、何よりも空腹のせいだろうが、壁をよじのぼったんだ。難しいことなんかなかったね。じゃまする者なんて誰もなかったから。焼け落ちてた、かなりの長さの丸太を城壁のそばまで引きずってって、はしご代わりに使ったんだ。

中庭にも生きてるやつの姿はなかった。ツァー家のお仕着せを着た死体が、五つばかりころがっててな。おいらはその場に立ちつくして、ただただ身を震わせてた。あの貯蔵小屋から食《く》い物を持ってこなかった自分の愚かさを毒づきながら。

そんなふうにして、一時間ばかし立ちつくしてたと思う。それから、ようやく建物にはいってみた。貯蔵室をみつけるなり、むさぼり喰ったね。ゆっくりと、何週間も時がたつうちに、城内を探索してみる勇気を奮い起こしたんだ。そのときまでは、厩《うまや》で眠ってたし、使用人部屋でさえも借りちゃいなかった。探索のおかげで、さらにいくつか死体をみつけたから、できるかぎり火葬してやった。さっきもいったように、儀式のことなんざ、ろくに知らなかったがね。そのほとんどがテクラだった――なかにゃ顔見知りもいたよ。かつては友だちと呼んでたやつも――領主さまに仕《つか》えるために親もとを離れて、そいで今度は永遠にこの世を離れちまったってわけさ。領主さまご自身がどうなったのかは、ついにわからずじまいだった。みつかった死体はどれもご領主さまじゃなかったと思う。

そんなわけで、城はおいらのものになったんだよ、準男爵。城内に蓄えてあった穀物で、家畜に餌をやった。必要になると、そいつらを屠《ほふ》ったさ。領主さまの寝室で眠って、領主さまの食い物をかっ喰らった。なによりも、領主さまの蔵書を読み漁《あさ》ったね。あのお方は妖術に関する書物を貯めこんでたんだよ、準男爵。蔵書室は、そういう本でいっぱいだった。そのほかに、歴史や地理、それと物語なんかも。おいらはたくさんのことを学んだ。妖術も練習してみた。おかげで、目の前に新たな世界がひらけたんだ。それに、これまで子どもの遊びとしか思ってなかったような呪文までも。

その年の大半は、そうやって過ぎてった。あれは冬も終わりに近いころだったたな、誰かが呼び鈴《りん》の紐を引く音を耳にしたのは。かつてのおびえ――こいつはテクラとしておいらに遺伝した体質だろうけど――そのおびえがよみがえった。ジャレグ殿よ、あんたは大喜びであざ笑うこったろうな。おいらはガタガタ震えだして、身を隠す場所をさがしはじめたんだから。

けど、そのとき、何かに打たれたんだ。たぶん、学んできた魔法のせいだろうな。それとも、これまで読んできたいろんな知識のおかげで、大胆になってたのかも。おびえるなんて、ばかげたことのように思えたんだ。たぶん、あの大火事を生き延びたせいで、本物の恐怖ってやつを学んだだけのことかも。とにかく、おいらは隠れたりしなかった。代わりに、今や自分の所有物と思えるようになってた屋敷の、大きくうねる階段をおりて、扉をあけはなったよ。

おいらの前に立ってたのは、ライオーン家の貴族だった。そいつはずいぶんと背が高くて、歳《とし》格好はおいらと似たりよったりだったかな。金色と茶色の、踝《くるぶし》まであるスカートみたいなのをはいてたよ。シャツは鮮やかな赤で、毛の短い皮の外衣《ケープ》を羽織《はお》ってた。腰のベルトに剣を差してて、両の手にゃ腕甲をつけてた。こっちが切り出すのを待ちもせずに、そいつはさらっとこういってのけたもんだ。「おまえのご主人に伝えてくれ、アリル公が面会したいと」

そのときおいらが感じたのは、あんたがしょっちゅう感じてるようなやつ、とはいっても、おいらはそれまで感じたことがなかったものだよ。あの驚くべき、甘美なる怒りの激情ってやつ——追いつめられた猪《いのしし》が狩人《かりゅうど》に突進してくときに感じるに違いない憤《いきどお》りだ。あらゆる面で圧倒されてることにも気づかずに、ただ一つ、獰猛《どうもう》さだけ、つまりさ、ときに猪が勝利することになる要因だったり、狩人がいつも怖れる要因にもなってる、あの獰猛さだけが勝《まさ》った。それなのに、この男は、そうやって〝おいらの〟城の前に立って、おいらの主人に会わせろなんてほざいたんだ。

おいらは一歩さがって、胸をそらしていってやったよ。「われこそは、この城の主《あるじ》であるぞ」って。

そいつはちらっとおいらに目をやっただけだ。「ばかをいうな。すぐにおまえの主人を連れてこないと、お仕置きしてやるぞ」

そのころまでに、おいらはかなりの書物を読み漁ってたもんだから、心の望むままに言葉が口をついて出た。

「閣下」とおいらは呼びかけたね。「われこそはこの城の主であるといったはずだ。貴公はわが屋敷にあって、礼儀を欠いている。お引きとり願おう」

そうして、男はおいらを軽蔑しきったまなざしで見た。このときみたいに気が昂《たかぶ》ってなかったら、このまなざしだけで、おいらを圧倒するに充分だったろうな。男は剣に手を伸ばした。今にして思えば、剣の平《ひら》でおいらの尻っぺたでも叩くだけのつもりだったろうが、こちとら抜かせはしなかった。新たに身につけた技量を呼び起こして、そいつに一撃お見舞いしてやったんだ。そいつはその場で黒焦げになるはずだった。

男が両手で何かのしぐさをした。驚いた顔をしてたが、おいらをはじめてまじめに受けとる気になったらしい。それこそは、わが良き準男爵よ、おいらがいついつまでも宝にできる勝利の瞬間だったってわけさ。男の顔にあらわれた敬意の表情こそは、渇《かわ》きで死にかかった者にとっての冷たい水も同然の美味に思えたね。

そいつがおいらに呪文を投げつけた。おいらにさえぎる力はないってわかったから、頭を下げてよけた。呪文はおいらの後ろの壁にあたって爆発して、炎と煙をあげたもんだ。おいらは何かを投げつけるなり、階段を駆けのぼってった。

つづく一時間ばかしは、そいつを引き連れて城内をめぐる楽しい追いかけっこに興じたよ。おいらの呪文がそいつをちくっと刺して、こっちがやられる直前に身を隠す、ってなふうに。そいつをあざ笑って、からかったりもしたようだが、はっきりとはおぼえちゃいない。

けど、ようやく足をとめて休んだとき、いつかはそいつに殺されるにきまってるって気づいた。だからおいらは、かって知ったるあの貯蔵小屋に、なんとか瞬間移動したのさ。

それ以来、あの男とは一度も顔をあわせてない。たぶん、期限の過ぎた地代のことでも問いただしにきたんだろう。けど、おいらは変わったよ。アドリランカの都をめざした。道ばたのテクラの家々で、新しく身につけた妖術の技量を使って小銭を稼いだもんだ。テクラに払える程度のはした金《がね》で、喜んで手助けしてくれる妖術師なんざまれなもんだから、月日とともにかなりの額がたまった。都に着くと、貧しい飲んだくれのアイソーラを一人みつけてな。この男は、おいらにも支払えるような額で、宮廷の作法や話し方を喜んで教えてくれたんだ。そいつの教えは、宮廷の基準に照らしあわせりゃ、間違いなくひどいもんだったろうが、この街の、おいらと似たような連中を相手にするにはそれで充分だったし、妖術師としてうまくやってけると思ってた。

もちろん、大間違いだったよ。おいらは、やっぱりテクラでしかなかった。みずからを妖術師と思いこんでるようなテクラを、たぶん連中はおもしろがってたろうが、盗人《ぬすっと》がはいるのを防いだり、麻薬の中毒を断《た》ったり、建物の基礎を補修するなんてことに呪文が必要になったとき、テクラの妖術使いなんぞ本気で相手にはしないもんだ。

困窮きわまったすえに、おいらは〈東方人〉区域に流れ着いたってわけさ。ここでの暮らしが楽だったふりをするつもりはないがね。〈東方人〉は、おいらたち〝人間〟の多くが〈東方人〉に示すほどの愛情さえも示しはしなかったし。それでも、おいらの技量は、少なくとももときには役に立ったよ。

あとの残りは、タルトシュ卿、こういっておけば充分だろうな。ひょんないきさつからフランツと出くわして、おいらはテクラとして生きてきた人生を語り、あいつもテクラと〈東方人〉を結びつける共通の話を聞かせてくれた。それと、われわれがいかにぎりぎりの生活に甘んじてるか、つねにそうである必要はないんだっていう希望も。あいつがケリーを紹介してくれたんだ。ケリーは教えてくれた、この世界は自分の手で変えられるものであって――変えねばならないものだ、ってことを。

そいで、おいらはフランツといっしょに活動をはじめた。二人でもっと多くのテクラを集めだしたんだ。おいらの領主さまよりずっとひどいやつらのもとで、奴隷みたいに働かされてた連中を。みんなが苦しめられてきたこの帝国の脅威についておいらが語ると、フランツは逆に希望について語る。みんなが力をあわせれば、そうした脅威から自由になれるんだって。希望ってのが、いつだってあいつの主張の半分を占めてたんだよ、タルトシュ卿。あとの半分は、行動だった——自身の行動によって、希望をつくりだすんだ。そいで、ときに二人じゃ手に負えなくなると、ケリーが解決へと導いてくれた。

あの二人は一心同体だったんだよ、わが良きジャレグ殿。ケリーとフランツのことだがね。誰かが任務をしくじると、ケリーはそれこそ、くそみそにけなすことだってある。けどフランツは、いつだってもう一度やりなおす手助けをしてくれた、いっしょに街に出てな。あいつにはいものなんてなかった。脅《おど》しにむしろ喜んでたくらいだ。脅されるっていうのは、あいつの存在が誰かをおびやかしてるってことで、それはわれわれが正しい道を進んでることの証《あか》しだって。これこそはフランツって男さ、タルトシュ卿。だからこそ、やつらはあいつを殺したんだよ。

どうしてやつらがフランツを殺したのか、おれはそのわけを訊き返さなかった。それはべつにかまわない。おれはこの男の話をしばらくのあいだ咀嚼《そしゃく》してみた。

「パレシュ」と声をかける。「その脅しっていうのは、なんだったんだ？」

やつはしばらくのあいだ、おれをまじまじと見つめていた。まるで、山が崩れ落ちるのを目撃したばかりだというのに、あれはなんの石でできてたのか、とでも訊かれたように。

やがて、パレシュはぷいと顔をそむけた。おれはため息をついた。

「まあいいさ」おれはつづけていった。「ケリーはいつ戻る？」

パレシュはふたたびおれに顔を戻した。その表情は、閉ざされた扉のようだ。「なんでそんなことを知りたがるんだい？」

ロイオシュのかぎ爪が、おれの肩にきつくくいこむ。

《落ちつけよ》おれは彼をなだめ、パレシュに対してはこういった。「あいつと話がしたい」

「明日、もう一度出なおすんだな」

頼みに応じるよう、こっちの事情を説明してみることも考えてみた。だが、こいつはテクラだ。ほかのなんであれ、こいつはやはりテクラだった。

おれは腰を上げ、建物を出ると、自分の生活区域に戻っていった。

3

〝……右袖口のかぎ裂きを繕《つくろ》うこと〟

馴染《なじ》みのある区域に戻るころには、日が暮れかけていた。事務所に戻る理由もなかったから、そのまま自宅のほうに向かう。

ガーショス通りが〈銅貨横丁〉と接するあたりで、壁にもたれている男に目が留まった。おれがそいつに気づいたのとほぼときを同じくして、ロイオシュが警告を発した。向こうがおれに気づいたのもそのころだ。

ロイオシュがいった。《後ろにもう一人いるよ》

《わかった》

あまり心配はしていない。やつらにおれを殺すつもりがあったら、おれが気づくひまなどなかったろう。前方の男に近づいていくと、そいつが道をふさいだ。それがバジノクだと気づき、つまりはハース——アドリランカ南域一帯を支配する男の代理だとわかった。肩の力を抜く。手がむずむずした。やつの数歩手前で足をとめる。ロイオシュは背後の男を見張っていた。バジノクはおれを見おろし、そしていった。「伝言がある」

おれはうなずき、憶測をめぐらした。

やつがつづける。「よけいなことに近づくな。離れてろ」

おれはもう一度うなずいた。

やつがいう。「わかったか？」

「そいつは無理なようだな」

やつの手が、剣の柄《つか》に伸びる。ゆっくりとした、ただの脅《おど》しでしかない。やつはいった。

「どうしてもか？」

「ああ」

「もっとはっきりした伝言にしてやってもいいんだぞ」

足を折られたりするのはごめんだったから、おれはおろしていた腕をさっと振り動かして、ナイフをやつに投げつけた。この動作はしつこいくらい何度も練習してきたもんだ。これならひどくすばやく投げられる。この投げ方で相手に重傷を負わせることのできる者など自分以外に絶《た》えて知らないし、おれの腕をもってしても、かなりの幸運が必要だ。その一方で、誰だってたじろぎはする。

ナイフの柄がやつの腹部を打ち、バジノクがたじろぐあいだに、ロイオシュがもう一人の顔にとびかかっていった。バジノクが態勢をたてなおすより先におれは突き剣を抜き、そのすきを利用して、背後から襲いかかられることのないよう狭い通りにとびこんだ。

そのころまでにバジノクの手には剣が握られ、もう片方には短剣もあらわれていた。やつが防御の姿勢をとろうとした矢先、おれの剣先がやつの右膝の上をとらえる。やつは毒づいて、後ろにとびのいた。おれもとびこみ、やつの左頰に傷を刻むと、つづいて右手首にも深手を与えた。バジノクはもう一歩あとずさり、こっちはやつの左肩に剣を突き立てた。やつが後ろざまに倒れる。

今度はもう一人に目を移した。そいつは大柄で、力もありそうだ。ロイオシュに顔を嚙《か》まれたらしい兆候を示していた。男は剣をやみくもに振りまわし、おれの使い魔は剣の届かないところでせせら笑っている。おれはちらっとバジノクに目をやってから、左手でナイフをさぐりあてると、狙いをつけ、慎重にもう一人の腹のどまんなかに投げつけた。男はうめき、うなり声を発しながらおれのほうに斬りつけ、おれの手首を狙って、腕の毛をむしりとるところまでいった。とはいえ、やつにはそれが精いっぱいだった。そいつは剣を落とし、通りに膝をついて、腹を押さえたままつんのめって倒れた。

「よし、とっとと失《う》せろ」おれは息があがってなどいないふりをよそおった。

二人はたがいに顔を見あわせ、ナイフを腹にくらったほうの男が瞬間移動で姿を消した。そいつが完全に消えてしまうと、バジノクも立ち上がり、怪我した肩をかばいながら、足を引きずりはじめた。おれはまっすぐ家に戻るのをやめにした。やつから遠ざかるあいだ、ロイオシュがバジノクを見張りつづけていた。

「そいつはただの警告だろうな」とクレイガーがいった。
「そんなわかりきったことのために、おまえを雇ってるわけじゃないぞ」
「議論の余地はあるが」と彼が応じる。「ま、いいだろう。問題は、やつがどこまで踏みこんでくるかだな」
「それこそは」とおれがいった。「おまえを雇ってる理由だ」
「さてな。だが、最悪の状況に備えておくべきだろうな」
おれもうなずいた。
《なあ、ボス》
《なんだ?》
《このことを、カウティには話すつもりかい?》
《はぁ? もちろん、あとで……おっと、そういうことか。いったんはじまったら、やつらは手加減しない、ってわけだな?》
そのころまでにクレイガーは部屋を出ていったらしい。おれは短剣を抜いて、壁に思いきり投げつけた──標的のないほうの壁に。その壁に穴があくのははじめてでもないが、今度のが一番深い穴になるかもしれない。
数時間後に家に戻ったときも決断はつきかねていたが、カウティはまだ戻っていなかった。おれは腰をおろして妻を待つことにした。あまり飲みすぎないよう気をつけよう。お気に入りの椅子に坐る。詰め物がたっぷりされた、大きな灰色のやつで、表面がけば立ってちくちくするから、服を脱いだときに坐るのはためらわれる。くつろいでずいぶんと長いことそうしていたが、やがてカウティがどこにいるのか心配になってきた。

目を閉じ、しばし気を集中させる。

《なあに？》

《よう。どこにいる？》

カウティがすぐにこたえなかったから、おれは急に気になりだした。

《どうして？》と彼女がついにいった。

《どうして、だと？　知りたいからだよ。どうしてって、どういう意味だ？》

《アドリランカの南域にいるの》

《危険なことはないか？》

《このあたりで暮らしてる〈東方人〉がつねに向きあってる以上に危険、ということはないわね》

〝たわごとはよしてくれ〟といい返したいのを呑《の》みこんで、おれはいった。《そうか。いつ戻る？》

《どうして？》

彼女が訊き返し、おれのなかで、ちくちくするものがはねまわりはじめた。〝こっちはあやうく殺されるとこだったんだぞ〟とあやうくいいかけたものの、それは真実でもなければ、公正な意見ともいえない。

《なんでもない》それだけいって、おれは接触を断《た》った。

腰を上げ、キッチンにはいっていった。鍋に水をくみ、コンロにかけて、その下に何本か薪《まき》をつっこむ。ロイオシュとロウツァがすでにきれいになめてあった皿を片づけ、テーブルの上を拭《ふ》いて、食べかすはコンロにほうりこむ。ほうきを取ってきてキッチンを掃き、ごみはテーブル上の食べかすと同じように処分した。そうして、コンロにかけておいたお湯で皿を洗っていった。皿は妖術を使って乾かす。皿を拭くのは嫌いだった。皿をしまおうと食器棚をあけると、少しほこりがたまっているのに気づいたから、なかの食器をいったん出して、すべての棚を布巾《ふきん》で拭いた。そのうちに、精神内で接触してくるかすかなうごめきが感じられたが、カウティからではなかったから無視していると、ほどなくして消えてしまった。

水まわりの下もきれいにして、今度は床全体をモップがけしていく。居間にはいり、そっちまで掃除する気にはなれなかったから、ソファに腰をおろした。数分もすると結局は立ち上がり、はたきをみつけてきて、ドアわきの棚のほこりを払いはじめた。磨いた木材でできた犬の置物の下や、カウティの小さな肖像画をおさめた額、翡翠《ひすい》のようにも見えるが本当はそうでないライオーンの彫り細工、それと、祖父の肖像画を入れた、もう少し大きな額なども。カウティの絵の前で手をとめて話しかけたりはしなかった。

さらに、キッチンから布巾を取ってきて、去年カウティがおれに贈ってくれた小ぶりなテーブルを拭いた。あらためて、おれはソファに腰をおろした。
ライオーンの角《つの》がカウティの絵のほうを向いているのに気づいた。怒ったときのカウティはひどく些細なことにも目を留めて、そこに深い意味があるとみなすから、おれは立ち上がってライオーンの向きを変え、また坐りなおした。次に、おれが去年カウティに贈ってやった〈東方〉ふうリュートのほこりもぬぐった。彼女はこの十二週ばかり、手に取ってもいない。本棚のほうに歩いていって、ウィントの詩集を抜き出した。しばらく眺めてみたが、抽象的な表現と格闘する気分でもなかったから、棚に戻した。ビンギアの著作を手に取るも、彼女の作品はあまりに陰鬱すぎると考えなおした。トーチュリやラートルは手に取ろうともしなかった。薄っぺらな小賢《こざか》しさなら間《ま》にあっている。そんなことのために本を読む必要などない。〈帝珠〉に接触し、つづいて自身の体内時計にもたずねてみたが、どちらもまだ眠れる時間ではないと告げていた。
《おい、ロイオシュ》
《なんだい、ボス?》
《芝居でも観《み》にいかないか?》
《どんな?》
《なんだっていい》
《いいとも》
〈カイロンの円形広場〉まで、瞬間移動はせずに歩いていった。胃袋を動転させたくなかったからだ。かなり歩くことになったが、散歩しているうちに気分はよくなった。たった今はじまったばかりの出し物をみつけると、題名を確かめもせずにきめた。堕落したフェニックスの統治期を題材にした史劇だったように思う。それゆえ、五十年も前に使ったきりほうってあった衣装を再利用できたというわけだ。十五分もすると、誰かがおれの財布を掏《す》ってくれないかと期待するようになっていた。ちらっと後ろを振り返るも、年配のテクラ夫婦が坐っているだけだ。きっと、一年ぶんの蓄えを注《つ》ぎこんで観劇にきたのだろう。この望みはあきらめることにした。

一幕目が終わると席を立った。ロイオシュも気にしなかった。彼の意見によれば、あの〈軍事卿〉を演じた役者は、〈北が丘〉から降りてくるべきではないそうだ。劇場で目にするには、あまりに気どりすぎだ。

《〈軍事卿〉ってのはドラゴン家のはずだろ、ボス。ドラゴンってのは足音荒く歩くもんだ。こそこそ歩くんじゃなしに。それに、あいつは自分の剣につまずいて三度もころびかけてたぜ。それと、もっと兵を徴集すべきだ、ってあいつが主張してた場面なんて、あの口ぶりじゃまるで――》

《どいつが〈軍事卿〉だったんだ？》

《おっとと。なんでもないよ》

おれはぶらぶらと家路をたどった。誰かがちょっかいを出してこないかと期待していた。そうすれば、こっちからお返しをしてやれるからだが、アドリランカの街は、まったくもって平穏そのものだった。一度、誰かが近づいてきておれのマントを引っぱろうとしたから、おれはいつでも行動に移れるよう身構えた。ところがそいつは、おそらくはオーカの、しかもひどく老《お》いぼれたじいさんで、何かの薬でもやっているようだった。そいつが口をきくより先に、銅貨は余ってないかとこっちから訊いてやった。じいさんが困惑した顔になったから、おれは肩をぽんと一つ叩いてやって、歩きつづけた。

おれたちは家に戻り、マントを壁にかけて長靴《ブーツ》を脱ぎ、寝室をのぞいた。カウティは戻っており、すでにぐっすり眠っていた。ロウツァも小部屋で休んでいる。

カウティのそばに立ち、彼女が目を覚ますのを期待して待った。彼女を見つめているおれに向こうも気づき、なんなのと彼女が問いかけ、おれがどなりちらし、彼女があやまって、すべてがまるくおさまるように。

そうやって十分ほども枕もとに立っていたに違いない。一人きりなら、ずっとその場に立っていたかもしれないが、ロイオシュがそばにいた。彼は何もいわなかったが、彼のおかげで、十分以上も自己憐憫にふけっていた自分に気づいた。そこでおれは服を脱ぎ、カウティの隣にもぐりこんだ。彼女は目を覚まさなかった。ずっと、ずっとあとになって、おれはようやく眠りに落ちていった。

おれはゆっくりと目を覚ました。

いや、いつもこんなわけじゃない。これまでにも、ロイオシュがおれの頭のなかでわめきたてて目を覚ましてみると、自分が戦闘のまっただなかにいるのに気づいたこともある。一、二度は、目覚めが悪かったせいで、不幸な結果になりかけたこともあった。が、そんなことはめったにあるもんじゃない。たいていは覚醒と睡眠のはざ間《ま》のようなひとときがあって、あとから振り返るとそれは数時間もつづいたように感じられる。そのあいだ、枕を抱きしめ、本当に起き上がりたいんだろうかと思いをめぐらすわけだ。寝返りを打ち、天井を眺めているうちに、今日は何をしようかといったことが頭のなかにゆっくりと浮かんでくる。そうするうちに、本格的に目が覚めるのだった。毎朝、おれは起き上がるだけの価値を何か見いだせるよう、生活を調整するようにしていた。今日は二人で〈東方人〉区域に出かけて、コショウの市場を巡《めぐ》ってこよう。今日はあの新たな売春宿の契約を片づけてしまおう。今日は〈黒の城〉に出向いて、マローランの屋敷の警備組織を点検し、アリーラにも声をかけてこよう。今日はあの男を尾行《つ》けて、やつが一日おきに愛人のもとを訪ねることを確認しておこう、などといったふうに。

この日、目覚めたとき、思ってもみなかったほどこれまでの自分が恵まれていたことに気づいた。なにしろ今日は、何一つやるべきことがみつからないままベッドを出るしかなかったのだから——ただの一つも。カウティはすでに起き出していたが、まだ家にいるかどうかはわからない。どっちにしろ、寝室の外の世界をのぞいてみたいという気にはなれなかった。事務所のほうはおれ抜きでも勝手に機能している。果たすべき務めもなかった。今この人生において興味が持てるのは、あの〈東方人〉が殺された背後に何があるのか、さぐり出すことくらいのものだ。それはカウティのためだが、彼女のほうは、そんなことなど気にも留めていないらしい。

ともかくも、おれはお湯を沸《わ》かそうとキッチンにはいっていった。カウティは居間で半折り判《タブロイド》の新聞を読んでいた。喉が詰まるような感じがした。水を火にかけ、洗面所にはいる。便器を使い、妖術できれいにした。きれいに、効率的に。ドラゲイラどものように。冷たい水でひげをあたった。祖父はいつも冷たい水でひげをあたっていたものだ（顎ひげも伸ばしはじめるまでは）。こうすると、冬の寒さにも容易に耐えられるからというのだった。ばかげて聞こえたが、祖父に敬意を示す意味でおれもそれをまねていた。歯磨き用の枝を嚙み、歯茎をこすって、口をゆすぐ。そのころには、風呂にはいれるくらいにお湯が沸いていた。湯につかり、身体を拭いて、浴室をきれいにし、服を着て、残り湯は裏窓から捨てる。バシャッ。

おれは窓べにたたずみ、地面にたまった残り湯や、路地を流れてゆく汚水を眺めていた。捨てた残り湯が描きだす模様から未来を占おうとする者があらわれないことを、前から不思議に思っていたものだ。左を見て、隣の裏口の地面が乾いているのを見てとった。はっ！　今日もあの女より早起きしたというわけだ。ほら、どうだ。ささやかな勝利が一つ。

居間にはいって自分用の椅子に腰をおろし、ソファと向きあった。カウティが読んでいる新聞の見出しにちらっと目をやると、それはこんなふうに書かれていた。

〝調査を要求――〟とあって、黒々とした大きな文字が四行ほど踊っている。記事はそれだけではなかった。カウティが新聞をおろして、おれを見た。

おれはいった。「おまえに腹をたててるとこだ」

彼女がいった。「わかってるわよ。外にでも食べにいかない？」

おれはうなずいた。どういったわけか、おれたちは家のなかで話しあうことができないらしい。おれたちはお気に入りのクラヴァの店に向かった。ロイオシュとロウツァもおれの両肩にのっている。おれは胃袋のつっぱりやよじれなど無視して、まずは卵をいくつか注文し、ハチミツをひどく控えめにしたクラヴァを少し飲んだ。カウティはお茶を頼んでいた。

彼女がいった。「それで、どうして怒ってるの？」

まるで、相手に防御の姿勢をとらせるため、自分から攻撃に出たみたいだった。

そこで、おれはいった。「どうしておれに居場所を教えなかった？」

「どうして知りたがったの？」おれたちがやりあおうとしていることを二人とも察し、彼女の顔にかすかな笑みが浮かぶ。

「どうしていけないんだ？」

そうして二人ともにんまりし、おれはほんのしばらくのあいだ、気分がほんの少しだけよくなった。

やがて、カウティは首を横に振った。「あたしがどこにいるか、それにいつ戻るのかって訊いてきたとき、あなたはまるで、意見するつもりでいたみたいだけど」

憤慨したように自分が頭をそらすのをおれは感じていた。「ばかいえ。おれはただ、おまえがどこにいるのか知りたかっただけだ」

カウティがおれをにらみつける。「そうよ、あたしってばかよね。だからって、あなたにそんなことする権利は――」

「ちくしょうめ。ばかなのは〝おまえ〟だなんていってないし、それはおまえもわかってるはずだろ。そうやっておれを責めて――」

「あなたを責めてなんかいないわ。自分が感じたままを口にしたまでよ」

「うむ、そう感じたって口に出すことによって、おまえはほのめかして――」

「そんなのふざけてるわ」

これこそは〝そうとも、おれはふざけてるよな〟といい返してやる絶好の機会だったが、そうすべきでないことくらい、おれもわかっている。そこで、代わりにこういった。

「なあ、おれはあのときも、それにこれまでだって、おまえの行動に指図しようとしたことなんか一度もなかった。家に戻ってみると、おまえの姿が見えなかったから――」

「へえ、それってはじめてのこと?」

「ああ、そうだとも」おれはいった。それが正しくないことはおたがいにわかっているが、とめる前に口をついて出てしまった。カウティの口端がきゅっとつり上がり、眉尻が下がる。おれが一番気に入っている表情の一つだ。

「わかったよ」とおれはいいなおした。「けどな、おまえのことが心配だったんだ」

「あたしのことが？」とカウティ。「それとも、あなたの気に入らないことにあたしが加担してるんじゃないかって心配だったってこと？」

「おれの気に入らないことにおまえが加担してるのは、もうとっくにわかってる」

「どうして気に入らないの？」

「まず第一に、〞ばかげてる〞からだ。どうやって〈東方人〉五人とテクラ一人だけで、帝国の〞圧政を覆《くつがえ》す〞っていうんだ？　それに――」

「ほかにもあるのよ。それは氷山の一角でしかないんだから」

おれはいいやんだ。「氷山、ってのはなんのことだ？」

「ええと……あたしもよくわからないけど。いってる意味はわかるでしょ」

「ああ。問題はな、まだテクラ家の天下に近づいてもいないってことだ。テクラが循環位《サイクル》のてっぺん付近にあるなら、少しは可能性もあるだろうが、そうじゃない。今はフェニックスの御代《みよ》だし、循環位《サイクル》が転じるころにおれたちがまだ生きてたとしても、次はドラゴンの出番であって、テクラなんぞおよびじゃない。

そして第二に、今のおれたちの境遇になんの不満があるんだ？　もちろん、申しぶんがないってわけじゃない。とはいえ、暮らし向きはまずまずだし、それだってみずからの手で勝ち取ってきたんだぞ。おれたちの仕事を捨て、生活環境を捨て、ほかのすべても投げ捨てるっておまえはいうが、なんのために？　くだらん連中が集まって大物ぶろうとするのを――」

「言葉には気をつけて」

おれは中傷のさなかでいいやんだ。「わかったよ。悪かったな。けど、これでおまえの質問にはこたえられたか？」

カウティは長いこと押し黙っていた。食事が運ばれてくると、二人は一言も口をきかずに食べた。食べ残しをロイオシュとロウツァに譲ると、カウティがいった。

「ヴラディミール、あたしたち、おたがいの短所は指摘しないって約束してたわね？」

彼女がそういうのを聞いて、おれは心が沈むのを感じつつうなずいた。

カウティがつづける。「そう、これからあたしがいうのは、批判のように聞こえるでしょうけど、そういうつもりじゃないの、いい？」

「つづけてくれ」

彼女は首を振った。「じゃ、いいのね？　こんなことというのは、大事なことだと思うからよ。けど、あなたにさえぎられたくないの、あなた自身の問題に向きあわせようとするたびに、あなたがいつもそうしてたように。それでも聞くつもりはある？」

おれはクラヴァを飲み干し、給仕にもう一杯要求して、お代わりがくると、甘みを調節した。

「わかったよ」おれはいった。

「つい最近まで」と彼女が話しはじめる。「今の仕事を選んだのは、ドラゲイラ族を嫌ってるからだとあなたは思ってた。やつらを殺すのは、幼いころあなたが連中から受けてきた仕打ちへの、あなたなりの仕返しだって。そうよね？」

おれはうなずいた。

「さて」と彼女がつづける。「何週間か前に、あなたはアリーラと話をした」

おれはうめいた。「ああ」とだけ応じる。

「アリーラはいった、あなたの前世は――」

「ああ、わかってる。おれはかつて、ドラゲイラだった」

「それであなたは、これまでの自分の人生がまやかしだったように感じるっていってたわね」

「ああ」

「どうして？」

「んん？」

「どうしてそれほど動揺したの？」

「おれにはさっぱり――」

「それってもしかして、自分を正当化しないといけないって、ずっと感じてきたから？心の奥底では、お金のためにひとを殺すのが〝悪いこと〟だって思ってたからなの？」

「あいつらは〝人間《ひと》〟じゃない」おれは反射的にいい返した。「ドラゲイラ族だ」

「ううん、彼らだってひとよ。今の一言で、あたしの指摘が証明できたようね。あたし同様に、あなたもこの仕事に足を踏み入れるしかなかった。あなたはそれを正当化する必要があったのよ。あまりに自己正当化が念入りだったせいで、その必要がなくなってからも〝仕事《ころし》〟をつづけてきた。自分の縄張り《シマ》を運営するようになって、充分なお金も稼げるようになって、もう〝仕事〟をする意味がなくなってからも。そんなとき、あなたの正当性が崩れた。だから今じゃ、自分がどんな立場にあるのかわからなくなってる。自分がどこにいるのか、本当は、心の奥底では、自分が悪い人間なんじゃないかって思い惑《まど》わないといけなくなって」

「そんなわけ——」

「最後までいわせて。あたしがいいたいのはこういうことなの——ううん、あなたは悪いひとなんかじゃない。あなたは、生きるため、それにあたしたち二人の家庭や快適な暮らしを提供するため、やらないといけないことをやってきただけ。でも、これだけはいわせて。今のあなたは、もうドラゲイラを憎んでるふりをしてごまかすわけにはいかないのよ。あたしたちが担《かつ》いでる帝国って、いったいどんなもの？　あなたみたいなひとが、ただ生き抜くためだけに、それと、おびえることなく通りを歩くためだけに、今みたいな仕事をしないといけないなんて。ジャレグ家を生み出したばかりか、繁栄させてまでいる帝国ってなんなの？　あなた、〝そのこと〟まで正当化できる？」

かなりの時間をかけて、おれは彼女の言葉を心に浸透させていった。さらにクラヴァを喉に流しこむ。そうして、おれはいった。「そういうもんなんだ。たとえ、おまえが関わりはじめたあの連中がただの狂人でないにしても、やつらが何をしようと社会は変わりやしない。別の皇帝を据えたとこで、何年かすればまた元のとおりに戻っちまうよ。帝位につくのが〈東方人〉だとなったら、数年だってもたないかもな」

「それはまったく別の問題よ。あたしがいいたいのは、あなたは自分のしてることを受け入れるほかないってこと。誰を犠牲にして、なんのために生きてるのかってことも。あたしにできることがあれば手伝うけど、なんとかしないといけないのは、あなた自身の人生なのよ」

おれはクラヴァのカップの底を見つめていた。どれほど見つめてみても、何一つはっきりするわけではなかった。

さらに一、二杯飲んだあとで、おれはいった。「わかったよ。けど、おまえがどこにいたのかは、まだ話してもらってないぞ」

「教室で教えてたの」

「教室だって？　なんの？」

「読み書きの。〈東方人〉やテクラのためにね」

おれはカウティをまじまじと見つめた。「わが妻はお師匠《ししょう》さま、ってわけか」

「からかうのはよして」

「すまん」つづけて、おれはいった。「どれくらい前からそれを？」

「はじめたばかりよ」

「ほう、そうか」おれは咳ばらいを一つした。「どんな調子だ？」

「順調よ」

「ほう」そうして、またしてもいやな予感がした。「どうして今になって、急にそんなことをはじめたんだ？」

「誰かがフランツの代わりを務めないといけないから」といって、カウティはおれの危惧をまさしく実証してくれた。

「なるほどな。それこそは、誰かさんがフランツにやってほしくないと思ってた行為かもしれないって、思いあたらなかったか？　そのためにこそ、やつは殺されたんじゃないかって」

カウティはまっすぐにおれを見た。「思ったわよ」

寒けがおれの背筋をつたっていく。「つまり、おまえはわざわざ――」

「あたしはフランツとは違うもの」

「相手が誰だって、殺すことは可能だ、カウティ。玄人《プロ》に金を払う気さえあれば――そして、誰か金を払ったやつがいるってことも確かだが――誰だって殺すことはできる。そんなことくらい、おまえだってわかってるだろ」

「ええ」

「いいや」

「いいや、って何が？」

「よせよ。おれに選択させるのはやめて――」

「選択するのは、このあたしよ」

「おまえがあわれな標的にされるような状況に、むざむざはまりこませるわけにいかないな」

「あなたには、あたしをとめられないわよ」

「とめられるとも。まだどうすればいいかわからないが、絶対にとめてみせる」

「そっちがそのつもりなら、あたし、出ていくから」

「おまえが死んじまったら、そんな選択もできないんだぞ」

カップからはねてこぼれたクラヴァをおれがぬぐうあいだ、彼女は口をつぐんでいた。

「あたしたちは、無抵抗なんかじゃない。支援だってあるし」

「〈東方人〉やテクラのな」

「みんなに食料を供給してるのは、そのテクラなのよ」

「わかってるとも。それに、それをどうにかしようとしたら、やつらがどうなるかもな。これまでにも革命騒ぎは何度もあったが、成功したことなんてない、オーカの御代でもないかぎりはな。つまり、テクラの統治の直前でもないかぎりは。さっきもいったとおり、今はまだそのときじゃない」

「あたしたちはテクラ家による革命を目指してるんじゃないの。テクラによる統治なんて話しあってもいないのよ。循環位《サイクル》そのものを壊そうとしてるの」

「それだったら、前にもエイドランが試してるよな？　あの男は旧都を崩壊させ、二百年以上もつづく〈空位時代〉をつくりだした。それでさえ、うまくいかなかったんだぞ」

「帝国成立前の妖術とか、でなけりゃほかの魔法を使おうっていうんじゃないの。あたしたちは、民衆の力で——〝本物の〟力を持った人々によって成し遂げようとしてるのよ」

本物の力というのがなんなのか、そして誰がそれを持っているというのか、こっちの意見は留保したまま、おれはいった。「おまえをむざむざ殺させるわけにいくか、カウティ。とにかく、そんなことできない」

「あたしを護る一番の方法は、あなたも加わることよ。あたしたちには——」

「ただの言葉《たわごと》だ」おれはいった。「そんなのは、たわごとでしかない」

「ええ」とカウティ。「考える人間の頭や心から発せられた言葉よ。それがたくさん集まったら、これ以上に強力なものも、これ以上の武器もこの世には存在しないんだから」

「そりゃすごい。だが、おれには受け入れがたいな」

「あなたも受け入れるほかないのよ。でなけりゃ、少なくとも、向きあうしか」

おれは何もこたえず、考えこんだ。それ以上二人は一言も口をきかずにいたが、クラヴァの店を出るころには、おれは自分が何をすべきかわかっていた。カウティはそれを気に入るまい。

だが、それはおれだって同じだ。

4

〝灰色のズボン一本——右足上部の血液染《じ》みと……〟

まだはっきりとさせてなかったならいっておくが、〈東方人〉区域へ歩いて出かけるとなると、ゆうに二時間はかかる。おれはそのことにうんざりしはじめていた。いや、そうじゃないかもしれない。今にして思えば、三秒で瞬間移動し、そのあと十五分から二十分ほど吐いたり、あるいは、こうならないですんだらいいのにと後悔すればすんだことだ。つまるところ、歩きながら考える時間が欲しかったのかもしれない。とはいえ、〈マラクの円形広場〉付近とアドリランカ南域を行ったり来たりしてうろつくだけのために、ずいぶん時間を浪費している気がしたことはおぼえている。

だがともかくも、おれはそこにたどり着いた。建物のなかにはいり、ドア枠の外に立つ。今はカーテンで仕切られていた。手を叩こうとは思わなかったし、壁を叩く気にもなれない。そこでおれは呼びかけた。「誰かいるかい？」

足音がしてカーテンが引かれ、おれは旧友グレゴリーを目の前にしていた。その後ろにはシェリルの顔もあって、こっちを眺めている。ほかに誰がいるのかまではわからなかった。目の前に立っていたのがグレゴリーだったから、おれはやつのわきをすり抜け、そしてたずねた。「ケリーはいるかい？」

「どうぞ」とシェリルがいった。おれは少し気づまりをおぼえた。室内にはほかに誰もいない。片隅には、半折り判《タブロイド》の新聞がうずたかく積み上げられている。カウティが読んでいたのと同じものだ。

グレゴリーがいった。「ケリーになんの用だ？」

「おれの巨額の富を、この世で一番の愚か者に遺産として残してやろうと思ってな。ケリーのやつにその資格があるか、面接しようと思ったんだ。だが、おまえさんに出会ったからには、これ以上さがしてまわる必要はなさそうだ」

グレゴリーが怖い顔でにらむ。シェリルが声をあげてかるく笑ったから、グレゴリーは顔を赤くした。

そのとき、カーテンをあけてケリーがはいってきた。おれはこの前のときよりじっくりとやつを観察した。ケリーは実際のところかなり肥えていて、そのうえ背も低い。それでいて、どういうわけか、デブというよりは太っちょと呼びたくなるような男だ。ある意味では、かわいげがあった。額はのっぺりと広く、そのために頭が大きな印象を与える。髪はほんの半インチほどだろうか、とても短く刈られ、もみあげもまったく伸ばしていない。やつの目には二つの段階が観察できる。細めるのと、にらむのとだ。とても表情の豊かな口をしていた。おそらくは、まわりについた肉のせいだろう。陽気さから辛辣さに一瞬でさま変わりできる人間という印象を受けた。いわば、グロウバグのように。

ケリーがいった。「さあ、はいってくれ」

そうしてやつは背を向け、おれをあとに残したまま部屋の奥に歩きだした。意図的な策略だろうか、とおれはいぶかった。

奥の部屋は狭くてほこりっぽく、パイプの煙のにおいがした。もっとも、ケリーは喫煙者らしき歯をしていない。今にして思い起こせば、やつはおよそ悪習などというものにいっさい染まっていなかったようだ——食べすぎを別にすれば。やつが〈東方人〉であったのはなんとも残念なことだ。ドラゲイラなら、余分な肉を妖術でとることもできる。〈東方人〉は、そのためにみずからの命をちぢめようとする。

革装の本が幾列にも並び、そして黒や、ときに茶色の表紙の本が部屋じゅうに散乱していた。書名までは読みとれないものの、なかの一冊にはパドライク・ケリーという名があった。

ケリーはうなずいて、硬そうな木の椅子をおれにすすめ、自分は崩れかけのようにも見える机の奥に坐りこんだ。おれは本を指さしてたずねた。「あんたが書いたのか？」

やつはおれの指先を目で追った。「そうだ」

「なんの本なんだ？」

「歴史書だよ、二二一年の蜂起の」

「それって、どこの？」

ケリーはおれをまじまじと見つめた。おれが冗談でもいっているのか確かめようとしているみたいだった。やがて、やつがいった。「ここ、アドリランカ南域でだよ」

「ほう」おれは咳ばらいを一つした。「あんたは詩も読むかい？」

「ああ」とやつが応じる。

おれはこっそりとため息をついた。部屋にはいるなりまくしたてたくはないが、ほかに話すことはあまりなさそうだった。そもそも、そんなことしてなんの意味がある？　そこで、おれは切り出した。

「あんたがやってることについて、カウティが少しばかり話してくれた」ケリーはうなずき、つづきを待っている。「おれには気に入らない」おれがそういうと、やつの目がせばめられた。「カウティが参加してることを、うれしくは思わない」

やつはおれを見据えたまま、何もいわなかった。

おれは椅子に坐りなおし、足を組んだ。

「だが、それはかまわん。カウティの人生をおれが支配してるわけじゃないからな。カウティがこんなふうにひまをつぶしたいっていうなら、おれにはどうしようもない」おれはいったん口をつぐみ、相手が言葉をはさむのを待った。何もないとわかると、おれはつづけた。「こっちが気になってるのは、読み書きを教える教室ってやつだ——それこそは、フランツがやってたことなんだな？」

「それと、ほかのさまざまなこともだが」ケリーが唇を引き結んだままいった。「なら、あんたに取引をもちかけるとしよう。フランツを殺したのが誰か、そしてその理由もおれがさぐり出してやる。その教室ってやつをやめるか、でなけりゃ、ほかの誰かにやらせるっていうならな」

やつは一度もおれから視線をそらそうとしない。「それで、同意しなかったら？」

おれはいらいらしはじめていた。おそらくは、こいつのせいで気が落ちつかず、そして気にも入らなかったからだろう。おれは歯をきつくくいしばり、こいつについて思うままにぶちまけてやりたいと逸《はや》る気持ちを抑えつけた。おれはようやくこういった。「あんたを脅《おど》したくはない。ひとを脅すのは嫌いなんでな」

ケリーは机ごしに身を乗り出した。その目はそれまで以上に細くせばめられ、唇もきつく引き結ばれている。やつはいった。「きみはここにやってきた、彼が殉死したその直後に――」

「げすな勘ぐりはよしてくれ」

「黙れ！　殉死といったが、まさにそのとおりだ。フランツは自身の信ずるままに闘い、そのせいで殺されたのだからな」

ケリーはしばらくおれをじっと見据えていたが、やがて、やわらぎはしたものの、なおも鋭い口調でつづけた。「きみの商売のことは知っている。きみは、自分が落ちこんだ深みを理解できてさえいない」

おれは短剣の柄《つか》に手をかけたものの、抜きはしなかった。

「そのとおり」とおれがいった。「おれは自分が落ちこんだ深みを理解できてない。そんなことを口にするのは、じつに愚かな行為だぜ」

「何が愚かで何がそうでないか、わたしにいって聞かせるのはよしてもらおう。きみにその判断はできないし、それはきみの小さな世界で経験できる以外のすべてについてもあてはまる。市場の品物も同然に死を売り買いするのは〝間違って〟いるかもしれない、ときみは思いあたりさえしないのだからな」

「ああ。思ってもいないな。あんたのご託《たく》がそれだけなら――」

「だが、これはきみ一人の問題ではないんだぞ。そのことも考えてみるがいい、殺し屋殿。そうしなくてすむものなら、人々の行為のうちどれほどが、みずから望んでしているといえるだろうか？　きみは何も考えず、疑惑を抱きもせずにそうした仕事を受け入れてきた、それ違うかな？　一方で、〈東方人〉やテクラたちは自分の子どもたちの半分を売って、それで残りの子を養わねばならない。そんなことはないとでも思っているのか、それとも、ただ現実に目を向けるのを拒《こば》んでいるだけかね？」

やつは首を何度も横に振っていた。顎の奥で歯をきつく噛みしめているのがわかるし、その目はあまりに細くせばめられていたから、ものが見えていること自体が驚きだ。

「きみのしていることは――人間はそれ以上に卑しくなれるもんじゃない。きみにはそれ以外の選択がなくてやっているのか、それとも、性格があまりにねじけていて、それを好んでいるのか知らないが、そんなことなど問題ではない。この建物内で見かけられる人々は、自分のしていることに誇りを持っている。そうすることで、よりよい未来がやってくるとわかっているからだ。そんなところへきみは、卑劣な、世をすねた狡猾さでもって、その現実を目にするのを拒んでいるばかりか、どうやって迂回すべきかわれわれに教えようとまでする。われわれには、きみや、きみのいう取引とやらにかかずらって時間をつぶすひまなどない。それに、きみの脅しもわれわれに効力はない」

ケリーは口をつぐんだ。こっちに何かいいたいことがあるか確かめようというつもりだろうか。おれには、いい返すべき言葉もなかった。

ケリーが告げた。「出ていってくれ」

おれは立ち上がり、部屋をあとにした。

《勝ち負けの違いは、そのあとで家に帰りたくなるかどうかにある》

《なかなかの名言だな、ボス。で、どっちに向かうつもりだい？》

《さあな》

《ハースんとこにでも行って、スープに唾を吐いて、やつがなんていうか試してみるって手もあるよ》

おれには、それが名案だとはとても思えなかった。

まだ午後も遅くはなく、〈東方人〉区域はひどく活気がある。数街区ごとに市《いち》が立っており、それぞれに扱う品物も違っていた。こっちの市では、黄色やオレンジ色、赤、緑と色とりどりの野菜が並び、とれたての芳香もして、低いざわめきが聞こえてくる。向こうのは淡いピンク色で、肉のにおいがした。たいていはまだ新鮮で、喧噪はさらに小さい。耳もとを吹き抜ける風の音までもが聞き分けられるほどだ。その次のは、ほとんどが布地を扱っていて、市場のなかでもっとも騒がしかった。それというのも、布地商人ほど値切りの交渉にこだわる連中はないからで、絶叫やどなり声、哀願の声が響いてくる。彼らが交渉にうんざりすることはないようだった。

おれのほうは、ものごとにうんざりしている。多くのことにうんざりしていた。マローランの城をまわって衛兵や罠や警報を確認することにもうんざりしていた。自分には半分もわかっていない隠語を使って、うちの連中と話をあわせるのにもうんざりしていた。〈フェニックス警備兵〉の制服を目にするたびに、あわてて逃げ出すのにもうんざりしていた。ジャレグであるためによその家柄の連中から軽蔑され、〈東方人〉であるがゆえにジャレグからも軽蔑されることにもうんざりだった。カウティのことを思うたびに、かつては温かで、落ちついて、光輝くように感じられたものなのに、最近では胃がきゅっとすぼまるようになったことにもうんざりしはじめていた。

《ボス、答えをみつけ出さないと》

《わかってる。うんざりしてるだけだ》

《なら、ほかのことでもやってみるといい》

《そうだな》

気がつくと、祖父が暮らしている界隈《かいわい》をうろついていた。たまたまのようではあるが、それが本当に偶然なわけがない。おれは祖父の店の入口をくぐり、鈴を鳴らした。かろやかな音が響く。実際に、店の敷居をまたいだだけで気分がよくなりはじめていた。鈴か。呪術師のおでましだ。

祖父はテーブルの前に坐って、鵞鳥《がちょう》の羽根のペンで大きな羊皮紙片に文字やら絵やらを書いていた。老齢ではあるが、いたって元気だ。大柄で、ケリーが太っちょだとすれば、祖父は恰幅《かっぷく》がいい。頭部はほとんどきれいに禿《は》げ上がっており、そのため店内の小さなランプの光を照り返している。鈴の音《ね》を聞くと祖父は顔を上げ、残っている歯を剝《む》き出して、にんまりと笑った。

「ヴラディミール！」

「やあ、じいちゃん《ノイシュ＝バパ》」

おれたちは抱擁し、祖父がおれの頰にキスした。おれたちのあいさつがすむまで、ロイオシュはおれの肩を飛びたって棚の上にとまっていたが、今度は祖父の腕に飛んでいって、顎の下を撫でてもらった。おれが腰をおろすと、祖父の使い魔であるアンブルースという名の毛むくじゃらの大きな猫が膝の上にとびのって、鼻面《はなづら》を押しつけてきた。おれたちは旧交を温めなおした。祖父は鈴をぶら下げたひもに小さな紙片をくくりつけてから、おれを奥の部屋へとうながした。ハーブティーのにおいを嗅《か》ぐと、おれはさらに気分がよくなりはじめた。

祖父はお茶を注《つ》いでくれ、おれがハチミツを入れるのを見ると、たしなめるように舌打ちした。一口味わう。野バラ《ローズヒップ》だ。

「さて、わが孫のようすはどんなだね？」

「まあまあみたいだよ、ノイシュ＝パ」

「まあまあ？　それだけか？」

おれはうなずいた。

「問題があるというわけだな」と祖父がいった。

「うん。複雑でね」

「単純だったら、問題になどなりゃせんよ、ヴラディミール。単純なもののなかには悲しいものもあるが、けっして問題にはなりゃせん」

「そうだね」

「で、その問題というのは、どんなふうに起こったのかな？」

「どんなふうにだって？　フランツっていう男が殺されたんだ」

「おお！　あれか。ひどい事件だったわな」

おれは祖父を見つめた。「知ってるのかい？」

「みんなが話題にしとるよ」

「みんな？」

「うむ、あの連中、彼の……なんというんだったかな、〝エルヴタルソク〟のことは？」

「友人？　それとも、同僚？」

「うむ、ともかく、あの連中がそこらじゅうで話を広めておるからな」

「なるほど」

「だが、ヴラディミール、おまえはあの連中の仲間じゃなかろうな？」

おれはかぶりを振った。「カウティがそうなんだ」

祖父がため息をつく。「ヴラド、ヴラド、ヴラド。ばかげたことだよ。革命が起こるというのならわしらも手も貸そうが、ああしてわざわざ面倒ばかり起こしていては、みすみす斬頭台に首をのせるようなもんだ」

「革命さわぎはいつ起こったんだい？」

「あん？　二二一年だよ」

「ああ、そうか。なるほど」

「そう。あれはわしらが起こした反乱だったから、闘いもした。だが、あのときのことを忘れられんで、つねに闘いつづけるべきだと考えとる者もおってな」

おれはいった。「あの連中について、何か知ってるかい？」

「おお、噂には聞いとる。指導者のケリーとやらは、なかなかの闘士らしいな」

「闘士？　論客ってことかい？」

「いや、いや。けっしてあきらめない男、そう聞いとるよ。それに、数も増えとるしな。

何年か前に耳にした折《お》りには、二十人で行進しとったらしいが、今じゃ数千人規模だ」

「どうして人々はやつらの運動に？」

「おお、いつの時代にも、幸せでない者はいるもんだよ。それに、暴力沙汰もつづいたしな。殴られたり、盗まれたりといったことがあっても、〈フェニックス警備兵〉はとめてくれなかったらしい。そのうえに家まで焼かれたもんで、地主のなかには部屋代を値上げする者もおって、人々はそのことにも不満だった」

「けど、そういったことはカウティとなんの関係もない。このへんに住んでるわけでもないんだから」

祖父は首を振りふり、舌打ちした。「ばかげとる」とくり返す。

「おれに何ができるだろう？」

祖父は肩をすくめた。「おまえのばあさんも、わしの気に入らんことをしでかしたもんだよ、ヴラディミール。打つ手なぞなかった。おそらくは、じきに興味を失うだろうて」そういって、祖父は眉をひそめた。「いや、そうはいかんだろうな。カウティはいったん興味を持ったら、すぐになくすような娘《こ》じゃない。だが、それはあの娘の一生であって、おまえのものじゃない」

「けど、ノイシュ＝パ、そこなんだよ。問題はカウティの〝生命《いのち》〟なんだ。そのフランツってやつが殺されると、そいつがやってたことを今度はカウティが引き継いだんだよ。カウティがそいつらといっしょにもめごとを起こしたいっていうなら、それともほかにどんなことをしようと、べつにかまわない。けど、カウティが殺されたりしたら、おれにはとても耐えられない。それなのに、おれにはとめようがないんだ。じゃましたら、カウティは出ていくって」

祖父はふたたび眉をひそめ、そしてうなずいた。「何か手は打ってみたかね？」

「もちろん。ケリーと話してみたけど、なんにもならなかった」

「そのフランツとやらを殺したのが誰か、知っとるのか？」

「ああ、知ってる」

「その理由も？」

おれはためらった。「いや、はっきりとわかってるわけじゃない」

「なら、それをみつけることだ。おそらくは、何も心配いらんとはっきりするだろうな、結局は。やっぱり問題だとしても、うちの嫁の命をあやうくせずに解決する術《すべ》はみつかるだろうて」

〝うちの嫁〟と祖父はいった。ただの〝カウティ〟ではなく、〝うちの嫁〟と。祖父は彼女のことをそうみなしている。家族の一員として。祖父にとってすべては家族が中心で、残された家族といえばおれたちだけだ。急に思いあたった。祖父は、おそらくおれに失望していたろう。殺し屋という仕事に賛成しているとは思えない。それでも、おれが家族の一員であることに違いはない。

「ノイシュ＝パ、おれの商売をどう思ってる？」

祖父は首を横に振った。「ひどいもんだよ、おまえがやっとるのは。ひとを殺して生計を立てるなんてよくないな。おまえ自身をも傷つけることになる」

「なるほど」訊かなければよかった。「ありがとう、ノイシュ＝パ。もう行かないと」

「また会えてうれしかったよ、ヴラディミール」

おれは祖父を抱きしめ、ロイオシュを肩にのせると、店をあとにした。おれの居住区域までの帰路は遠く、それでいてなお瞬間移動する気にはなれなかった。


その晩、カウティが戻ってきたとき、おれは足を湯に浸《ひた》していた。

「どうしたの？」とカウティがたずねる。

「足が痛むもんでね」

彼女は口端に笑みを浮かべた。「どういうわけか、驚きもしないわ。つまり、〝どうして〟足が痛いの？」

「ここ何日か、歩きまわってばかりだったからな」

カウティはおれの向かいに腰をおろし、身体を伸ばした。股上《またがみ》の深い灰色のズボンに、幅の広い黒のベルトを締め、灰色の胴着《ジャーキン》と黒の肌着を身につけている。丈の短いマントは壁にかけていた。「どこか特に、かよいつめてるところでも？」

「〈東方人〉区域だな、おもに」

カウティはかすかに小首を傾《かし》げた。おれの大好きなしぐさの一つだ。そうすると、彼女のほっそりとしたきれいな顔と完璧な形の頬骨の奥で、目がひときわ大きく見える。

「何をしに？」

「ケリーに会ってきた」

彼女の目が見開かれる。「どうして？」

「やつに説明してやったんだ、おまえが危険にさらされることのないよう、注意しとけって。そんなことになったら、きさまを殺してやるってほのめかしといた」

興味ありげな表情が、信じられないといった顔つきに変わり、そして怒りに変貌していった。「ほんとにそんなことを？」

「ああ」

「あたしにそのことを話してて、きまり悪くも思わないようね」

「そりゃどうも」

「それで、ケリーはなんて？」

「やつがいうには、人間として、おれは役立たずの屑《くず》と見下げはてたゴミとの中間くらいだそうだ」

カウティはびっくりした顔になった。怒りだすでもなく、ただびっくりしていた。

「ケリーがそんなことを？」

「そこまで言葉を費やしはしなかったが、だいたいそんなとこだ」

「へええ」と彼女がつぶやく。

「うれしいね、夫に突きつけられたこの暴言を聞いて、おまえがそこまで義憤にかられるなんて」

「へええ」と彼女はくり返した。

「やつの指摘があたってるか、考えてるのか？」

「ううん、彼のいうとおりだってことならわかってるもの。どうしてケリーがわざわざ口にしたのか、それが不思議だっただけで」

「カウティ――」おれはいいかけて、口をつぐんだ。声がかすれていたからだ。

カウティがこっちにやってきて隣に坐り、おれの脚に手をのせた。

「ごめんなさい」カウティはいった。「そんなつもりはなかったし、冗談にすべきでもなかったのに。ケリーが間違ってることくらいわかってる。けど、あなたはそんなことすべきじゃなかったのよ」

「わかってるよ」おれは、ほとんどささやくような声でいった。

おれたちはしばらく黙りこくっていた。やがて、カウティがいった。「これからどうするつもり？」

「そうだな。足の痛みがひくまで待つつもりだ。それから、外に出て、誰かを殺してくる」

カウティがまじまじとおれを見つめる。「本気なの？」

「ああ。いや。わからん。半分は本気かもな」

「あなたにとってもつらいでしょうね。ごめんなさい」

おれはうなずいた。

彼女がいい添える。「もっとひどいことになりそうね」

「ああ」

「あなたを助けてあげられたらいいんだけど」

「助けにはなってるさ。おまえにできるもんなら、これからだって助けてくれるだろう」

カウティはうなずいた。それ以上はいうべきこともなかったから、彼女はもうしばらくそうやって、ただおれのそばに坐っていた。ほどなくして、おれたち二人は寝室にはいって眠りについた。

翌朝早く、おれは執務室にいた。ロイオシュとロウツァもいっしょだ。彼らを窓から出してやる。そうすれば、ロイオシュがこの周辺をロウツァに案内してやれる。ロイオシュは彼女に少しずつ街の隅々まで教えこんでいたのだった。彼もそれを楽しんでいる。これが彼らの関係にどんな影響をおよぼすだろうか——つがいの片方がもう一方を教育しないといけなくなると、関係がぎくしゃくする可能性もある——教育係はロイオシュのほうだが、ジャレグにおいては雌《めす》が優勢だ。
《おい、ロイオシュ——》
《あんたの知ったこっちゃないよ、ボス》

公平な態度とはとてもいえない。ロイオシュのやつは〝おれの〟夫婦生活にしょっちゅう首を突っこんでくるのだから。それはそうと、おれの軽口があの〈北が丘〉の安っぽい台詞《せりふ》にも劣るか、確かめてみる権利くらいはある。だが、それ以上ごり押しはしなかった。

数時間後、彼らが戻ってきたころには、おれも次に何をすべきかわかっていた。クレイガーから住所を一つ訊き出していた。それとともに、どうしてそんなものを欲しがるのか理由を教えなかったから、彼から不審げな目つきもちょうだいした。ロイオシュとロウツァを肩にとまらせ、おれは階段をおりて事務所の外に出た。

〈マラクの円形広場〉付近の下カイロン通りは、このあたりではもっとも広い通りで、通りから引っこんだ酒場や、逆に張り出した市場などがたくさん並んでいる。さらに、宿屋のなかには小さな営業所がはいっていることもあった。そうした店は、どれもおれが所有している。下カイロン通りを南西の方角に進む。道はしだいに狭くなって、集合住宅が増えてきた。その大半はかつて緑色に塗られていたが、今では薄汚く変色していた。おれは下カイロン通りから、ウラー通りという狭い小路にはいった。

少しばかりいくとウラー通りは道幅が広がり、そのあたりで銅貨通りに通じている。うちの事務所がある〈銅貨横丁〉とは別の通りで、東の銅貨通りとも、あるいはもっと東にある銅貨通りとも、そしておれが場所を知らないこれまた同名の通りとも別物だ。何歩か歩いて、左側のひどくこぎれいな酒場にはいっていく。なかには、磨かれた木の細長いテーブルや長椅子がいくつか並んでいる。おれは店の主人をみつけて声をかけた。

「個室はあるかい？」

主人は個室のあることを認めはしたものの、その顔つきは、通常なら〈東方人〉なぞ入れて汚《けが》すつもりはないとほのめかしている。

おれはいった。「ヴラドという者が来てるって、バジノクに伝えてくれ」

主人はうなずき、給仕を呼んで、そのとおり伝えるよう命じた。おれは個室らしき場所を目に留め、そこにはいった。なかには誰もいない。本物のドアがついていることに、おれは満足した。ドアを閉めると、そっちを背にして（ロイオシュが見張ってくれている）長椅子に腰をおろす。テーブルは、はいってすぐの大部屋にあったやつよりも小ぶりだった。バジノクは何人くらい引き連れてくるだろうか。二人以上だったら、計画はうまくいくまい。その一方で、一人も連れてこないという可能性もある。かなりの勝算はあるとみていた。

ほどなくしてドアが開き、バジノクがはいってきた。見知らぬジャレグ家の男を一人ともなっている。やつらが腰をおろすより先に、おれは立ち上がった。

「おはようさん」おれが声をかける。「おじゃまでなけりゃいいんだが」

バジノクはかすかに顔をしかめた。

「なんだ？」と問いただす。

「口数が少ないんだな。気に入ったよ」

ロイオシュもうなり声をあげた。同意のつもりらしい。

「なんの用だ？」

「この前の商談のつづきでも、と思ってな」

バジノクにつき添ってきたジャレグが肩をまるめ、腹のあたりを搔《か》いた。バジノクも両手でマントを撫でている。おれは片方の手でマントの留め金を調節し、もう片方で髪をかき上げた。連中はどうか知らないが、〝おれ〟のほうは武器の用意がととのっている。

やつがいった。「いいたいことがあるなら、さっさといえ」

「なんでハースがあの〈東方人〉を殺したがったのか、そのわけが知りたい」

「とっとと失《う》せろ、頬ひげめ」

何か大切なことを思い出したとでもいうように、おれは右手を動かした。ある意味では、そのとおりだったろう。その一振《ひとふ》りで短剣があらわれ、見知らぬ男の顎の下あたりにまっすぐ向かい、深々と突き刺さった。男はぐらつき、おれにもたれかかるように倒れて床にずり落ちていった。そいつの身体が床を打つまでに、おれはマントから別の短剣を抜いて、切っ先をバジノクの左目にまっすぐ突きつけていた。

おれはいった。「誰かがこの部屋に姿をあらわすか、ドアが開くか、それともきさまが誰かと精神内で接触してるようなそぶりを見せただけで、すぐさまきさまを殺す」

やつはいった。「わかった」

「なんでハースがあの〈東方人〉を殺したがったのか、そのわけについて少し話してみたくなったかもな」

頭を動かすことなく、バジノクは死体にちらっと目をやった。そうして、短剣の切っ先に視線を戻す。「なあ、ちょうど話そうとしてたとこなんだ」

「そりゃよかった」おれは楽しげにいった。

「坐ってもいいか？」

「だめだ。前に出ろ」

やつはそのとおり従った。おれは背後にまわりこみ、やつの首筋に剣を突きつけた。やつがいった。「わかってるだろうが、あんたは死ぬことになるぜ」

「誰だっていつかは死ぬしかない。それに、おれたち〈東方人〉は、どのみちそれほど長生きできるわけじゃないしな。もちろん、だからって死に急ぐ理由もないが。死に急ぐといえば、フランツの話に戻ろう」

おれはバジノクの首筋にあてた短剣をさらに押しつけた。やつがたじろぐのが感じとれる。瞬間移動には警戒しておこう。すばやく反応すれば、やつが姿を消す前に殺すこともできそうだ。

やつがいった。「ああ、フランツだったな。あいつはある集団に与《くみ》して――」

「それはおれも知ってる」

「そうか。だったら、ほかにあまり話すこともない」

おれはもう一度、やつの首筋にナイフを押しつけた。「もう少しつづけてみろ。フランツ本人を殺すようにいわれてたのか、それとも、あのなかの誰でもよかったってことか？」

「あいつを名指しされた」

「あの連中がやってることを、ずっと監視してたのか？」

「ハースは監視してたよ」

「そんなことはわかってる、ばかめ。おれが訊きたいのは、連中を監視してたのはきさまなのか、ってことだ」

「いや」

「なら、誰だ？」

「ナァスってやつだ」

「どこに行けばそいつがみつかる？」

「あんた、おれを殺す気か？」

「きさまが話しつづければ、そうはならんだろうな」

「ずっと西へ行ったとこに、絨毯《じゅうたん》織りの店があって、その上階に住んでる。〈東方人〉区域のすぐ北側で、木陰《こかげ》通りの四番地だ」

「よし。この会談のことは、ハースに話すつもりか？」

「ああ」

「おれに何を話したかってことまで、報告しないといけなくなるぞ」

「そういうことには、うちのボスはじつに聞きわけのいいひとだ」

「だったら、きさまを生かしといてやるだけのもっともな理由が必要になるな」

「おれを殺さないって、さっきいったろう」

「ああ、そいつはもっともな理由だな。ほかにもう一つ必要だ」

「あんたは死者も同然だぞ」

「知ってるとも」

「不誠実な死にぞこないめ」

「こっちは、どうも虫の居どころが悪くてな。いつもなら、じつに誠実な死にぞこないでいられるんだが。なんなら、誰かに聞いてみるといい」

「わかったよ。一時間は口をつぐんでおく」

「ついさっき嘘をつかれた当の相手に、約束を守ったりするのか？」

やつはしばらく考えこんでいたが、やがていった。「ああ、約束する」

「ハースはじつに聞きわけのいい男みたいだな」

「ああ。部下が殺されたとき以外はな。そうなると、聞きわけがなくなる」

おれはいった。「よし。もう行っていいぞ」

バジノクはそれ以上一言ももらさずに立ち上がり、部屋を出ていった。おれは短剣をしまい、死体に刺さっているほうはそのまま残して、大部屋に戻った。主人はちらっと視線を向けただけでそっぽを向いた。おれは通りに出て、事務所の方角に戻りはじめた。路地にさしかかるたびに、ロイオシュが緊張して見まわすのを感じとることができた。

《あの男は殺すべきじゃなかったよ、ボス》

《そうでもしないと、バジノクはおれの脅しを本気ととらない。それに、二人まとめて相手できるって確証もなかったしな》
《ハースも、今度はあんたの首を狙ってくるぞ》
《ああ》
《あんたが死んだら、カウティを助けてもやれないだろ》
《わかってる》
《だったら、なんで――》
《黙ってろ》
自分でさえ、それがまともな答えになっていないのはわかっていた。

5

〝……左足上部のクラヴァ染《じ》みを落とすこと……〟

ナァスの隠れ家付近《が》でおれの知っている地点に瞬間移動した。バジノクからもらった一時間を無駄にしたくはない。そうして、瞬間移動の影響から胃袋が落ちつくまで、たっぷり十五分は無駄にすることになった。

木陰通りというのは、かつての呼び名だったに違いない。通りの両側に切り株がいくつか散見できるし、建ち並ぶ宿屋や家屋は、通りそのものの両端に設けられた粗雑な縁石からかなり離れている。この通りは下カイロン通りと同じくらいの道幅があった。通りの広さからしても、このあたりにかつてたくさんの出店や市場が立っていたことがしのばれる。そして、一時は有数の繁華街だったろうことも。とはいえ、それはおそらく〈空位時代〉以前のことだろう。今では、いささかうらぶれていた。

四番地はちょうどまんなかにあり、ほかに十五番地や六番地という表示も見えた。茶色の石造りの二階建てで、各階に一世帯ずつはいっている。下の階のドアには、クリオーサの大まかな絵が描かれていた。木の階段をのぼっていったが、まったくきしみもしない。はからずもおれは感心させられた。

上階のドアには、金属の板に、男爵位を示す紋章と、その上に図案化したジャレグが食《エッ》刻《チング》されている。

《音をたてずにのぼれたかな、ロイオシュ？》

《そう思うよ、ボス》

《よし》

ドアにかけられている呪文を確認し、さらにもう一度確認しなおす。誰かを殺そうという場合でないとおれはかなり注意がおろそかになることもあるが、今ここで〝あまりにも〟おろそかになる理由はない。ドアには特別な仕掛けもなかった。木製のドア自体はかなり薄そうだから、なんとかなるだろう。左手に〈呪文封じ《スペルブレイカー》〉を落としこみ、何度か慎重に呼吸をととのえたうえで、〈スペルブレイカー〉をドアに叩きつけ、それと同時に右足で蹴りつけた。ドアが大きく開くと、おれは室内に踏みこんだ。

ナァスは一人きりだった。ということは、バジノクが本当に約束を守ったらしい。ナァスは低いソファに坐り、新聞を読んでいた。カウティが読んでいたのと同じやつだ。おれはドアを蹴とばして閉め、三歩でやつのそばに達した。と同時に、突き剣を抜きはなつ。ナァスは立ち上がり、驚きに目を瞠《みは》りつつおれを見つめていた。武器に手を伸ばそうともしない。こいつが戦士でない可能性はあるが、それをあてにするのは愚かというものだ。

やつの左目に剣先を据えつつ、おれはいった。「よう。おまえがナァスだな」

やつは目を瞠ったままおれを見つめ、息を呑《の》んでいた。

おれはいった。「どうなんだ?」

やつがうなずく。

バジノクのときと同じように、逃げたり助けを呼ぼうとはするな、と説明してやった。

やつは納得したらしい。おれはつづけた。「腰をおろして話すとしよう」

ナァスはまたしてもうなずいた。ひどくおびえているのか、もしくは、うまい役者であるかのどちらかだ。

おれはいった。「フランツという名の〈東方人〉が、数日前に殺された」

やつがうなずく。

おれはつづけた。「ハースのしわざだな」

やつは今度もうなずいた。

おれがいう。「おまえがハースに指摘したんだな」

やつの目が見開かれ、小さくかぶりを振った。

おれはいった。「ほう、そうか。なぜ?」

「おれじゃな——」

「殺すよう示唆《しさ》したのがおまえかどうかなんてどうでもいい。こっちが知りたいのは、フランツについて、おまえがどんなことをハースに報告したのかってことだ。考えたりしないで、すぐに話せ。嘘をついてるとみなせば、おまえを殺す」

　やつの口がかすかに動き、ようやく出てきた声はうわずっていた。「わからない。おれはただ――」やつは咳ばらいをするあいだだけ、いいやんだ。「おれはただ、やつらのことをボスに報告しただけだから。やつら全員のことを。やつらの行動を」

「ハースは名前を知りたがったか？」

「はじめのうちは、そんなことなかった。けど、二週間くらい前に、〈東方人〉全員について報告をまとめろっていわれて――全員の名前や、何をしてたかとか、そういったことを」

「すべてわかってたのか？」

　やつはうなずいた。

　おれがたずねる。「どうして？」

「一年近くも張りこんでたから。ボスはあの連中の噂を聞いて、おれにさぐらせることにした。おれはずっと尾行《つ》けまわしてた」

「なるほど。そのうちに、ハースはおまえに名前をたずねて、二週間後にはフランツが殺されたってわけだ」

　やつはうなずいた。

「で、どうしてハースは誰かを殺そうとしたんだ？　しかも、なんでフランツを？」

「知らない」

「やつらはやっかいのたねだった。商売のじゃまをしてた。ほら、やつらはいつも街なかをうろついてるから。それに、読み書きも教えてた。〈東方人〉どもが――」ナァスはおれのようすをうかがって、口をつぐんだ。
「つづけろ」
やつはごくりと唾を呑みこんだ。「〈東方人〉どもがあまり賢くなると、その、商売のためにならないってことだと思う。けど、おれがさぐりはじめる以前に何かあったのかも。ボスは慎重なひとだから、必要最低限のことしか教えてくれないんだ」
「で、フランツは？」
「あいつは、あの組織のなかの一人でしかない」
「ケリーのほうは？」
「ケリー？　あいつは、おれが見張ってたかぎりじゃ、たいしたこともしてない」
こいつの視力について、指摘するのは差し控えることにした。
《ボス》
《なんだ、ロイオシュ？》
《もう時間がないぜ》
《ありがとよ》
おれは告げた。「よし。おまえは生かしておいてやろう」
「推測してみろ」

ナァスはほっとしたようだった。おれは背を向け、部屋を出ると通りをくだり、できるだけ急ぎながらいくつか路地を抜けていった。誰かが追ってくる形跡はない。
《さて、どう思う、ロイオシュ?》
《向こうは誰かを一人殺そうとしてて、フランツは格好の標的だった》
《ああ、おれもそう思う。どうしてハースは誰か一人だけ殺そうとしたんだ?》
《さあね》
《さて、これからどうしたらいい?》
《ボス、あんた、自分がどれほどの危険にとびこんでいったか、少しはわかってるのかい?》
《ああ》
《ちょっと気になったもんでね。これからどうすべきかってほうは、わからないよ、ボス。もし用でもあるんなら、おれたちは今、〈東方人〉区域のすぐ近くにいるけど》
その点について考えながら、おれはその方角に歩きはじめた。次なる一手は? ハースはまだ連中をつけ狙っているのか、それとも、何を狙っていたにしろ、その目的は達したのか、その点を確かめないといけない。ハースがあの連中にもう用がないとすれば、おれは安心して、あとはただ、おれ自身がやつに殺されないよう心配すればいい。
たどっていた路地が不意にどんづまりにいきあたったため、しばらく道を引き返すうちにおぼえのある通りに出た。窓のない家々が高くそそり立ち、緑や黄色の巨人のようにおれを得意げに見おろしている。ときには両側のバルコニーが頭上で重なりあわんばかりに張り出し、赤みがかったオレンジ色の空をおれの視界から切り取っていた。

そのうちに〝二つ葛《ふたかずら》〟という名の通りを越えると、家並みが古く、そして色あせて小さくなり、道幅は広がって〈東方人〉区域にはいっていた。田舎《いなか》のようなにおい——どうも干し草や牛、堆肥《たいひ》のにおいがするなと思えば、案の定、街頭で牛乳を売っていた。通りが広がるとともに風も鋭さを増し、つむじ風が砂を巻き上げて目にはいったり、顔の皮膚をちくりと刺す。

通りはくねくねと蛇行し、別の通りとあわさっては分かれ、そうこうするうちに、街角に立っているシェリルとパレシュの姿が目にはいった。あの忌々《いまいま》しい半折り判《タブロイド》の新聞を手にして、道ゆく人々に声をかけている。おれは二人に近づいていった。パレシュは冷《ひ》ややかにうなずいただけで、ぷいと背中を向けた。シェリルの笑顔のほうがいくらか友好的だったものの、彼女のほうも、腕を組んだ若い〈東方人〉の二人組が通りかかると、そっちを向いた。帝国制を打破しよう、とかいうことをシェリルが呼びかけるのが聞こえたが、二人はただ首を振り、通り過ぎた。

おれのほうから声をかけた。「部外者は立ち入り禁止かい？」

シェリルが首を横に振る。パレシュも振り返った。「いいや、ちっとも。一部買ってみるかい？」

けっこうだ、とおれはこたえた。彼は驚いたようすもなく、ふたたび背を向けた。そうしてそこにしばらく立っているうちに、こうやって突っ立っているのは間が抜けているし、このまま立ち去るのも間が抜けて見えるだろうと気づいた。そこで、シェリルに呼びかけた。「温かなカップに注《つ》がれたクラヴァをごちそうするから、話につきあってもらえないか？」

「だめなのよ」と彼女がこたえる。「フランツが殺されてからは、一人で仕事をしちゃいけないって」

〝仕事〟という言葉について、気のきいた答えがいくつか頭に浮かんだものの、口をつぐんでいるうちに別の考えを思いついた。

《なあ、ロイオシュ？》

《えっ、ああ、ボス。いいとも》

おれはシェリルにいった。「このロイオシュが残ってくれるよ」

彼女は驚いたような顔をしたが、パレシュをちらっと見た。パレシュはしばらくロイオシュを見ていたが、やがていった。「いいとも」

そんなわけで、ロイオシュはそこに残って革命思想の喧伝《けんでん》に力を貸し、おれはシェリルを連れて、通りを渡ってすぐのところにあった〈東方〉ふうのクラヴァの店にはいっていった。店内は奥に長く、狭くて薄暗い。誰かを殺すときでもなければおれの好みにあいそうもなかった。全面が板張りで、もろもろの事情を考えるなら、驚くほど手入れ具合はいい。おれは一番奥の隅まで進み、壁を背にして坐った。こんな程度の用心でうまく身を護れるというわけでもないが、こうするだけで少しは気が楽になった。

シェリルにはカップに注がれたクラヴァをおごると約束したが、実際に出てきたのはグラスだった。まずつかんでみただけでおれは手を火傷《やけど》し、あわててグラスをおくと、テーブルに少しこぼれて、脚まで火傷した。クリームを入れて冷《さ》まそうとしてみたが、たいした助けにはならなかった。クリームまで温めてあったからだ。とはいえ、味のほうは悪くない。

シェリルの目は大きく、鮮やかな青色をしている。目のまわりには、そばかすのなごりがかすかに残っていた。「おれが何をやってるか、知ってるかい？」

「はっきりとは知らないけど」シェリルがいった。唇にかすかな笑みがのぞいている。彼女はおれが口説《くど》くつもりでいると考えてるんじゃないか、と急に思いあたった。おれもそうしたいような気がした。この娘《こ》は確かに魅力的だし、どことなく無邪気ないたずらっぽさのようなものがあって、刺激的でもある。だが、いや、今はよしておこう。

おれはいった。「どうしてフランツが殺されたのか、そのわけをさぐってるんだ。カウティが二の舞にならないよう、打つべき手はなんだって打つつもりなんでね」

〝笑みのようなもの〟は消えずにいたものの、シェリルは首を横に振った。「フランツが殺されたのは、連中があたしたちを怖れてるからよ」

すぐさま切り返してやりたい受け答えがいくつか浮かんだが、やめておいた。代わりに、おれはこういった。「怖れてるって、誰が？」

「帝国よ」

「フランツは帝国に殺されたんじゃない」

「たぶん、直接的にはそうじゃないわね。けど――」

「あいつはハースっていうジャレグに殺されたんだ。ハースは帝国のためにひとを殺したりはしない。やつは、自分がひとを殺してるってことを、帝国に知られないようにするだけで手いっぱいだからな」

「それってなんだか――」

「わかった、わかった。どうも藪蛇《やぶへび》だったらしい」

シェリルは肩をすくめた。今では笑みも消えている。それでも、怒っているようには見えなかった。もう少しつづけてみる価値はありそうだ。おれはつづけた。「フランツは、特にどんなことをやってたんだ？　金儲けをもくろんでるジャレグを、特におびやかすような何を？」

シェリルはしばらく黙りこんでいたが、ようやくいった。「さあ。彼は新聞を売ってたわね、さっきのあたしと同じように。それに、会合で意見も出した、あたしと同じように。それと、読み書きや革命について教室で教えてたわね、これまたあたしと同じように―

―」

「ちょっと待った。あんたも読み書きを教えてるのか？」

「あたしたち全員でやってるの」

「なるほど。そうか」

「肝心《かんじん》なのは、彼がなんだってやってたことだと思うの。フランツは疲れを知らない情熱的なひとで、誰だってそれに感化されたものよ——あたしたちも、それにあたしたちが出会うひとたちも。近所をまわって歩くときも、いつだって彼はほかのみんなよりたくさんの顔をおぼえてたし、人々のほうでもいつだって彼のことを一番よくおぼえてた。話してるときの彼は、さらに魅力的だったし。読み書きを教えてるときなんか、みんなが読み書きできるようにするのが自分にとっての使命みたいに取り組んでた。あたしが何かの活動に参加してみると、フランツはいつだってそこに加わってたし、あたしが参加して〝ない〟活動にも、彼はいつだって加わってたの。あたしのいってる意味、わかる？」

おれはうなずいただけで、何もいわなかった。給仕がやってきて、クラヴァをさらに注《つ》いでくれた。おれはクリームとハチミツを加え、グラスを持つのにナプキンを使った。〝グラス〟だなんて。なんでカップじゃないんだ？　愚かな〈東方人〉どもめ。何をやらせたって、うまくできやしない。

おれはいった。「このへんで商売してるジャレグを誰か知ってるか？」

シェリルはかぶりを振った。「そういう連中がいるってことは知ってるけど、顔までは知らないわね。ドラゲイラはいくらでもいるし、そのほとんどがジャレグだけど、〝あいつは組織で働いてるんだ〟ってことまではわからないもの」

「そういう連中がどんなことしてるか、知ってるか？」

「ううん、はっきりとは」

「賭博場はあるか？」

「えっ？　ああ、もちろんよ。けど、経営してるのは〈東方人〉よ」

「いや、違うな」

「どうしてわかるの？」

「おれは、ハースって男を知ってる」

「へえ」

「街娼《たちんぼ》は？」

「ええ」

「売春宿は？」

「ええ」

「情夫《ヒモ》は？」

シェリルは急に、ちっともうれしくなさそうな顔になった。「もういないわ」

「ははぁん」

「なんなの？」

「何があったんだ？」

「あたしたちが追い出してやったのよ。あいつらこそは、最低最悪な――」

「情夫《ヒモ》がどんな連中かはわかってるよ。どうやって追い払ったんだ？」

「このへんの情夫《ヒモ》は、かなり若い連中なの」

「ああ。歳《とし》をくった連中は、売春宿を経営するもんだからな」

「連中は、ギャング団の一味なのよ」

「ギャング団？」

「そう。このへんには、子どもにできることなんてほかにあまりないし──」

「どれくらいの歳ごろの子どもなんだ？」

「えっ、ほら、十一歳から十六歳ってとこよ」

「なるほど」

「だから、子どもたちは、何かやりたくてギャング団をつくるの。それで、街をぶらついてやっかいごとを起こしたり、店に押し入ったりとか、そんなことをしでかすわけ。あなたたちの〈フェニックス警備兵〉は、子どもたちが何しようと気にも留めないから。悪ふざけがこっちの区域内にとどまってるかぎりはね」

「あいつらは、おれの〈フェニックス警備兵〉なんかじゃない」

「それはともかく、このあたりには、あたしが生まれる前からギャング団があったの。その多くが情夫《ヒモ》稼業とも関係してた。だって、最初に何かはじめるとき、元手もなしにお金を稼げる商売っていったらそれくらいしかないから。それと、小さな店の主人を脅《おど》して上納金を納めさせたり、少しは盗みもやってたけど、そもそも盗むほどのものなんてあまりないし、それを売る相手もいないし」

急に祖父のことが頭に浮かんだが、呪術師ともめごとを起こそうというやつなどなさそうだ。

「なるほどな。そいつらのなかには、情夫《ヒモ》稼業に手を染めるやつもいたと」

「ええ」

「どうやってそいつらを追い払ったんだ？」

「ケリーがいうには、そうした子どもたちの多くがギャング団に加わるのは、もっとましなものになれるっていう希望がないからだって。彼らにとって唯一のまっとうな希望こそは革命で――」

「それはもういい」おれはさえぎった。「で、どうやって連中を追い払ったんだ？」

「ギャング団を解散させたの」

「どうやって？」

「一つには、彼らに読み書きを教えたわけ。読み書きができさえすれば、無知でいるのは難しいものね。それで、あたしたちが本気で専制君主を倒そうとしてるのがわかると、彼らの多くも加わって」

「たったそれだけか？」

シェリルは、はじめておれをにらみつけた。「そこまでもっていくのに、十年もかかったのよ。それに、まだまだ道のりは長いし。十年よ。〝たったそれだけ〟なんかじゃないんだから。それに、全員が活動をつづけるわけでもないし。けど、今のところ、ギャング団の大半はなくなって、復活もしてないの」

「で、ギャング団がつぶれると、情夫《ヒモ》もいなくなったってわけか？」

「彼らには、ギャング団っていう後ろ盾が必要だったから」

「それならすべてつじつまがあうな」

シェリルがたずねた。「どうして？」

「情夫《ヒモ》どもは、ハースの下で働いてたからだ」

「どうしてそんなことを？」

「おれはハースを知ってる」

「ああ、そう」

「あんたは十年も関わってきたのか？」

彼女はうなずいた。

「なんでまた――」

シェリルは首を横に振った。しばらくのあいだ、おれたちはクラヴァを飲みつづけた。

やがて、彼女はため息をつき、そしていった。「活動に加わったのは、あたしの情夫《ヒモ》がこのあたりからいなくなって、ほかにやることをさがしてるときだったの」

「ほう」

「あたいが昔は娼婦だったたって、わからなかったのかい？」シェリルはおれをきつく見据え、街の商売女のような声音をまねた。

おれはかぶりを振り、言葉の奥に潜《ひそ》む真意に対してだけこたえた。「ドラゲイラどもにとっては、そうじゃない。売春ってのは、それほど恥じるべき行為でもないんだ」

彼女はおれを見つめていた。不信か、それとも侮蔑をあらわしているのか、おれにはどちらともつかなかった。このままつづけていると、おれ自身、ドラゲイラどもの意見にまで疑問を持ちはじめかねないことに気づいた。これ以上の疑問を抱えこむ必要はない。

おれは咳ばらいを一つした。「情夫《ヒモ》どもが姿を消したのはいつだ？」

「何年かかけて、少しずつ駆逐《くちく》していったの。このへんじゃ、ここ数カ月はまったく見かけてないわ」

「ははぁん」

「さっきもそういったわね」

「事情が呑みこめてきたぞ」

「そのせいでフランツが殺されたって思うの？」

「情夫《ヒモ》どもは、どいつも儲けの一部をハースに納めてた。組織ってものは、そうやって成り立ってるんだ」

「なるほどね」

「フランツもギャング団の解体に関わってたか？」

「彼はすべてに関わってたわ」

「やつは〝とりわけ〟そのことに関わってたか？」

「彼はすべてに関わってたの」

「なるほど」

おれはさらにクラヴァを飲んだ。今ではグラスを手で持てるようになったが、中身のほうまで冷めてしまっている。愚かな〈東方人〉どもだ。給仕がやってきてグラスを取り替え、注ぎなおした。

おれがいった。「ハースは、情夫《ヒモ》に商売を再開させるだろうな」

「そう思う？」

「ああ。やつはこんなふうに考えてる。あんたらに警告を送ったんだから、今度は賢い選択をするだろうって」

「もういっぺん、連中を追い出してやるわ。あいつらこそは抑圧の代弁者なのよ」

「抑圧の代弁者、だって？」

「そう」

「そうか。今度またやつらを追い出したら、ハースはもっとひどい手を使ってくるぞ」

彼女の目の奥で何かがきらりと光るのが見えたが、その声に変化はない。

「闘ってやるわ」シェリルがいった。おれの顔に何かが浮かんだのを見てとったのだろう、彼女はまたしても怒ったような顔を見せはじめた。「あたしたちが闘い方を知らないとでも思ってるの？　そもそもギャング団を解体するのに、どうやったと思ってるわけ？　お上品な言葉で説得したとでも？　それであいつらが従うとでも？　あいつらの元締めは力を持ってたし、いい暮らしもしてた。あいつらがすなおに聞き入れるわけないでしょ。あたしたちだって闘える。闘えば、あたしたちが勝つんだから。ケリーがいってるように、それは本物の闘士があたしたちの側に集まってるからよ」

いかにもケリーがいいそうな表現だ。おれはしばらく黙っていたが、やがていった。

「あんたらは、情夫《ヒモ》をほうっておく気なんてなさそうだな」

「あなたはどう思う？」

「ああ。〝値札〟のほうはどうなった？」

「ねふだ？」

「情夫《ヒモ》にぶらさがって働く娘たちのことさ」

「さあ。あたしは活動に加わったけど、それはもうずいぶん前、まだこの活動がはじまったばかりのころだし。ほかの女の子たちのことまではわからないわ」

「その娘たちにも、生きる権利があるんじゃないか？」

「あたしたちは誰だって生きる権利があるわよ。自分の身体を売ったりしないで生きていくだけの権利があるの」

おれは彼女を見つめた。パレシュと話したときには、お仕着せどおりの言葉の裏にひそむ人間性を見てとることができた。シェリルの場合は、さっぱり見えてこない。いらいらさせられる。

「よし、こっちは欲しい情報が手にはいったよ。あんたのほうも、ケリーに伝えるべき情報が少しは手にはいったってわけだ」
シェリルもうなずく。「クラヴァをごちそうさま」
おれが金を払い、二人で通りの角《かど》まで歩いて戻った。パレシュはまだそこに立っていて、背の低い〈東方人〉の男と、はっきりとは聞こえないがなにやら声高にやりあっている。
ロイオシュがおれの肩に戻ってきた。
《何かわかったかい、ボス？》
《ああ。そっちは？》
《おれが知りたいと思ったようなことは何も》
パレシュがおれにうなずいてよこした。おれもうなずき返す。シェリルもおれににっこりし、さっきの立ち位置に戻った。彼女が足を突っ張るように姿勢をとるのがはっきりと見えたくらいだった。
ただの見せびらかしのために、おれは事務所へ瞬間移動で戻った。見せびらかすことに比べれば、かるい吐き気くらいなんでもない。はっ。妖術師ヴラドさま、か。
胃袋が落ちつくまで事務所の外をぶらついたうえで、なかにはいった。階段へとつづく通路をたどるうちに、どこからかスティックスの話し声が聞こえてきた。控え室をのぞいてみると、スティックスがチモフとともにソファに坐っていた。チモフというのは、まだ若く、少し前にジャレグ家内部での抗争があったとき、うちで雇い入れた男だ。チモフはスティックスの棍棒を手にしていた。棒の長さは二フィートほど、まっすぐで太さは一インチほどあろうか。スティックスも同じ形状の棒を手にしており、こう説明しているところだった。

「こいつはヒッコリー材だ。樫材も悪かないけどな。おまえさんもよく使うだろ」

「なるほど」とチモフ。「けど、これがレピプとどう違うのかわからないな」

「そうやってつかんでたら、差はないわな。ほれ、わかるかい？　こうやって、尻から三分の一くらいのとこを握るんだ。棒によって握る位置は違うが、そりゃ棒の長さと重さによるな。とにかく、釣りあいをちゃんと確認しとけよ。ほれ、親指と人差し指を支点みたいにして、相手の腹とか、どっかやわっこい部分をとらえたら、手のひらの付け根で棒をはずませるんだ。こんなふうに」スティックスが実演して見せる。何もない空中で棍棒がはね返った――おれの目には、そんなふうに見えた。

チモフが首を横に振る。「はね返す？　そもそも、どうしてはね返す必要があるんだい？　端っこを持てば、もっと力がはいるんじゃないか？」

「ああ。相手の膝や頭を叩き割ろうっていうんなら、おれもそうするさ。けどな、たいていは相手に思い知らせてやるだけだ。そうやって、相手の頭を十回ばかし小刻みに叩いて、顔も台無しにしてやってから、あばらに一、二発くらわしてやる。そうすりゃ、ものわかりの悪い相手でも理解がいくって寸法だ。肝心なのはな、こっちがどれほど手ごわいか示すことじゃねえ。こっちが金をもらって雇われた指示どおりに、相手がすすんで協力したくなるよう納得させることにあるんだよ」

　チモフは何度か素振りで試してみた。

「そうじゃねえったら」とスティックス。「指と手首を使いねえ。そんなふうに腕を振りまわしてたら、疲れちまうだけだぜ。そんなんじゃ、さっぱり見こみがねえやな。そら、見てな……」

　会話をつづける二人を残して、おれはその場を離れた。こういった会話にはおぼえがある。おれも、そういった議論をさんざんくり返してきたもんだ。それが今では、気にさわりはじめていた。

　このところ、みんながよってたかっておれにいって聞かせようとしてきたことが、おれの思考に影響しはじめたのかもしれない。困ったことに、連中のほうが正しいのかもしれなかった。

6

〝……両膝の泥汚れを落とすこと〟

メレスタフの横を通り過ぎざま、うなずいてあいさつを交わし、おれは自室の椅子にどさりと腰をおろした。腰に突き剣を吊したまま椅子にどさりと腰をおろすにはどうすればいいか、いつの日か、くわしく説明してやらないといけない。それには修練が必要だ。

よし、ヴラド、おまえはついさっき、めちゃくちゃなことをしてきたとこだ。敵の陣地に押し入って、あの男を殺し、そんな必要はなかったのに、わざわざハースに追いかけまわされるはめになった。だがそれは、もうすんだことだ。これ以上事態を悪化させるな。これだって今までの問題と似たりよったりじゃないか。手頃な大きさのものから一つずつ解決して、次のにとりかかっていけばいい。

おれは目を閉じ、深呼吸を二度くり返した。

「ボス」とメレスタフが声をかける。「奥さんがいらしてますぜ」

おれは目をあけた。「部屋にとおしてくれ」

カウティは怒《いか》れるツァーのごとく部屋にとびこんできて、おれがその怒りの元凶でもあるかのようににらみつけた。肩にはロウツァをのせている。カウティは背後でドアを閉めると、おれの真っ正面に坐りこんだ。おれたちはしばらく見つめあっていた。カウティが先に口を開く。「シェリルから聞いたわ」

「ああ」

「それで？」

「カウティ、おまえに会えてうれしいよ。今日一日はどうだった？」

「よして、ヴラド」

ロイオシュが落ちつきなく身体を揺する。彼までこんな話を聞かされることもなかろうとおれは考え、立ち上がると、窓をあけて彼とロウツァを外に出してやった。

《しばらくしたらな、相棒》

《わかってるよ、ボス》

おれは窓をあけはなしにしたまま、ふたたびカウティと向きあった。

「それで？」とカウティがくり返す。

おれは腰をおろし、椅子の背にもたれかかった。

「怒ってるみたいだな」

「まあ、ずいぶんと鋭いのね」

「あてこすりはやめてくれ、カウティ。そんな気分じゃないんだ」

「あなたの気分なんて、知ったことじゃないの。こっちが知りたいのは、シェリルを尋問する必要性を、なんであなたが感じたのかってことよ」

「フランツの身にほんとは何があったのか、それとその理由について、まだ調べてる最中でな。シェリルと話したのはその一環だ」

「どうして？」

「どうしておれがフランツの死を解明しようとするのか、ってことか？」おれはいったん口をつぐみ、〝おまえの命を護りたいんだ〟といってやろうかと考えた。だがそれは公正でもなければ、たいした効果もないだろうと考えなおした。「一つには、そうするっておれの口から宣言したからだろうな」

「シェリルの話だと、会話のあいだじゅう、あなたはあたしたちの信念を小ばかにしてたそうね」

「シェリルの話によれば、そうらしいな」

「どうしてそんな必要があるの？」

おれはかぶりを振った。

「それって」とカウティが、一言ごとに吐き捨てるようにいった。「いったい、どういう意味？」

「否定的な意思をあらわしてる」

「あなたが何をしてるのか知りたいの」

おれは立ち上がり、彼女のほうに半歩踏み出しかけ、また坐りなおした。拳《こぶし》を開いたり握ったりをくり返す。

「いいや。おれが何をしてるのか、おまえにいうつもりはない」

「いうつもりなんてないわけね」

「そのとおり。おまえがあの連中と関わりあうようになったとき、おまえはおれに話す必要性を感じなかった。それに昨日だって、何をしてるか話す必要性なんて感じもしなかったわけだ。おれも自分の行動をおまえに説明する必要性は感じられないな」

「あなたは、あたしたちの活動をじゃまできるならなんだってやろうとしてるみたいね。もしそうじゃないなら、あなたは――」

「いや。おまえらの活動のじゃまをするってだけならもっと簡単だろうし、もっとすんなりと、疑いの余地なく片づいてたろう。目的はそれとは違うことにあるんだ。おまえは賛成しないだろ、自分でもそういってたしな。おれはフランツの死について調査してきた。それなのにおまえは、やめさせるべくあらゆる手を打とうとする。おれにナイフを投げつける以外のことはすべてな。次には、それだってやりかねない。そんなことしておいて、おれを審問官みたいに尋問する権利はないんだぞ。おれだって我慢するつもりはない」

カウティがにらみつける。「たいそうなお言葉ね。たいそうなたわごとだらけだし」

「カウティ、おれはこっちの言い分をはっきりさせた。これ以上そんなお小言《こごと》に耐える必要はないし、耐えるつもりもないぞ」

「あなたがおせっかいな鼻面《はなづら》を突っこんでくるつもりなら——」

「ここから出ていけ」

彼女の目が大きく見開かれ、そしてせばまっていった。鼻孔が広がる。しばらくは身動き一つせずに立ちすくんでいたが、やがて背を向けると執務室を出ていった。ドアを激しく叩きつけさえもせずに。

おれがわなわなと身を震わせているうちに、ロイオシュが戻ってきた。ロウツァの姿はない。カウティについていったんだろう。そのほうがありがたかった。カウティのほうも、そばに誰か必要だ。

ロイオシュをなかに入れ、ともに事務所を出た。足のおもむくまま、それが〈東方人〉区域でないかぎり、でたらめに歩きつづけた。ばかげた感情が頭をもたげ、二週間ほど前に占ってもらったあの占い師をもう一度さがしあてて、殺してやりたくなった。今もなお、どうしてそんなことをする気になったのか理由を思いあたらない。実際のところ、そうしないよう、自身をなんとか押しとどめないといけなかった。

どこを歩いているのかもわからなかった。方角や、行き交う人々、それにほかの何ごとにも注意など払っていなかった。ジャレグのごろつき二人組がおれに目を留め、こっちに二歩ばかり近づいてきたが、また離れていった。ずっとあとになって思い出したことだが、そいつらはかつておれと敵対していた男の護衛役で、借りを返す気にでもなったのだろう。二人はどうやら気が変わったらしい。

そのころには、左手に〈スペルブレイカー〉を握っていた。歩きながらそれを振りまわし、ときには建物に打ちつけて壁の破片が砕けるのを眺めてみたり、とにかくめったやたらと振りまわして、誰かが近くに寄ってくるのを期待していた。どれだけ時間がたったかもわからない。ロイオシュにたずねさえもしなかったが、一時間以上はうろついたと思う。

この点について少し考えてみよう。自分はついさっき、敵をこしらえてきたばかりだ。どこまでもあとを尾行《つ》けさせるだけの財力を備えた敵を。殺してやりたいと思われるほどそいつを怒らせている。そんなとき、おたくならどうする？　なんの護衛手段もないまま一時間も外を歩きまわり、できるだけめだつようにふるまうというわけだ。

とても、理性的と呼べる行動ではない。

《ボス！》と一声叫ぶのがロイオシュにも精いっぱいだった。

一方のおれはといえば、夢から覚めてみたら、敵意に満ちた顔に囲まれていたようなものだ。たくさんの顔に。少なくとも、魔術師の杖も一本見える。おれの頭のなかで、声が聞こえてきた。ばかげたほどに冷静なその声が告げた。「これでおしまいだな、ヴラド」

自分でも何が原因かはわからないが、その声によっておれははっきりとものを考えることができるようになった。何かできる時間はわずかしかなさそうだが、その一瞬が永遠にまで引き延ばされた。さまざまな選択肢が浮かんでは消えていく。〈スペルブレイカー〉なら、おれのまわりに張りめぐらされたに違いない瞬間移動防御壁を、おそらく打ち破ることができるだろう。だが、やつらの手にかかるより先に瞬間移動で逃げ出すなど、とてもおれには不可能だ。二、三人なら道連れにできるかもしれない。後世に記憶されたいと願うツァー家の勇者ならまんざらでもない行為だろうが、そのときのおれにはまったく不毛なように感じられた。その一方で、誰かを殺そうというとき、普通なら八、九人も刺客を送りこみはしない。やつらにはほかに考えがあるのかもしれない。だが、それが何か推測できるはずもなかった。おれは可能なかぎりの力を奮い起こし、精神内で告げた。

《ロイオシュ、離れろ》

彼が肩から飛びたつのを感じ、おれはばかばかしいほどのうれしさをおぼえた。首筋に何かがちくりと刺さり、おれは頬に地面が触れるのを感じた。

「自分がまだ生きてるってことに、おまえは気づくだろうな」

目をあける直前に耳にした一言は、こういうものだった。

そうして目をあけたおれは、バジノクを目の前にしていた。まず何よりも先に、なんとぴったりの一言だろう、と実感した。タイミングの絶妙さに、おれは感心したらしい。つまり、おれが意識を取り戻そうというまさにそのとき、硬い鉄の椅子に鎖で縛られて坐り、妖術の網にもとらわれていることに気づくより先に、そう告げられたのだから。実際のところ、自分が裸にされていることに気づくよりも先だった。椅子がひんやりと冷たかった。

おれはやつを見つめ返し、気のきいた一言でも返すべきだと感じたものの、何一つ思いつかなかった。だが、やつは待っている。ただの礼儀からだろう。照明は明るく、部屋は狭すぎることもない――前方は、壁まで十二歩くらいある（振り返ろうとまではしなかった）。バジノクの背後には用心棒ふうの連中が五人控えており、おれをにらむ目つきや、さまざまな武器を手にしていることからも、おれをかるく見ていないのは明らかだ。まんざらでもない気がした。部屋の片隅には、おれの衣服や雑多な道具《ぶき》もまとめてある。おれはいった。「服を置いとくなら、ついでに洗濯もしといてもらえないか？　もちろん、代金はあとで払うよ」

バジノクはにやりとし、うなずいた。どちらも冷静な玄人《プロ》らしくふるまうつもりだ。すばらしい。おれはやつをにらんだ。腕や足を縛めて《いまし》いる鎖を引きちぎり、すぐにでも立ち上がってやつを殺してやりたい、と切実なまでに望んでいる自分に気づいた。やつを締め殺してやりたい。そんな光景がおれの脳裏を満たした。用心棒どもが剣で打ちかかったり呪文を投げつけようとも、おれの身体はすべてをはね返し、あるいはなんの効果もなく落ちていき、そのあいだも、ひたすらやつの命をしぼり取っていくさまを。そんな欲求を顔や行動に出さないよう、苦労して抑えこんだ。ロイオシュがそばにいてくれたらと願う一方で、彼がここにいないことをありがたくも思った。おれは相反する感情《アンビヴァレンス》というものをはっきりと理解した。

バジノクは椅子を引き寄せ、おれと向きあって坐ると、足を組んでふんぞり返った。おれが意識を回復する前にそうやって坐っておくこともできたはずだが、こいつはおれに負けず劣らず、もったいぶったしぐさがお好みとみえる。

「おまえはまだ生きてる」とやつがいった。「いくつか答えを聞き出す必要があるからな」

「なら、さっさとやってくれ」とおれは応じた。「ひどく協力的な気分になってるとこなんだ」

バジノクがうなずく。「質問にこたえたらおまえを生かしておいてやる、といっても信じられまい。それに、おれは嘘をつくのが嫌いでな。だから、真実のままにいってやろう。こたえないつもりなら、おまえは死にたいとひどく切実に願うようになるだろう、と。意味は通じたか？」

おれはこくりとうなずいた。口のなかが、急にひどくからからになっていたからだ。吐き気もする。室内に張りめぐらされたさまざまな呪文を感じることができた。おそらく、おれが試みかねないどんな妖術であれ、遮断できるのだろう。もちろん、〈帝珠〉との接触はなおもたもたれていたものの（おかげで、おれが意識を失っていたのはほんの十分ほどであったことがわかった）、だからといって妖術でどうにかできるとも思えない。それでも……

やつが質問した。「おまえとあの〈東方人〉連中とのつながりはなんだ？」

おれは目をぱちくりさせた。知らないっていうのか？　これを利用する手があるかもしれない。時間稼ぎができれば、呪術を試せるかも。これまでにも、とてもできるはずのないような状況において、おれは呪術を駆使したことがある。

「そうさな、あいつらは〈東方人〉で、おれも〈東方人〉だ。だから、いわば当然の——
——」

そうして、おれは絶叫した。どこが痛んだのか、今もってよくわからない。何もかもが痛んだように思う。どこか特定の部位が痛んだという記憶はないが、やつの忠告が正しかったことはわかった。これなら充分だ。おれはまさしく死にたくなった。あまりに瞬間的な衝撃だったから、悲鳴をあげる前に痛みはおさまっていたが、それがなんであるにしろ、もう一度くらうのに耐えきれないことは自分でもわかっていた。おれは汗みずくになって、頭をがっくりと垂れた。おまけに、自分が仔犬のように哀れなうめき声をかすかにもらすのも聞こえた。

誰も口をきこうとしない。長いことたって、おれはようやく顔を上げた。二十も歳《とし》をくった気分だった。バジノクはなんの表情も浮かべていない。やつがいった。「おまえとあの〈東方人〉どもとのつながりはなんだ？」

「おれの妻が参加してる」

やつはうなずいた。そういうことか。端《はな》から知っていたわけだ。おれとこんなふうにゲームをするつもりらしい——自分で答えを知っている質問をしたり、答えを知らないものをときにたずねる、と。こいつはすばらしい。だが、それはそれでかまわない。もうとぼけるつもりがないのは、おれ自身もわかっていた。

「おまえの妻は、どうして参加したんだ？」

「連中のやってることを信じてるんだろう」

「おまえはどうなんだ？」

おれはためらった。恐怖のあまり、心臓が激しく打つ。だが、こう応じるほかなかった。

「し……質問の意味が、わからない」

「おまえは、あの〈東方人〉どもと何をしてるんだ？」

安堵の感覚があふれた。ああ、これならこたえられる。「カウティのためだ。妻を殺されたくない。フランツが殺されたみたいにな」

「どうしておまえの妻までそうなると思うんだ？」

「よくわからない。まだ——つまり、フランツがなぜ殺されたのかわかってないんだ」

「何か推測はついたか？」

おれは今度もまたためらい、質問の意味を理解しようとつとめた。長くかかりすぎたらしい、というのも、またしてもあの激痛に襲われたからだ。今度はもっと長かった。激痛が永遠につづく。それとも、二秒ほどだったか。親愛なるヴィーラよ、〝お願いだから〟おれを死なせてくれ。

それがやんでも、しばらくは口をきくこともできなかった。だが、早くそうしないと、そうしないと、そうしないと、いけない。さもないと、やつらはもう一度、もう一度、もう一度、あれを使ってくる。そこで——

「今、考えてるとこだ——」いったん唾を呑《の》みこまねばならず、さらなる激痛を覚悟した。

が、もう一度あれが襲ってくることはなく、おれは安堵のあまり身を震わせた。もう一度しゃべろうと試みる。

「水を」とおれはもらした。

グラスが口もとにあてがわれる。いくらか飲みくだし、それ以上の水が胸にこぼれた。そうして、これ以上引き延ばしととられないよう、急いでしゃべりだした。「あいつらはあんたらの——ハースの——商売のじゃまをしてた。警告じゃないかと思う」

「やつらもそう考えてるのか？」

「わからない。ケリー——連中の指導者だが——あいつは頭が切れる。それに、連中の一人には、おれの推測を話した」

「警告だとしたら、やつらは聞き入れるだろうか？」

「そうは思えないな」

「やつらの数は？」

「おれが知ってるのはほんの六人程度だが、話によると——」

おれがまっすぐ見据えていたドアがいきなり開き、きらりと光るものがバジノクやおれの頭のわきをいくつもかすめていった。おれの背後でうめき声があがる。誰かが事前に室内をさぐり、全員の立ち位置をつかんでいたというわけだ。見事な手際だった。おそらくはクレイガーのはからいだろう。

バジノクはすばやかった。おれや闖入者《ちんにゅうしゃ》にかまけて時間を無駄になどせず、妖術師のそばに近づくと、瞬間移動にとりかかった。扉口に立っていたスティックスはやつをちらっと見る以上に時間を無駄にせず、室内にとびこんだ。またしても、きらりと光るものがおれのわきをひゅんと通り過ぎ、またしてもうめき声が、今度はおれの右肩の後ろで聞こえた。そうして、扉口に姿をあらわしてナイフをはなつクレイガーにも気がついた。つづいてロイオシュが部屋にとびこみ、そのすぐあとからグロウバグもつづく。グロウバグの目は、帝国宮殿のドラゴン門に吊されたランプのごとく光っている。〝助かった〟という思考が頭のなかではじけたものの、救出作戦がうまくいくかどうかなど、つかの間《ま》の興味以上のものをかきたてはしなかった。

とはいえ、スティックスの立ちまわりはなかなかの見物《みもの》だった。彼は一度に四人を相手にしていた。両手に棍棒を構え、集中した表情を浮かべている。手にした棒がうっすらとぼやけはしても、けっして消えてなくなりまではしなかった。ひどく優雅な動きだ。棒が一人の頭を打って跳ね、そのままもう一人の脇腹を打ち、その間《かん》にもう一方の棒が交差して最初の男の頭を脳天から叩く、といった具合だ。敵どもが彼を攻撃しようとすると、その攻撃までも彼は自身の攻撃に転用してしまう。あたかも、はじめから計画していたように。スティックスの動きが速まり、じきに相手の武器は手からはじけとんで、連中の身体がぐらつきだした。そうして、スティックスは踊りを締めくくるように、連中を片づけていった。両手の棍棒を、一人ずつ、脳天に同時というわけではなく打ちおろしていく。タタン、タタン、タタン、タタン。三人目に打ちおろすころには一人目が床に倒れ、四人目にとりかかるころには二人目が倒れる。三人目が倒れるころには、スティックスは後ろに下がってあたりを見まわし、最後の一人が倒れるころには棍棒をしまっていた。

グロウバグの声が、おれの肩ごしに聞こえてきた。「こっちも完了だ、クレイガー」

「よし」クレイガーの声がおれのすぐそばから聞こえ、彼が鎖に取り組んでいるのも目にはいった。

《大丈夫かい、ボス？》

腕を縛っていた鎖がはずされ、今度は足の鎖にとりかかるのも感じられた。灰色と黒という装束の女性が部屋にはいってきた。クレイガーが声をかける。「もうじき支度《したく》ができるぜ、姐《ねえ》さん」

〈左派〉の女か、とおれは考えていた。妖術師だ。おれたちを瞬間移動で連れ帰るべく雇われた女だ。

《ボス？》

足の鎖もはずされたところだった。

「ヴラド？」とクレイガーがたずねる。「立てるか？」

このままベッドに倒れこめるといいのに、とおれは考えていた。グロウバグがおれの衣服をかき集めている。

《ボス、何かいってくれよ》

スティックスがおれにちらっと目をやって、すぐにそらした。彼が罵《ののし》りの言葉をつぶやくのが見えたように思う。

《ちくしょう、ボス！　どうしちまったんだい？》

「よし」とクレイガーが声をあげた。「グロウバグ、ヴラドを立たせるのを手伝ってくれ。みんな、集まれ」ロイオシュがおれの肩をつかむのが感じられた。おれは引きずられるように助け起こされた。

「やってくれ」クレイガーが命じる。

《ボス？　どうして――》

腹部がねじれ、方向感覚がひどく乱れ、頭はくらくらし、頭蓋のなかで世界がぐるぐるまわりだした。

《こたえてくれないんだよ――》

自宅前の路上にて、おれは嘔吐《おうと》した。みんなでおれの身体を支え、スティックスはおれの持ち物を山と抱えてそばに立っている。

「なかに運ぼう」とクレイガーがいった。おれの身体を支えて歩かせようとするが、おれはがくんと崩れ、あやうく倒れかかった。

《ボス？》

彼らはもう一度試みたが、うまくいかなかった。クレイガーがもらす。「こんなんじゃ、いつまでたっても階段を上がれそうにないな」

「この衣服を先に部屋に運んでから――いや、ちょいと待った」スティックスがつかの間、視界から消え、誰かと低い声で話しているのが聞こえた。〝酔っぱらった〟とか〝売春宿〟といった言葉が聞こえ、子どものような声がこたえる。そうして、スティックスは手ぶらで戻ってきておれの足を持ち、家まで運びこんだ。

階段をのぼりきると、スティックスがおれの足をおろし、手を叩いて訪問を知らせた。子どもが声をかけるのが聞こえてきた。「ここに置いていくね」衣ずれの音がして、その子がつづけた。「ううん、いいのよ」

そうして、やわらかな足音は階段をおりていった。誰かが応答するのを待ったあげく、スティックスがドアをあけ、おれはなかに引きずられていった。

「さてと、どうする?」とグロウバグがたずねる。

クレイガーの声から、ほとんど包み隠せていない不機嫌さを聞きとることができた。

「きれいにしてやらんと。それから――おおっ、カウティ!」

「ロイオシュが、すぐに家に戻れっていうもんだから。いったい何が――ヴラドなの?」

「身体をきれいにしてやって、ベッドに寝かしつけないと」

「大丈夫なの、ヴラド?」

ロイオシュがおれの肩を離れた。おそらくはカウティの肩に移ったんだろう。が、おれの顔はそのとき別のほうを向いていたから、はっきりとはわからない。カウティはしばらく黙りこんでいたが、やがていった。

「浴室に運んで。こっちよ」どうやら、カウティは声を冷静にたもつのに苦労しているらしい。

しばらくして、おれの身体に熱い湯がかけられた。カウティの手つきはやわらかだ。自分の胸や腹全体に吐瀉物がべっとりついているほかに、どこかで泥にまでまみれていたことにも気づいた。クレイガーも浴室にはいってきて、カウティと二人がかりでおれを立たせて身体を拭《ふ》き、それからおれをベッドに横たえて部屋を出た。今は黙りこくっているロイオシュがそばに降りたち、おれの頬に頭をすり寄せた。ロウツァはベッドの左側の支柱にとまって、引っ掻《か》くような音をたてている。

隣の部屋からカウティの声が聞こえてきた。「ありがと、クレイガー」

クレイガーがいった。「礼はロイオシュにいってくれ」

そうして二人は声をひそめ、おれに聞こえるのはささやきだけとなった。

やがて、玄関のドアが閉まり、カウティが浴室にはいっていくのが聞こえた。井戸の水をくむ音も。しばらくして彼女が戻ってきて、濡らした布をおれの額にのせてくれた。左手首に〈スペルブレイカー〉を巻いてから、毛布の下に戻した。おれは布団にくるまりながら、死ぬのを待った。

おかしなもんだ。自分の最後の思考はどんなだろう、と以前から考えてきた――もしも死の間際に、考えるだけの時間があったらの話だが。ところがおれの最後の思考は、最後の思考はどんなだろうかといぶかることだった。おかしな話だ。身体の奥深い、どこか痛みの届かない部分で、おれはくっくっと笑っていた。アリーラのいう転生とやらが本当だとすれば、おれの次なる人生は、たぶんもっとましなものになるだろう。いや、アリーラが正しいことはおれも〝わかって〟いる。おれの次なる人生は、おそらく今とたいして変わるまい。うむ、そこまではおれにもわからない。生命を授《さず》かるたびに、何かを学ぶのかもしれない。この人生で、いったいおれは何を学んだろう？　いつだって、いいやつと悪いやつは対立していて、誰がいいやつかなどわかりっこないから、悪いやつを殺すことで妥協するほかない。おれたちは、どいつもこいつも悪いやつだ。いや、ロイオシュは悪いやつじゃない。カウティも――うむ――ちくしょう、こんなこと考えてなんの役に立つっていうんだ？　おれはただ――

――ちょっとした驚きとともに、自分がまだ生きていることに気づかされた。そうして、自分は〝死なずにすむ〟かもしれないという考えが兆《きざ》した。鼓動が速まる。そんなことが、本当に？　そうして、現実としか呼びようのないはっきりとした感覚が滲《し》みこんでいき、どうも自分は死にそうにないということがわかった。まだ感情的に受け入れることはできない――本当に信じているわけでもない――が、どういうわけかおれにはわかっていた。右袖口の短剣をまさぐってみるも、そこにはなかった。そのときになって、自分が裸だったことを思い出した。頭をもたげると、衣服や武器の山が――突き剣もとび出ている――部屋の片隅に積み上げられているのが見えた。おれの手に届きそうもないことがわかった。左の手首には〈スペルブレイカー〉が感じられる。この鎖で間にあうだろうか？　どうやって？　自分で首を絞める力さえありそうにない。もしかしたら、頭からベッドの下に落ちるくらいのことはできるかも。

左腕を出し、細い黄金の鎖をじっと見つめる。これをはじめてみつけたとき、セスラ・ラヴォードは名前をつけるようすすめた。どうしてかとおれがたずねると、彼女は答えをはぐらかした。あらためて、この鎖をじっと観察してみる。おれの手首にしっかりと巻かれ、まといついているが、けっしてきつくからみつくわけでもない。ベッドのわきに腕を垂らすと、そいつはほどけておれの手のなかに落ちこんだ。持ち上げると、そいつはひとりでに姿勢をとり、とぐろを巻くイェンディのように空中でかまをもたげた。手を動かしても、それは動こうとしない。まるで、おれの身体の十二インチ上で、そいつのもう一方の端が宙に固定されているかのようだ。

おまえはなんなんだ？　おれはこの鎖にたずねた。おまえには一度ならず命を助けてもらったが、おまえがなんなのか、いまだによくわからない。おまえは武器なのか？　今ここで、おれを殺すことができるか？

そのうちに、鎖はとぐろを巻いたり伸びたりをくり返しはじめた。まるで、今の問いかけを考慮してみるかのように。こいつがこんなふうに動くのを、おれはそれまで見たこともなかった。宙にぶらさがるということなら、こいつをはじめて目にしたときにもやっていた。だがあれは、〈ツァーの山〉での出来事だ。あそこなら、奇妙なこともごく普通に起こっている。それとも、あれは〈死者の道〉だったろうか？　もう思い出せない。今からおれをあそこに連れていこうというのか？　〈東方人〉は〈死者の道〉に分け入ることを許されていない。だが、おれは本当に〈東方人〉なのか？　実際のところ、〈東方人〉ってなんだ？　ドラゲイラ族とはどう違うのか？　誰が気にかけるっていうんだ？

その答えは簡単だ。〈東方人〉は気にかけるし、ドラゲイラ族も気にかけている。誰が気に〝かけない〟っていうんだ？　ケリーは気にかけていない。〈審判の神々〉は気にかけているだろうか？

おれの目の前に浮かぶ〈スペルブレイカー〉は空中でさまざまな姿勢をとり、踊り子のようにねじれて、巻きついた。いつの間にかロイオシュが部屋を飛び出していたのにも、おれはほとんど気づかなかった。何分かしてカウティが戻ってきたときも、こいつはまだおれの眼前で踊っていた。彼女は湯気のたつお茶を手にしていた。

「これを飲んで、ヴラド」彼女がいった。その声は震えている。〈スペルブレイカー〉は低く垂れ、そして高く立ち上がった。つかんでいる手をはなしたらどうなるんだろう、とも思ったが、こいつが動きをやめてしまう危険は冒したくなかった。カップが唇に押しつけられるのを感じ、熱いお茶がおれの口に、そして胸にもこぼれていく。反射的に呑みくだし、そして妙な味がすることに気づいた。カウティがおれに毒を盛ったんだろう、という考えが浮かんだ。ふたたびカップが近づけられると、おれは貪欲にむさぼった。なおも〈スペルブレイカー〉の踊りを眺めながら。

カップがすっかりからになると、おれは頭をおろし、忘却の訪れを待った。それが実際にやってきたとき、おれのなかの一部はかるい驚きをおぼえていた。

7

〝黒の長靴《ブーツ》一足——右足つま先の赤い染《し》みを落とし……〟

実際に目覚めたことはおぼえていない。長いこと天井を見るともなしに見つめていた。感覚が少しずつ戻ってきた——上質のシーツのなめらかなリネンの肌ざわり、おれの顔のすぐそばにあるカウティの髪のにおい、おれの手のなかにある、彼女の温かな、さらっとした手。もう一方の手で、自分の身体にも触れていった。顔から身体へとたどりかけ、目をぱちくりさせる。ロイオシュのしっぽがおれの首に巻きついていた——羽根のように軽く、そして鱗《うろこ》がざらついている。

《ボス？》おずおずと声がたずねてきた。

《ああ、ロイオシュ、ここにいるよ》

彼は頭をおれの頬にのせた。窓からはいりこむ風にのって、アドリランカの朝のにおいが感じられる。おれは唇をなめ、目をきつく閉じ、そしてもう一度あけた。針のように鋭く、あの記憶がよみがえる。おれはうめき、そして震えだした。しばらくたって、カウティに目を転じた。彼女も目を覚まし、おれを見ている。その目が赤い。おれはいった。

「おれたちのなかには、憐れみをおぼえるあまり、なんだってするやつもいるんだな」

声はかすれていた。彼女がきつく手を握りしめる。

ややあって、カウティがやわらかな笑い声をもらした。「〝あなた、大丈夫？〟ってうまいこと声をかける方法をさがしてるんだけど。あなたをどこかの地下牢にでも隔離すべきだっていうふうに聞こえないように」

おれも彼女の手をきつく握り返す。ロイオシュが身体を揺すり、はばたいて部屋を一《ひと》めぐりした。ロウツァもどこかで身体を揺すり、うなり声をあげている。

「おれが自殺でも考えてるんじゃないかってことなら、答えはハズレだ」つづけて、おれがいった。「おまえ、ちゃんと寝てないんだろ？」カウティは、〝ええ、寝てないの〟と受けとれるようなしぐさでこたえた。「だったら、少し眠ったほうがいい」彼女は涙をたたえた赤い目でおれを見ている。おれはいった。「なあ、これでほんとに何かが解決されたってわけでもない」

「わかってる」カウティがいった。今度は彼女の声がかすれる番だった。「あたしに話してみる？」

「昨日、何があったかってことをか？　いや、あまりにきわどかったからな。それより、おれに何を飲ませたんだ？　あれは毒だった、違うか？」

「あのお茶のこと？　ええ、ツィオリンよ。ただし、薄めたやつだけど。あなたがよく眠れるように」

おれはうなずいた。カウティがおれの隣に寄り添ったから、彼女を抱きしめた。もうしばらく天井を見つめていた。天井は模様のある板でできている。カウティはそれをごく淡い緑色に塗りなおしていた。「緑か？」あのとき、おれはいったものだ。「緑は生長と多産を象徴してるのよ」と彼女は説明した。「へえ、なるほど」そういって、おれたちは別のことにとりかかりはじめたものだ。今では、ただの緑色にしか見えない。だが、彼女は今もおれを抱きしめてくれている。この点については、好きなように解釈してもらいたい。

おれは起き上がり、朝の雑用にとりかかった。寝室に戻ってのぞいてみると、カウティはぐっすり眠っていた。おれはロイオシュと外に出て、〈キグの店〉にしばらく腰を落ちつけ、クラヴァを味わった。家を出る際には、慎重にあたりを見まわしたものだ。こっちが用心しているときは、襲われたためしがない。いつだって、こっちが予想もしないときにかぎって襲われる。妙なもんだ、襲撃を予想して日々を過ごすことのほうが圧倒的に多いというのに。そんなことに気を配る必要もなく暮らすというのはどんなもんだろう、と考えてみた。あの〈東方人〉連中の思惑どおり、白日夢が現実のものになったとしたら、それも実現可能かもしれない。だが、どのみちおれには関係なさそうだ。おれが周囲をできるだけ入念に見まわしてみなかったことなど、思い出せもしない。子どものころでさえ、〈東方人〉を嫌っている悪ガキどもならいくらでもいた。何があったにしろ、おれは今のような境遇にはまりこんでいたろう。が、それでも――

《ボス、考えごとが過ぎるんじゃないか》
おれはうなずいた。《わかったよ、相棒。どれを無視したらいいのか教えてくれ》
《へっ》
《さあ》
《あの〈東方人〉たち——ケリーの集団についてだけど……》
《それが？》
《カウティの命や、ハースのこととか、ほかのなんにしても、心配せずにすむとしたら？　だとしたら、どんなふうに感じる？》
《おれにわかるわけないだろ》
《カウティがあの連中に加わったことは、どう思う？》
今度のはいい質問だった。おれはしばらく考えてみた。
《あそこまで自分たちの理想にとらわれてて、ほかの連中のことなど気にもかけないやつらなんか、評価できるわけないな》
《けど、カウティについては——》
《ああ、わからんな、ロイオシュ。裏に何があるのか、実際にさぐってみる機会もなかったからな。そうするのにどれくらいかかると思う？　カウティの気持ちがわかるようになるのか？　カウティはやつらに金を分け与えるつもりなのか？　どれくらい？　わからないことだらけだ。カウティは、もっとおれに打ち明けるべきなのに》

おれはさらにクラヴァを何杯も重ねながら、あれこれと考えをめぐらした。店から歩いて出る際には、あたりにひどく気を配った。

事務所にはいると、立ちどまってクレイガーやメレスタフにあいさつすることさえしなかった。まっすぐ地下室へと向かう。実験室の隣にはだだっ広い部屋があり、ランタンがいくつも据えつけてある。一つずつ灯りを入れていった。突き剣を抜き、自分の影に一礼してから攻撃に移る。

受け流して頭部を斬りつける。昨日の晩、おれに何があったのか？

踏みこんで、さがる。あれは、自分がドラゲイラの生まれ変わりだと告げられた以上にひどい経験だった。あるいは、少なくとも異質な経験だった。

踏みこみ、脇腹に斬りつけ、さがる。忘れるべきかもしれない。ただし、今度また試みたなら、成功してしまうかもしれない。それならそれで、一番うまくおさまるのかもしれないが。

踏みこみ、頬を斬りつけ、首を斬り、さがる。ばかばかしい。その一方で、昨日の晩、おれが実際にみずから命を絶とうとしたことは否定のしようもない。本気でそうするつもりだった。信じがたいことに。

受け流して脇腹に斬りつけ、頭部にも斬りつける。踏みこんで、足に斬りつけ、胸に突きを入れる。だが、あの激痛――あのときの、信じられないほどの激痛。とはいえ、もう終わったことだ。ハースに殺《や》られる前に、こっちからやつを殺らないといけない。そうしたところで、カウティがおれに対して抱く感情は変わらないかもしれないし、おれは金で雇われたわけでもない。だが、そんなこととは関係ない。やつが二度とおれにあんなまねをしてこないよう、はっきりさせないと。絶対に。

　さがり、突きを受け流し、離れ、打突《ストップ・カット》し、踏みこみ、首を斬りつける。おれは自殺するような性格じゃない。殺し屋のなかには、自分が生きようが死のうが気にかけないやつも大勢いる。が、おれはけっしてそうじゃない。あるいは、これまでのおれは違った。もう忘れよう。みずからの命にけりをつけようとしたのはどういうわけなのか、これから一生かかって考えても答えは出そうにない。やらないといけないことはほかにもあって、こんなことを考えていてもなんの足《た》しにもならない。ハースを殺さねばならず、それこそはおれが取り組むべき問題だ。

　一礼。そうせずにすめばいいのに、と願った。

　それと同時に、地階にも浴室を備えておけばよかった、と願った。

「クレイガー」

「なんだ？」

「ぶらぶらするのはもうやめだ」

「そりゃいい。潮時だよな」

「黙れ。ハースについて完全な情報が欲しい。つまり、何もかもってことだ。やつの愛妾《おんな》が好きな色や、そいつがどれくらい頻繁に髪を洗うかも。ハースのやつがスープにどれくらいコショウを入れるかまでな。それに、やつがどれほど——」

「わかったよ、ボス。さっそくとりかかるとしよう」

《カウティの身に何か起きるまでに、やつを消せるのかい？》

《さあな。カウティの身に何か起きるかどうかさえも、はっきりとわかってないんだからな。だが、危険を冒すわけにはいかない。なんとしても——》

ある考えが浮かび、おれは途中でいいやんだ。その考えはほうり捨てたが、何度も戻ってきた。おれにできることで、助けになりそうなことが一つある。

《カウティが知ったら、喜びはしないだろうな、ボス》

《ヴィーラの指にかけて、ロイオシュ！　このごたごたがはじまってからというもの、カウティはおれのやることなすこと、喜んでなんかいないんだぞ。それがどうした？　ほかに名案でもあるのか？》

《なさそうだね》

《同感だ。何日も前からやっておくべきだったのに。おれはなんにも考えちゃいなかった。

ロウツァは今、カウティといっしょにいるか？》

ロイオシュはしばし黙りこんだ。《ああ》

《なら、出発しよう》

《あんたのほうの護衛はどうなんだい?》
前日のことを思い出し、急に吐き気がしてきた。
《今度は盲人《めしい》みたいにやみくもに突っこんでいきやしない》
《ほんとに?》
この問いかけは修辞的なもののように聞こえたから、何もこたえずにおいた。
誰かが外で待ち伏せていないともかぎらないから、事務所内からじかに瞬間移動した。〈東方人〉区域で過ごすことがますます多くなっていたから、あそこがますます身近なものになっていた。
おれはたずねた。それについては、複雑な心境だった。《彼女《あいつ》は移動してるか?》
《さっきまではしてたよ、ボス。少し前にとまった》
《どれくらい離れてる?》
《まっすぐ飛んでいけば、五分で行けるけど》
《そりゃいいや。で、実際にはどれくらいかかるんだ?》
《半時間ってとこかな》
女神ヴィーラの諧謔《ユーモア》のごとく、通りはねじれてのたくっており、実際のところおれたちが大きな公園のそばに達するまでにたっぷり半時間はかかった。公園はひとがあふれんばかりに混みあっている。何千と集まったそのほとんどは〝人間〟だ。おれはあっけにとられて見つめていた。これほどまでの群衆が一カ所に集まるのを目にしたのは、戦闘がまさにはじまろうとしていた〝あのとき〟以来だ。どうも気に入らない。

おれは大きく一度深呼吸し、群衆のなかを抜けて進みはじめた。ロイオシュが舵《かじ》をとる。

《こっちだ。よし、今度は右に戻って。あのへんだよ》

ロウツァに存在を気づかれないよう、ロイオシュは慎重になっている。彼がこれをおもしろく思わない可能性もあったが、どうやら遊びのようにとらえているらしい。おれのほうも、カウティに存在を気づかれないよう慎重になっていた。しかも、遊びのような気分など微塵《みじん》もない。

演壇の上に立っている彼女に目が留まった。どうやら、群衆の注意はそこに向けられているらしい。カウティは群衆にすばやく目を走らせている。もっとも、そんな彼女を見ても、たいていの者はそれと気づくまい。はじめのうち、カウティのほうでもおれをさがしているのかと思ったが、やがて理解がいくと、おれはくっくっと笑いをもらした。ケリーが壇の手前のほうに立っていて、〝やつら〟の〝われわれ〟に対する恐怖とやらを、とどろくばかりの大声で弁じたてている。そしてカウティは、やつの護衛役を務めているというわけだ。こいつはおもしろい。演壇に近づいていきながら、おれはこの皮肉に何度も首を振っていた。おれは、カウティにみつかることなく〝彼女〟の護衛役を務めるつもりだった。カウティのほうは、壇に忍び寄ろうとするやつをさがしている――いうなれば、まさしくおれのようなやつをさがしているわけだ。

そのことに気づくと、おれはその場で足をとめ――まだ四十フィートほども離れている

——ようすをうかがった。演説の内容がなんだったか、はっきりとはお伝えできない。ろくに聞いてさえもいなかったから。聴衆を怒りの暴徒へと駆りたてこそはしなかったが、彼らは興味を持っているらしく、ときどき歓声があがった。おれは途方に暮れていた。これほどの群衆のなかにあって、誰かが別の誰かを殺そうとしていないか見きわめようとした経験などありもしない。うまく見分ける手段もあるだろうが、おれには思いつかなかった。ときどき壇上を確認してみるが、変わったようすは何もない。ときどき、ケリーの演説の一部が耳にはいってきた。〝歴史的必然性〟とか、〝われわれは膝を屈するつもりなどない〟というような。ケリーのほかに、壇上にはグレゴリーやナターリャ、それにおれの知らない〈東方人〉やテクラも何人か立っている。彼らもケリーの演説に耳を傾けているようだった。

ついに、集会は大きな歓声とともに終了した。おれは気づかれることなくできるだけカウティの背後から近づこうとした。壇上に立っていた連中それぞれのまわりに人だかりができていたが、カウティだけは例外だった。カウティはケリーのそばにつき添っている。群衆がまばらになるにつれ、おれと同じようにいつまでもとどまっているやつがほかにいないかと注意していたが、どこにも見あたらなかった。

半時間後、ケリー、グレゴリー、ナターリャがその場を離れた。そのころになると、公園はかなり閑散としてきた。おれも彼らのあとを尾行《つ》ける。一行はケリーの事務所に戻り、奥に消えていった。おれは外で待つことにした。ありがたいことに、天気はいい。寒さや雨のなかで、外に立って待たされるなんてたまったもんじゃない。

困ったことに、おれには考えるだけの時間がたっぷりあり、そして考えるべきことならこれまたたっぷりとあった。

おれは、実際にみずから命を絶とうとした。なぜか？　拷問を受けたのは確かにあれがはじめてだが、前にも情報をかすめとられたことはある。それほど大きな差のあることだろうか？　あのときの激痛を思い起こすうちに、心の内奥から悲鳴が聞こえ、震えが全身を駆け抜けた。

かつて情報の提供を強要されたときには、おれ自身、落ちついていた。相手と駆け引きができた——あれやこれやと些細な点はもらしても、バラしたくないと思えば隠すことができた。今度の場合は、とにかく腹の底までさらけ出していた。それはそうだとしても、あんな気を起こした説明にはならない。とにかくおれは、みずから命を絶つような人間じゃない。それとも、そうなのか？　ヴィーラよ、おれはいったいどうなっちまったんだ？

しばらくして、おれは呼びかけた。

《ロイオシュ、ここを見張っててくれ。おれはノイシュ＝パにでも会ってくるよ》

《だめだって、ボス。おれといっしょじゃなくちゃだめだ》

《なんだと？　どうして？》

《ハースは、まだあんたを狙ってるんだろ？》

《おっと、そうだった》

二、三時間もすると、カウティが出てきた。夕刻が近づいている。彼女は自宅の方角に向かった。おれもあとを尾行《つ》ける。何度か、彼女の肩にのったロウッァが不安げにあたりを見まわしはじめると、しばらく足をとめて待ったほうがいいとロイオシュが忠告した。おれはその忠告に従った。なかなかおもしろい余興ではあった。おれは一時間ばかりうろついたすえに帰宅した。カウティもおれもあまり言葉を交わさずにいたが、彼女がこっちを見ていることには何度か気がついた。カウティは心配げな表情を浮かべていた。

翌日も同じようなことがくり返されたと思ってもらっていい。カウティが家を出ると、おれもそのあとを尾行《つ》け、彼女は街頭に立って新聞を売ったり（新しいやつで、一面の見出しには、地主がどうたら、といった文字が見える）、見知らぬ連中と話したりしていた。見知らぬ連中が近づいてくると、とりわけそれがまれにドラゲイラだった場合、おれは警戒を強めた。クレイガーに連絡をとり、進捗《しんちょく》状況を確認した。まだ調査中だという。それ以上は何もいわず、おれは彼をほうっておいた。クレイガーと連絡をとったのは、しだいにいらいらがつのりつつあったというだけの理由からだった。

いらいらだって？　確かにそうだ。おれはなんとかカウティの命を護ろうとしてあとを尾行《つ》けまわしてるというのに、それが無意味なこともわかっていた。ハースが〈東方人〉の誰かを殺そうとしているのかさえもさだかではないし、その標的がカウティだと考えるだけの理由も、そして率直にいうなら、どのみちおれにできることなどあまりなさそうだった。暗殺者というものは不意を襲うのを常《つね》としている。暗殺者が標的の不意をつけるとすれば、二、三十フィートほども離れてその人物を警護しているやつの不意だってつける可能性は高い。カウティを護ろうとする試みは、ほとんど実りのない行為に等しかった。だがそれをいえば、ほかには考えることくらいしかおれにできることもなく、あれこれ考えるのにはもううんざりしていた。
《ボス》
おれはロイオシュの注意を惹いた方角に目を向けた。貸し間がいくつかはいっていそうな、大きな茶色の建物の角《かど》に。
《どうした？》
《あそこに誰かいるのが見えたんだ。ドラゲイラらしき背格好の》
おれもしばらく注意してみたが、それっきりなんの動きも見えなかった。カウティはなおも、野菜売りの露店のそばでシェリルとともに立って、ときおり店の主《あるじ》と言葉を交わしている。それから半時間ほどは、カウティと建物の角とを交互に見張っていたが、あきらめておれは妻を見張るほうに専念し、ロイオシュが人影を見たという角のほうは彼にまかせた。やがて、カウティとシェリルはその場を去って、彼らの作戦本部とおれがみなしている建物に戻っていった――もっとも、カウティはあそこを〝ケリーのところ〟としか呼んでいない。二人が尾行されていないかと注意してみたが、判然としなかった。
カウティは建物にはいり、シェリルはそのまま通り過ぎた。おれは通りを少し行ったあたりに、扉口を見張れる場所をみつけた。これまでおれが扉口について知りたいと思ってきた以上にその扉口のことを熟知するようになっていた。カウティに瞬間移動の能力がないことを、少なくともおれはありがたく感じていた。

　夕刻が近づきはじめたころ、ジャレグ家の色を身にまとったドラゲイラが、のうのうと扉口に近づいて、なかにはいった。おれは武器を確認しなおし、すぐさま男のあとを追いかけようとしかけた。ところが、おれが通りを半分も渡らないうちに、男はふたたび姿をあらわした。おれはそっぽを向いて、興味のないふりを装った。男はこっちに気づきもしなかった。おれが振り返ったときには、やつは急いで立ち去っていくところだった。男のあとを尾《つ》行けようかとも思ったが、ハースの遣《つか》いであることがわかるくらいのものだろう。それでどうなるわけでもない。

　あの男は、おそらくただの遣いだろう。それとも、やつは妖術師で、屋内にいた全員を殺してきたところかもしれない。それとも——とそのとき、カウティ、パレシュ、ナターリャの三人があわてたようすでとび出してきた。おれもそのあとを追う。彼らは北東の方角に向かっていた。すなわち、街の中心部に。〈東方人〉の居住地はアドリランカ南域と呼ばれているが、アドリランカ中心部から見ればほぼ西側に位置しているわけだ。気にかかったなら、念のため）

　ドラゲイラ族の居住区域とのはっきりしたしるしもない境（大工《だいく》通りと呼ばれる道がそうだった）を越える手前で彼らは方向を転じ、わき道を何本かたどっていった。そうしてついに、彼らは地面に横たわる何かを囲むようにして立ちどまった。カウティは膝をつき、ほかの二人は腰を屈《かが》めてのぞきこんでいる。パレシュがあたりを見まわしはじめた。おれが近づいていくと、真っ先にやつが目を留めた。パレシュはあわてて腰を伸ばし、妖術でも使うように手を突き出した。おれの手には〈スペルブレイカー〉がおさまっていた。だがしかし、パレシュはそれ以上何もしなかった。ほどなくしておれは、薄れゆく赤みがかったオレンジ色の空のもとで、相手にもこっちの正体がわかるあたりまで近づき、そして、カウティが死体のかたわらにひざまずいているのを見てとった。カウティが顔を上げた。

パレシュの身体はこわばり、首の筋肉がくっきりと浮いている。ナターリャのほうはさほど興味もなさそうで、あきらめきっているようでもあった。カウティは険《けわ》しい目でおれを見据えている。

パレシュがいった。「これとおまえとはどんな関係があるんだ？」

「なんにも」とおれはこたえた。やつのこんな口のきき方を、一度だけは見逃してやることにした。パレシュはそれ以上追求もせずにうなずいた。おれはなかばがっかりした。

カウティが訊いた。「ヴラド、あなたここで何してるの？」

こたえる代わりに、おれは死体に近づいていった。一目見て顔をそむけ、やがてもう一度、今度はもっとじっくりと観察する。かつてのシェリルのなれの果てだった。なぶり殺しにあっていた。蘇生はとうてい不可能だ。どちらの足も、膝の上下で折れ曲がっている。両腕も、肘《ひじ》のあたりでへし折られていた。顔の――とはいっても、残っている部分だけだが――両側についたあざは対称をなし、頭頂部が陥没している、などなど。おれの職業上の推測によれば、数時間かけて拷問にかけられたしるしだ。職業上の推測さえもできないとしたら、玄人《プロ》でいる意味などない。おれは、今度もまた顔をそむけた。

「ヴラド、ここで何してるの？」とカウティが重ねて訊いた。

「おまえのあとを尾行《つ》けてたんだ」

カウティはおれをじっと見ていたが、自分自身を納得させるようにうなずいた。「何か目にしなかった？」

「何者かが見張ってるのを、ロイオシュがちらっと見かけたかもしれない。おまえら二人が市場にいたときにな。だが、それからおまえはケリーの事務所にはいっていったから、おれはただ出入口のとこで見張ってたんだ」

「誰かに警告しようとは思わなかったわけ？」

おれは目を白黒させた。誰かに教える、だって？　連中のいずれかに？　うむ、理にかなってはいるようだ。「思いつかなかった」

カウティはおれをじっと見ていたが、やがて背を向けた。パレシュのほうは、おれを睨《ね》めつけんばかりだ。ナターリャは顔をそむけていたが、よくよく見れば、彼女も怒りのあまりわなわなと小刻みに震えている。カウティは拳《こぶし》を固めていた。そして、規則正しく握ったり開いたりをくり返している。おれ自身も、怒りがこみあげてくるのを感じていた。こいつらにそばについていてくれと頼まれたわけでもない。シェリルを見張ってくれと頼まれていないのは確かだ。それなのに、おれがそうしなかったからといって、よってたかって怒りをたぎらせている。もうたくさんだ――

《あんたに腹をたててるんじゃないよ、ボス》

《へっ？》

《こんなことをさせたハースに怒ってるんだ。それどおそらくは、こんなことをみすみす許した自分たちにも》

《こいつらに、どうやって防ぐ手だてがあったっていうんだ？》

《おれに訊かないでくれよ》

おれは、一番そばにいたパレシュに向きなおった。「どうやっておまえらに防ぐ手だてがあったっていうんだ？」

パレシュはただかぶりを振っただけだった。代わって、ナターリャがこたえた。ひきつった、かろうじてしぼり出すような声で。「もっとすみやかに、わたしたちの体制を強化することだってできたのに。やつらがこんな手を使えないように。そうしてたら、今ごろは、わたしたちを怖れてたでしょうに」

その点について、おれがどう思うか説明してやるのにいい機会ではなさそうだ。代わりにおれは、シェリルの亡骸《なきがら》をケリーのところまで運ぶのを手伝ってやった。日の暮れかかった通りをおれたちが戻っていくあいだ、あまりじろじろ見られることはなかった。それ自体が何かを物語っているように思えた。三人は、手伝わせてもらえたことをおれも名誉に思うべきだといわんばかりの態度だった。その点についても、おれは意見を差し控えた。

亡骸は廊下に横たえ、彼らが部屋にはいるあいだに、おれは何も告げることなく立ち去った。

祖父のところに向かうあいだ、おれは祖父まで殺されているんじゃないかという不合理な怖れにとらわれていた。あまり不安をかきたてないうちにいっておけば、祖父は無事だった。だが、おれがそんなふうに感じたのは興味ぶかいことではある。

鈴を鳴らして戸口をくぐると、祖父が声をあげた。「どなたかね？」

「ヴラドだよ」

抱擁がすむと、おれはアンブルースの隣に腰をおろした。祖父はあちこちうろつきまわってお茶を淹《い》れ、そのあいだに、近ごろ知りあった香辛料売りのことを話してくれた。その香辛料売りは、いまだにニガヨモギを、昔ながらのやり方で十四夜もミント漬けにしているそうだ。（興味がある向きのためにつけたしておくと、〝十四夜〟というのは、三週間より一日少ない期間をさす。わざわざ特別な呼び方をするには半端な数だと感じたとしても、それを責める気にはなれない）

お茶がはいって、一口味わうと、おれはアンブルースに丁重にあいさつし、祖父も同じくロイオシュにあいさつした。

「何を悩んでおるんだね、ヴラディミール？」

「何もかもにだよ、ノイシュ＝パ」

祖父はおれをじっと見た。「あまりよく眠れておらんようだの」

「そうなんだ」

「わが家族にとって、それは悪いしるしだな」

「うん」

「何があったんだね？」

「あのフランツって男のことはおぼえてるかい？　殺されたってやつだけど」

祖父はうなずいた。

「あのさ」おれは切り出した。「またもう一人、殺されたんだ。ついさっき、連中が死体をみつけたとき、おれもその場に居あわせて」

祖父は悲しげに首を振っていた。「で、カウティはまだ連中といっしょに？」

おれはうなずいた。「それだけじゃないんだ、ノイシュ＝パ。連中は、モーゲンティの短剣をみつけたときの子どもみたいなもんだ。自分たちがなんてことをしでかしてるのか、てんでわかっちゃいない。あいつらは、自分たちの思うままに突き進んでるだけだ。まるで、ジャレグ家が総がかりで襲ってきたって対抗できるとでもいうように。それに、帝国でさえも。カウティが加わってるんじゃなければ、そんなのはおれの知ったことでもないけど、このままじゃカウティを護ってやれそうにない。いつまでも護りつづけるなんて、できっこないからね。おれが連中のたまり場の外で見張ってると、使者がやってきて連中に死体がどこにあるか知らせたんだ――とにかく、そんな用で来たんだと思う。けど、そいつが妖術使いであっても全然おかしくはなかった。そうだとしたら、あの建物や、そこにいた連中全員までも木端微塵《こっぱみじん》にされてたろう。背後から指示を出してるやつを、おれは知ってる——そいつならやりかねない。連中はそのことをわかってないらしくて、おれには説得することもできないんだ」

おれがいっきに吐き出してしまうと、祖父は椅子の上で身体を揺すり、考えこんでいるようすだった。やがて、祖父がいった。「そんなことをしでかしたという男を、おまえは知っとるんだな？」

「くわしいわけじゃないけど、知ってはいる」

「その男にそんなことができるとして、なぜこれまでにやらなかったんだね？」

「そうするほどの意味もなかったんだろ、これまでは。金がかかるし、必要以上に無駄遣いすることもないから」

祖父はうなずいた。「昨日、彼らが集会を開いたと聞いたよ」

「なんだって？ ああ、そうそう。近くの公園でね」

「そう。行進もしておった。このへんも通ったよ。たいへんなひとの数だったな」

「ああ」おれは公園での光景を思い起こした。「少なくとも、数千人はいたな。けど、それがどうだっていうんだい？ やつらに何ができる？」

「おそらく、そのケリーとやらにもう一度会って、説得してみるべきだろうな」

「かもね」

しばらくして、祖父がいった。「これほど不幸そうなおまえは見たこともないぞ、ヴラディミール」

「どのみち、これもおれの仕事の一部みたいなもんだよ。おれたちは規則にのっとってゲームをしてるんだ。こっちをほうっておいてくれるなら、こっちも相手をほうっておく。組織外の誰かが痛いめにあったとしたら、それはそいつが関係のないところに首を突っこんだからだ。それはおれたちのせいじゃない。そういう仕組みになってるんだ。ケリーたちはそのあやまちを犯した――やつらに関係のないところで他人《ひと》のじゃまをしたんだ。ただし、実際にそうしたわけじゃないけど。やつらは――どういったらいいかな。ともかく、やつらなんかヴィーラの地下牢にでもとらわれるといい。ときどき、ハースの代わりにおれの手で片づけてやれたらって思えてくるよ。ときには――よくわからないけど。それに、こっちはやつをおびき出せるほどの情報さえつかめてない。今度の件では、おれはにっちもさっちもいかなくなってる。誰かを雇うべきなんだろうけど、そうもいかない。わかるかい？　おれはどうしても――」

おれは目をしばたたいた。ひとりでまくしたてている。ずいぶん前から、祖父のことなど置き去りにしていた。こんなたわごとを、祖父はどう思ったろうか。

祖父は、まじめな顔つきでおれを見つめている。ロイオシュがおれの肩に戻って、きつくつかんだ。おれはもういっぺんお茶を飲んだ。祖父が口を開く。「それで、カウティは？」

「わからない。あいつも同じように感じてて、だからこそ、連中に加わったのかも。ほら、カウティは前に、おれのことも殺したことがあったろ」

祖父が目を瞠《みは》る。おれはつづけた。「そんなふうにしておれたちは出会ったんだ。カウティはおれを殺すべく雇われて、そのとおり実行した。おれはけっして殺したことなんかない、東方じ——人間を。カウティは殺したことがある。それが今じゃ、まるで自分は——いや、なんでもない」

祖父はおれをじっと観察していた。この前、二人で交わした会話のことを思い出したらしい。というのも、こうたずねてきたからだ。「こんなことを、どれくらいつづけてきたんだね、ヴラディミール？　ひとを殺したりといったことを」

本当に興味があるような口ぶりだったから、こたえてやった。「何年も前からだよ」

祖父はうなずいた。「おまえも、一度考えてみるいい機会だろうな」

「おれが〈フェニックス警備隊〉にでもはいったと仮定してごらんよ——入隊を許されるならの話だけど。どっちにしても、金をもらってひとを殺すことに変わりはないだろ。それをいうなら、どっかのドラゴン貴族の私設兵に加わるとかでもいい。なんの違いがあるっていうんだい？」

「なんの違いもなかろうな。わしにはわからんよ、ヴラディミール。わしにいえるのは、考えてみるいい機会だろうってことだけだ」

「ああ」おれはいった。「考えてみるよ」

祖父がさらに注《つ》いでくれたお茶を飲み、しばらくしてから家路についた。

8

〝……両方のほこりや煤《すす》をぬぐったうえで……〟

〈バリット塚〉の壁のことはよくおぼえている。

ご存じのように、それは本物の塚ではない。なかに遺骸が埋まってなどいなかった。セリオーリ族の連中は塚を好む。彼らは地下や丘の中腹にそうした塚をこしらえ、死者を埋葬している。おれには妙な習慣のように聞こえるが。ときにドラゲイラ族は、バリットのような大立て者が死ぬと記念碑を建てることがある。そうしてそれを〝塚〟と呼ぶわけだ。セリオーリ族がつくるものと形が似ているため、それと、ドラゲイラどもはあまり聡明でないがゆえに。

〈バリット塚〉はどの点からいっても巨大だった。灰色の粘板岩《スレート》でできた怪物的代物で、表面には絵や模様が刻まれている。かなり東に寄った辺境の地に築かれ、〈東方山脈〉の奥深く、ドラゲイラどもが〈東方人〉と赤コショウやほかの物品を取引するあたりにある。

おれもかつて、そこで戦闘のまっただなかにおかれたことがある。そのときのことはとても忘れられるもんじゃない。そのなかには〈東方人〉からなる部隊もあり、それは全滅した。そして別の一隊は全員がテクラで、こちらも全滅だった。ドラゲイラ側にはドラゴン貴族が何人かおり、そいつらには本当の意味での危険などなかった。そのときのことはおれの記憶にはっきりと残っている。誰もマローランやアリーラを傷つけることはできず、一方の彼らは成り上がった神のごとくに、ばったばったと斬り捨てていったものだ。もう一つおれの記憶に残っているのは、そうした光景を目の前にして、やるせなさから唇を噛みきってしまいかねないほどの思いでいたことだ。

もちろん、その冒険行もまったくの無益だったわけではない。つまり、マローランは存分に闘うことができたし、〝二代目〟セスラはカイロンの大剣を手に入れ、一方のアリーラはもっと自分の身体にあったやつを手に入れた。そしておれは、けっして家に戻れるという保証などないということを学んだ。だが、戦闘そのものについていえば、テクラや〈東方人〉のようにゼリーカ山から降る灰のごとくはらはらと落ちて消えるつもりでもないかぎり、おれにはなす術《すべ》もなかった。そうはなりたくなかったから、おれはただ傍観していたものだ。

こうした記憶が、今度もまたよみがえっていた。無力感をおぼえるたびに、あのときの記憶がおれを苛《さいな》む。傷ついた〈東方人〉やテクラの悲鳴も、おれの記憶にとりついてはなれなかった。暗殺というものを、ドラゴンどもは〈東方人〉を虐殺すること以上に〝不名誉〟な行為とみなしているのはおれも知っているが、そのわけはさっぱりわからない。だがしかし、あのときの戦闘は空虚《むなし》さというものをおれに教えてくれた。あれほどわずかな戦利のための、あれほどの死。

もちろん、おれも最後にはちょっとしたことを……やりおおせた——だがそれは別の話だ。おれがはっきりとおぼえているのは無力感のほうだった。

カウティはおれと口をきこうとしなかった。口をきくのを拒《こば》んでいたということではなく、何もいうべきことがみつからなかったといったほうが近い。朝の大半を、おれは家のなかを裸足《はだし》でうろつきまわり、まとわりついてくるジャレグを気もそぞろに払いのけながら、あちこちの窓から外を眺めていた。何かおもしろい光景でも見えはしないかと願っていた。廊下に掲《かか》げられた標的に何本かナイフを投げてもみたが、ことごとく的をはずれた。ついにおれはロイオシュを肩にのせ、歩いて事務所に向かった。そのあいだじゅう、ひどくまわりに気を配っていた。

クレイガーがおれを待っていた。どうもおもしろくなさそうな顔をしている。それはそれでけっこうなことだ。どうしてこいつだけ楽しんでいいはずがあろう?

「なんだ?」おれがたずねる。

「ハースだよ」

「やつがどうした?」

「あいつには愛妾《おんな》なんていない。スープは飲まないし、それにけっして——」

「どういう意味だ? やつに関して、何一つさぐり出せてないってのか?」

「いや、かなりのことはさぐり出せた。朗報は、やつが妖術使いじゃないってことだな。だが、それ以外は、やつもあんたみたいなもんだ。習慣にしてることなんて何一つない。それに、やつは事務所をかまえてもいない。自宅で仕事をしてる。同じ酒場に二度つづけてはいることもないし、やつの行動にはなんの規則性も見いだせない」

おれはため息をついた。「そうじゃないかと思ってたよ。うむ、調査はつづけてくれ。いずれは何かつかめるだろう。誰であれ、まったく規則性のない生活なんてできるもんじゃない」

クレイガーはうなずき、立ち去った。

おれは机に足をのせ、そしてまたおろした。立ち上がり、今度は歩きまわる。またしても、あのことに思いあたった。ハースはおれを死の旅路に誘い出そうとしている。今このときも、おそらくは何者かが外に張りついて、おれの行動をさぐり、おれを狙っているだろう。部屋の窓から外をうかがってみたが、通りをはさんでうちの事務所前に誰かが短剣を構えて待っているような気配は見えなかった。もう一度腰をおろす。先にハースを消せたとしても、そいつはいったん請け負い料金を手にした以上、なおもおれを消す義務がある。おれは身震いした。

少なくとも、朗報が一つある。カウティについてはしばらく安心していられることだ。ハースはまたしても、さりげない警告を発した。その効果がはっきりするまでは、別の手は打つまい。ということは、おれ自身の命を護ることに専念できるわけだ。どうやって？

うむ、おれを狙っているその何者かを殺すことによって、少しは時間が稼げそうだ。そうすれば、ハースは別の殺し屋をさがす手間を強《し》いられる。

名案だな、ヴラド。それで、どうやるつもりだ？

おれは一計を案じた。ロイオシュはそれを気に入らなかった。代案でもあるかと訊いてみたが、彼にも持ちあわせはなかった。それがどれほどばかげているか実感するより先に、すぐさま行動に移すことにした。おれは立ち上がり、誰にも声をかけずに事務所を出ていった。

おれが近所をうろついてうちの営業店舗を視察してまわるあいだに、ロイオシュはそいつをみつけようとしてみたが、うまくいかなかった。尾《つ》行けられていないか、あるいはそいつがかなりの腕ききであるかのどちらかだろう。昼前から午後も間もない時刻にかけて、おれはそうやって過ごした。おれ自身は、殺し屋をみつけることよりも、こっちが身の危険を感じてなどいないよう見せかけることのほうに注意を向けていた。こうした状況において、落ちついているふりをするのは容易なことじゃない。

午後もなかばになると、ついに〈東方人〉区域へと戻りはじめた。そうして、この二日間と同じようにケリーの作戦本部そばに張りこんで、待ちつづけた。そこに誰が出入りするかなど、今はおざなりな興味以上のものもなかったが、かなり出入りが頻繁なことには気づいていた。カウティも、わが友グレゴリーといっしょに姿をあらわした。二人とも大きな箱を抱えている。おれの知らない〈東方人〉やテクラどもが、一日じゅう駆けこんではとび出すのをくり返していた。今もいったように、おれはあまりくわしく観察もしていなかった。暗殺者が行動に出るのを待っているだけだった。

もちろん、ここはおれを消すのに最適な場所とはいえない。おれは建物の陰にすっかり隠れているといってよく、周囲はほぼ完全に見わたせる。頭上からはロイオシュも見張ってくれていた。だが、この数日というもの、おれが習慣的に足をはこんでいるのはここくらいのものだ。このままつづけていれば、相手はこれこそがおれを消す最大の好機と気づくだろう。やつがとびついてくれたら、やつを殺せるかもしれない。となれば、ハースが別の殺し屋をみつけてくるまではしばらく安心できる。

あいにくなことに、そいつがいつ動くつもりか、こっちは皆目《かいもく》見当もつかない。襲撃に備えて何時間も精神を尖《とが》らせているのは容易なことではない。ましてや、うさ晴らしのためだけに自分から打って出て、誰かを痛めつけてやりたいと思っているならなおさらだ。〈東方人〉やテクラたちは、ケリーのところに出たりはいったりをくり返していた。午後も深まるにつれ、そいつらが新聞の大きな束《たば》を運んで出ていくようになった。そのうちの一人、おれの見知らないテクラが、新聞のほかに壺と刷毛《はけ》を手にして、建物の壁に貼りつけはじめた。通行人は立ちどまって目をとおし、そして通り過ぎてゆく。

おれはそうやって何時間かそこにとどまっていたが、想定上の暗殺者は姿をあらわさなかった。それならそれでいい。向こうは、おそらく急いでいないのだろう。それとも、おれを消すのにもっと都合のいい場所に心当たりがあるのかもしれなかった。家路をたどりはじめたとき、おれはとりわけ気を配るようにした。何ごともなく家に帰り着いた。

おれが眠りにつくころになっても、カウティはまだ戻らなかった。

翌朝、おれは彼女を起こさないようにそっと起き上がった。かるく掃除をし、クラヴァを淹《い》れて、腰を落ちつけて飲み、突き剣の練習もした。ロイオシュはロウツァとなにやら熱心に話しこんでいたが、しばらくするとカウティが起きてきて、彼女を連れ出した。カウティは一言もいわずに出ていった。おれは午後遅くまで家にとどまってから、例の場所に戻っていった。

前日はケリーの仲間が忙しそうだったことにおれは気づいていた。それが今日は、もぬけの殻だ。まったくなんの動きもない。しばらくして、おれはこの狭い隙間から慎重に抜け出すと、昨日、連中が貼りつけていった壁の張り紙に目をとおした。そこには、今日、決起集会がおこなわれることと、抑圧や殺人をとめよう、といったようなことが謳《うた》われていた。

その決起集会とやらをさがしにいくことも考えてみたが、またああいったたぐいに関わるのはごめんだった。おれは元の隠れ場所に戻って待った。ちょうどそのころ、連中が姿をあらわしはじめた。まずはケリーが、パレシュといっしょに戻ってきた。それからおれの知らない連中が何人かつづき、そのあとでカウティが、そしてさらにおれの知らない連中がつづいた。その多くは〈東方人〉だが、なかにはテクラも混じっている。

連中はぞろぞろと戻りつづけた。ひとの波は途切れることなくその場所に流れこみ、外ではそれ以上の人数がごったがえしている。あまりに不可解な光景だったから、おれは何度かそっちのほうに注意がいってしまって、おそらくはおれを見張っているであろう暗殺者への注意がおろそかになることもあった。おれがここに張りこんでから、今日で――何日だ？――四日目になる。暗殺者が向こう見ずなやつなら、三日目には狙ってきたはずだ。そいつが例外的に慎重な男なら、もう何日か待つか、もっと都合のいい場所で実行に移すだろう。おれならどうしたろう？　おもしろい命題だ。おれなら、もっと都合のいい機会を待つか、今日にでも実行に移すだろう。そう考えて、おれはほとんど笑みを浮かべかけた。もしもおれが雇われたなら、今日こそはおれがおれを殺す日になったろう。

おれは首を振って思考を追い払った。またまた、あらぬところを心がさまよっている。ロイオシュがおれの肩を離れ、しばらく飛びまわってから元の位置に戻った。

《やつはここにいないか、よっぽどうまく隠れてるかだな、ボス》

《ああ。通りの向こうのあの騒ぎをどう思う？》

《さあね。けど、蜂の巣みたいに騒がしくなってる》

騒ぎはおさまりもしなかった。午後が深まるにつれ、さらに多くの〈東方人〉や、ときにはテクラが、ケリーの部屋にしばらくはいっては出てきて、その多くが手に新聞の束を抱えていた。六人ほどの集団が黒いはちまきを巻いてなかから出てきたのにも気づいた。

はいっていったときには、そんなものは巻いていなかった。少しすると別の一団がはいっていき、出てきたときには同じくはちまきを巻いていた。カウティや、ほかにもおれの顔見知りが、一時間やそこらごとに出たりはいったりをくり返している。一度など、出てきたカウティまで、あのはちまきを巻いていた。あまりにも髪の色と調和していたから、額を横切る黒い線しか目につかなかったものの、ひどく似あっているなと思った。

夕暮れが近づきはじめたころ、周囲をうろつく連中のなかに棒きれを手にしている連中がいることに気づいた。さらによく観察すると、なかにはナイフを持っている者もいる。おれは唇をなめ、自分の身にも気をつけるようあらためていい聞かせたうえで、見張りをつづけた。

何が起こっているのかはなおもわからなかったが、さらに一時間ほどたつうちに、〈東方人〉の集団のなかに棒きれやナイフ、肉切り包丁や、ときには剣や槍まで手にしている連中があらわれても、もはや驚きはしなかった。

どうやら、何かが起こりつつあるらしい。

複雑な気分だった。奇妙なことに、ある意味ではうれしくもある。これほどの数が集まるとは――通りには、今や武装した〈東方人〉が百人以上もつどっていた――思いもよらなかった。彼らになり代わって、おれはそこに誇りのようなものを感じていた。だが、それと同時に、このままいくと帝国《おかみ》の注意を惹くことにもなって、彼ら全員に危害がおよぶだろうということもわかっていた。手のひらが汗ばんでいた。それはなにも、近くにいるだろうとおれが想定している暗殺者のためばかりではない。

実際のところ、暗殺者については安心してもいいことに気がついた。困難をものともしないようなやつなら、今こそはおれを消すおあつらえむきの状況とみなすだろう。しかしながら、そいつが困難をものともしないやつだったら、昨日か、それ以前にでもとっくに動いていたはずだ。どちらかといえば、おれに近い性格の暗殺者だという気がした。おれだったら、こんな状況のときに近づいたりはしない。おれなら計画に固執するだろうし、百人もの武装した怒《いか》れる〈東方人〉というのが、やつの計画に含まれているとは考えにくい。

通りはさらにうめつくされていった。実際のところ、通りはまさしくひとであふれかえらんばかりだ。武器を手にした〈東方人〉たちがおれのすぐ目の前を歩いていく。おれとしては、気づかれずにいるだけで精いっぱいだった。通りの一部と化し、そして本当の意味ではそこに存在してもいない。あたりをうろつく以外に連中が何をしているのかはどうにも推測できないが、連中のほうではそれを重要なこととみなしているようだった。おれはひとまず退散しようかとも考えた。想定された暗殺者のほうは、とっくの昔にここを離れたに違いない。

そんなころ、事務所の扉口からケリーが姿をあらわした。その両脇をパレシュとカウティが護り、おれの知らない〈東方人〉が二人、前を護っている。この男にどんな力があるのか知らないが、何もかもがぴたりと静まりかえったことにおれは信じられない思いだった。唐突に、通りのはるかかなたまで静かになっていた。なんとも奇妙な光景だ。誰もがケリーを待って集まり、かすかな物音さえもたてまいと、まさしく息をするのもはばかっているに違いない。

ケリーは踏み台やそれに類したものに上がることもしなかったし、それにひどく背が低かったから、やつの姿はおれから完全に隠れていて見えなかった。やつがしゃべりだしたことに、おれはしだいに気づきはじめた。まるで、ささやき声からはじめて、しだいに声を高めていくようだった。はっきりとは聞きとれなかったから、まわりの反応によって判断するしかなかった。判別のつけようは難しいが、誰もが耳を傾けていることだけは間違いない。

ケリーの声が高まるにつれ、ときとして言葉の一節や、さらにはやつが叫んだ言葉の多くが聞きとれるようになった。

「やつらは」とケリーが弁じたてる。「自分たちの代償をわれわれに押しつけようとしている。われわれは応じるつもりなどない。かつてわれわれを統治していた時分に有していたかもしれぬ権利など、やつらはすでに喪失した。今やわれわれがその権利を――そしてその義務を――有し、みずから統治するのだ」そうして、ケリーの声は急にまた小さくなったものの、少ししてもう一度高まった。「ここにこうして集まったあなたがた有志は、先駆けでしかない。この闘いは、ただのはじまりにすぎぬのだから」そうしてさらに、「やつらがわれわれの強みに盲目であるのと違って、われわれはやつらの強みに盲目ではないが、やつらの弱みにも盲目ではない」などなど。

こんな調子でさらにつづいたが、おれのところからでは、どうなっているのかはっきりと把握するには声が遠すぎる。それでも、群衆は武器を振りかざし、通りはケリーが話しだしたとき以上に混雑しはじめていた。後ろのほうにいる連中はおれ以上に声が聞こえないはずだが、ひどく熱っぽく前に押し寄せようとする。そうしたさまは祭りの熱狂のようでもあり、特に群衆の後方ではその傾向が強かった。連中は棒きれやナイフや料理用の包丁を掲《かか》げて振りまわし、怒号をあげていた。たがいに肩を組み、あるいは抱きあったりして、おれのそばにいた〈東方人〉などは、隣のテクラに抱きつこうとしてあやうく相手の喉を切り裂いてしまうところだった。

こいつらは、武器のなんたるかも、武器に対する敬意も持ちあわせていない。おれは不安をおぼえ、退散したほうがよさそうだと判断した。壁の隙間を抜け出してわが家をめざしたが、なんの問題も起きなかった。


真夜中近くになってカウティが戻ってきたとき、彼女の目は爛々《らんらん》と輝いていた。実際のところ、輝いていたのは目だけではない。まるで頭のなかで何かが光り、その光の一部が皮膚の毛穴からあふれ出ているかのようだった。顔には笑みを浮かべ、ほんの些細なしぐさ——マントを脱いだり、戸棚からワイングラスを取ったり——でさえも、見逃しようのない昂揚感や活力がみなぎっていた。黒いはちまきはなおも巻いたままだ。

そんなふうにして、カウティはおれにときおり目をやった。

カウティは自分でワインを注《つ》ぎ、居間にはいってきて腰をおろした。

「どうしたんだ？」とおれはたずねた。

「ようやく、あたしたちはとりかかりはじめたの」とカウティがいった。「動きだしたのよ。最高に興奮する出来事だったわ」

おれはできるだけ反応を顔に出さないようにしていた。「で、それってなんなんだ？」

カウティがにっこりと微笑《ほほえ》むと、ロウソクの光が彼女の目のなかで踊った。「封鎖したのよ」

「封鎖したって、何を？」

「〈東方人〉区域の全体を──アドリランカ南域をまるごとね」

おれは目をしばたたいた。「どういうことだ、封鎖したって？」

「アドリランカ南域には、はいることも出ることもできないの。西からやってきた商人や農夫たちも、迂回しないといけない。大工通りと二《ふた》つ葛《かずら》通りにバリケードを積み上げたから。朝になったら、警備の者も配置されるしね」

おれはそのことについて、しばらく熱心に考えてみた。そうしてついに、「それでどうなるんだ？」という問いかけが「今のご気分は？」という皮肉をうわまわった。

「短期的な意味で？　それとも、あたしたちが何を手に入れようとしてるかってこと？」

「両方だ」とおれはいった。どうたずねたものか迷ったが、こう切り出した。「農民たちを味方につけるつもりじゃないのか？　アドリランカ南域を迂回してまわらないといけないとなると、連中までかんかんに怒りだすんじゃないか？」

「まず第一に、彼らの多くは迂回したくないだろうから、〈東方人〉に売り渡すか、引き返すでしょうね」

「それでやつらがおまえたちの側につくっていうのか？」

「彼らはあたしたちの側に生まれついてるのよ」とカウティがいった。おれにはどうも理解しかねたが、そのままつづけさせることにした。「なにも彼らを強制的に徴集しようとか、説《と》きつけて加わらせようっていうんじゃないから。それに、あたしたちがどんなにすばらしい人間かわからせるためでもない。あたしたちは、戦争をはじめたのよ」

「で、民間人の犠牲者が出ようと気にもかけないってわけか？」

「もう、やめて。もちろん、気にかけてはいるわよ」

「だったら、どうして農夫たちから生活の糧《かて》を奪うんだ？　連中はただ——」

「あなた、論理をねじ曲げてるわよ。ねえ、ヴラド、今度はあたしたちがやり返す番なの。そうしないといけないの。好き勝手にあたしたちを切り捨てられると連中に思わせとくわけにはいかないでしょ。あたしたちにできるのは、せいぜい自衛のために一致団結することくらいのものだろうなんて。そうね、なかには傷を負う者もいるでしょうね。けど、大手の商人たち——オーカ家やツァルモス家やジャガーラ家の——は食肉処理場に肉がはいらなくなる。やつらのほうが被害は大きいのよ。それに、貴族連中は、毎日一、二度は肉を食べるのに慣れてるから、近いうちにひどく不満をおぼえるでしょうね」

「ほんとにやつらにも害がおよんだとしても、帝国に介入を頼めばすむ」

「そうしてみたら。そして、帝国にもそうしてもらいましょ。あたしたちはあの地域をすっかり掌握してる。それに、これははじまりでしかないのよ。〈警備隊〉には検問所を開放させるだけの人員はないわ」

「おまえのいうバリケードとやらを、瞬間移動で越えちゃどうしていけないんだ？」

「できるわよ。お好きにどうぞ。そんなことしたらどうなるか、見てみましょ」

「どうなるんだ？〈フェニックス警備兵〉は熟達した戦士ぞろいだし、やつらのなかにはきっと――」

「十倍、二十倍、三十倍もの人数を相手にしたら、何もできやしないわよ。あたしたちはアドリランカ南域一帯をすべて掌握してるし、これはまだ手はじめでしかない。都のほかの区域や、郊外の地所からも協力をつのるつもりだし。実際のとこ、明日にはさっそく着手するつもりよ。あたしも食肉処理場なんかをいくつか訪ねて――」

「なるほどな。よし、なら、その目的は？」

「あたしたちからの要求を女帝に――」

「要求？　女帝に？　本気でいってんのか？」

「ええ」

「ううむ……よし。何を要求したんだ？」

「シェリルとフランツの殺害について、正式な調査を要求したのよ」

おれは妻をまじまじと見つめた。唾をごくりと呑《の》みこみ、さらにしばらく見つめつづける。ようやく、おれはいった。「本気じゃないんだろ?」

「もちろん、本気よ」

「帝国に駆けこんだってのか?」

「ええ」

「つまりおまえらは、ジャレグ家による殺しについて、帝国に駆けこんだばかりか、その調査を〝要求〟までしたってのか?」

「そのとおりよ」

「気でも違ったのか! なあ、カウティ、ケリーやグレゴリーがそうしたことを思いつくのはわかるが、おれたちジャレグ家がどんなふうに機能してるか、おまえなら〝わかってる〟はずだろ」

「あたしたち?」

「ふざけるのはよせ。おまえだって、組織に何年も属してきたんだ。誰かが帝国に駆けこんだりしたらどうなるか、おまえもわかってる。ハースは、おまえたちを皆殺しにするぞ」

「皆殺し? アドリランカ南域の、数千もの〈東方人〉——それにドラゲイラまでも残らずってこと?」

おれはあきれて首を振った。カウティだってわかってるはずだ。わかってないといけない。けっして、けっして、〝けっして〟帝国に駆けこんだりはしないもんだ。そんなことをしたら、やつらは本気で怒りだして、誰かを雇ってモーゲンティの剣まで使わせるだろう。カウティだって、それくらいは〝わかっている〟。それなのに、自分たちがたった今、全員の首を処刑台にのせたことを誇らしく思って、ありありと顔を紅潮させている。

「カウティ、自分が何をしてるかわからないのか?」

彼女は激しいまなざしでおれを見た。「ううん、自分たちが何をしてるかなら、はっきりとわかってるわよ。あなたはわかってないんだろうけど。あなたは、ハースを神さまみたいに考えてるようね。そうじゃないのよ。あいつだって、街をまるごとつぶせるほどの力があるわけじゃない」

「それにしたって——」

「それに、そんなことは問題じゃないの。帝国があたしたちに公正な裁きをくだすなんて、期待してもいないし。あたしたちはもっとよく事情がわかってるし、それはアドリランカ南域に住んでる誰にしたって同じことよ。この運動に賛同した数千の人々は、あたしたちを愛してるからそうしてるんじゃない。彼らにも〝必要〟があるからよ。革命が起こるのは、そのためにみずからの命を捨ててでもそうするだけの必要があるからなの。みんながあたしたちに賛同するのは、あたしたちがそれをわかってるからだし、それに、あたしたちは彼らに嘘をついたりしないから。これはまだ闘争のはじまりでしかないけど、もうはじまってる。そして、あたしたちは勝利しつつあるのよ。それこそが大事な点なの——ハースなんかじゃなくて」

おれは彼女をまじまじと見つめていた。ついに、おれはいった。「今のをそらでおぼえるのに、どれくらいかかったんだ?」

カウティの目の奥で炎が燃えさかり、おれは怒りの波に襲われ、口をつぐんでおくべきだったと激しく後悔した。

おれはいいかけた。「カウティ——」

彼女は立ち上がり、マントを羽織って出ていった。

もしもこのとき、ロイオシュが口をきいてでもしたら、おれはおそらく彼を殺していたろう。

9

〝……磨くこと〟

おれは一晩じゅう寝につくこともなく、近所を歩きまわった。この前のようにすっかり頭がとんでいたわけではないが、かといってそれほど理性的というわけでもなかった。慎重は期していたし、襲撃されることもなかった。その間《かん》にマローランが精神内で接触してきたが、用件をたずねてみるとたいして重要なことではなさそうだった。そのため、なんの用だったのかはわからない。何時間かたつうちに、少しは落ちつきを取り戻した。家に戻ろうかとも思ったが、からっぽの家には帰りたくないことに気づいた。それに、戻ってみたらカウティが起きて待ちかまえていた、などというのもごめんだ。

終夜営業のクラヴァの店にはいり、しまいに腎臓が音《ね》をあげるまでクラヴァを痛飲した。ドラゲイラどもが空とみなしている、赤みがかったオレンジ色のもやの奥から朝の陽射しがもれはじめても、いっこうに眠気をおぼえなかった。馴染《なじ》みのない店で鶏《とり》の卵を二つ使った朝食を腹におさめ、そのままぶらりと事務所に向かった。おかげで、メレスタフが眉をつり上げておれを見ることになった。

事務所内をあれこれと詮索してまわり、すべてがつつがなくはこんでいるか確認する。どこにも問題はなかった。以前に一度、クレイガーの手に事務所の運営を二、三日ゆだねたことがある。そのときは事務所の士気がひどく低下したものだが、クレイガーは教訓を得たらしい。部屋にはいくつかメモが残されていた。仕事がらみの件でおれに会いたがっている者がいることを示している。急ぎの用でもなさそうだからほうっておくことにした。が、そのあとで考えなおし、その紙をメレスタフに渡して、クレイガーにもう少し調査させるよう指示を出した。誰かが会いたがっているとすれば——しかも自分が誰かに首を狙われているとなると——これは罠かもしれない。興味のある向きのためにつけ加えておけば、いずれも正当な用件だった。

このへんで一眠りしてもいいところだが、なおも気がたかぶっている。おれは実験室に降りていってマントと胴着《ジャーキン》を脱ぎ、部屋の掃除にかかった。しばらく前から、掃除の必要があったからだ。使い古した炭はすべて捨て、床を掃き、おまけにかるく磨きまでした。舞い上がったほこりのせいで、しばらく咳がとまらなかった。

上階に戻り、身支度《みじたく》をととのえてから事務所をあとにした。ロイオシュが先に出る。おれたちはひどく慎重だった。できるかぎり用心しながら、ゆったりした足どりでアドリランカ南域へ向かう。もうすぐ正午だった。

途中で寄り道し、のんびりと昼食をとることにした。〈東方人〉の客を好まず、ジャレグ家の客も、その両方であっても好まないような店だった。ケスナの肉は焼けすぎだったし、ワインも冷えておらず、給仕はもたもたして、無礼の一歩手前というありさまだった。自分の縄張り《シマ》の外である以上はあまり大きなこともいえないが、ささやかな返報はしてやった。給仕にも、料理の代金にも多めに払ってやったというわけだ。連中が首を傾《かし》げるにまかせるとしよう。

車輪工通りをたどってアドリランカ南域に近づくうちに、すれ違う人々の表情から、かなりの緊張と興奮に気づきはじめた。なるほど。あの〈東方人〉どもの狙いがなんであれ、まさしく実行に移したというわけだ。〈フェニックス警備兵〉二名がおれと同じ方向にきびきびした足どりで歩いていくのに目を留めると、おれは二人をやり過ごすまでひと目につかないようにしていた。

大工通りまであと数街区というところで足をとめ、あたりを観察する。このへんは通りがかなり広い。アドリランカ南域から物品を運びこむ幹線道路になっているからだ。ドラゲイラども——テクラや、まれにオーカやジャガーラも——がひしめきあい、西の方角に目をやって、そっちに進もうとしていた。ロイオシュを偵察にやることも考えてみたが、あまり長いこと彼と離ればなれでいたくはない。想定上の暗殺者のことは、なおも用心しておかないといけなかった。次の四《よ》つ辻《つじ》まで西に進んでみたが、通りが湾曲しているせいで大工通りはまだ見えてこない。

ところで、酒場で喧嘩が起こるのを目にしたことはおありだろうか？　そんなとき、実際の喧嘩を目にするより先に何が起こったのかわかることがある。隣に坐っていた男がさっと首をめぐらし、腰を上げかけてじっと見つめていたり、それにつづいて、何人かがあとずさりはじめる。人垣に視界をふさがれたその向こうで、何かが起きている。そうなると、自分もあわてて立ち上がり、少し後退するうちに喧嘩の当事者が見えてくる。

さて、今度の場合も似たようなものだった。次の四つ辻付近で道が少し北に折れている。そこまで来ると誰もが大工通りのほうをじっと眺め、なにやら話しこんでいた——話しかけている当の相手ではなく、興味の対象のほうを目にしたまま。〈フェニックス警備兵〉のお仕着せを着たドラゲイラが五名ほど、干渉がましい顔はしていても何一つ行動は起こさずに立っているのが目に留まった。上官からの指示を待っているのだろう。

おれは最後の一街区をひどくゆっくりと歩いていった。ときおり叫び声が聞こえはじめた。角《かど》を曲がると見えてきたのは、一面、ドラゲイラどものひとの壁だった。大工通りに沿って、穀物取引所から〈モリーのよろず屋〉のあたりまでびっしりと並んでいる。そこにも制服姿の連中が何人か立っていた。おれは想定上の暗殺者を再度確認してから、人混みのなかに割りこみかけた。

《ボス》

《どうした?》

《やつが、もし群衆のなかで待ちかまえてたら?》

《やつが近づくまでに、おまえが気づいてくれるだろ》

《おっと。うん、それもそうだな》

ロイオシュの指摘も一理あるが、こっちには手の打ちようもない。ひどくごったがえした雑踏のなかを気づかれずに抜けていくというのは、クレイガーでもないかぎり、けっして簡単な芸当ではない。おれの場合、そうするには全神経を集中させる必要があり、それゆえ、おれを殺そうとつけ狙う何者かに注意を払う余裕などありもしなかった。いったいどうやるのか説明するのは難しいが、それでも習得可能な技術だ。それにはたくさんの些細な技量が含まれる——まわりの連中が向けている方向に注意を集中させておくといったような。こういった小事がどれほどの助けになるか、その効果は驚くばかりだ。ときには、こっちの存在に気づかれないために、誰かの脇腹に肘打ちをくらわすようなこともある。群衆の波長《リズム》をつかんで、その一部にならないといけない。妙な話に聞こえるのはわかっているが、これ以上うまい説明はできない。これをおれに教えてくれたのは〝盗賊〟のカイラだが、彼女でさえもちゃんと説明はできまい。だが、説明など問題ではない。誰に存在を気づかれることもなく、おれは群衆の最前列に達していた。説明はこれくらいにしておこう。そうしていったん視界がひらけると、この騒動の原因がわかった。

バリケードを築いたとカウティから最初に聞いたとき、丸太を何本も集めて道に高く積み上げ、ひとが通れないようにするといった光景をおれは思い描いていた。だが、実際のバリケードはまったくそんなもんじゃなかった。このバリケードは、必要のなくなったありとあらゆる廃材によってできているらしい。そう、確かに丸太もあちこちで使われているが、それは土台でしかない。壊れた椅子が何脚も見えるし、大きなテーブルの一部分や、使えなくなった庭仕事用の道具、マットレス、ソファの残骸、さらには排水管が空に突き出した陶製の大きな流し台まであった。

それが完全に交差点をさえぎっており、その向こう側から細い煙が上がっているのも見えた。誰かがたき火でも熾《おこ》しているようだ。向こう側には五十人ほどいて、ドラゲイラどものようすを見張っている。罵声を浴びせられても反応は示さない。バリケードのすぐそばに配置された〈東方人〉やテクラたちは棒きれやナイフを手にしており、剣も昨日よりはいくらか多く目についた。こちら側の連中は、誰も武器は手にしていない。〈フェニックス警備兵〉は——二十名ほど姿が見える——武器を鞘におさめたままだ。一、二度、ドラゲイラの男がバリケードをのぼるそぶりを見せると、十五人ほどの〈東方人〉がすぐさまその反対側に駆け寄って、固まって待ちかまえたから、男はのぼるのをあきらめた。そいつがよじのぼりかけたときには〈警備兵〉たちもじっと注目し、あたかも行動に移る用意ができているようだったが、男が降りるとふたたび警戒をゆるめた。

向こう側から、雄牛に牽《ひ》かれた荷車が通りをやってきた。半街区ほど手前まで近づいたあたりで〈東方人〉三人が駆け寄り、ドラゲイラであるその荷車の所有主に話しかけた。話はしばらくつづき、おれのところからもそいつが毒づく声が聞こえた。結局、荷車は引き返し、来た道を戻っていった。

まさにカウティのいったとおりだ。何人《なんぴと》たりとも、アドリランカ南域にはいることも出ることもできない。間にあわせの壁を築き、それで防ぎきれずとも、乗りこえようとする者にはその向こうで〈東方人〉が待ちかまえているというわけだ。誰もこのバリケードを越えることはできない。

当初の目的を果たすと、おれは群衆をすり抜けて引き返し、ケリーの部屋をめざした。あそこではあわただしい動きがあるものと予想していた。とはいえ、その前にいくつか寄り道して、大工通りと交わるほかの通りも同じように封鎖されているか確認する。やはり、同じだった。大工通りと車輪工通りの交差点のほうが群衆は多かったが（あそこは道幅も一番広くて、交通も激しい）、ほかの通りも同じように遮断されていた。すでに目にしてきたのと同じような光景のくり返しだ。もううんざりしていたから、そそくさとその場をあとにした。

うねうねと曲がり、ぐるっとまわり道したすえに、ケリーの部屋に面した所定の隠れ場所に達すると、武器を確認したうえで待ちの態勢にはいった。ここしばらくは毎日この場所にやってきているし、その習慣を変えていない。ハースがおれを殺そうと狙っているという推測がまったくの見当違いでないかぎり（そうとはとても思えないが）、暗殺者はこれを最大の好機とみなすに違いない——罠だと疑わないかぎりは。おれなら、罠を疑うだろうか？　どちらともいえなかった。

ケリーのところではたいした動きもなかった。パレシュが外に立っており、ほかにもおれの知らない〈東方人〉が二人、立ち番を務めている。ときとしてひとの出入りはあるもののの、ここ数日の熱狂的な騒々しさは鳴りをひそめている。こんなふうにして一時間あまりが流れていき、おれは警戒しつつ準備態勢をたもつのに苦労した。睡眠の不足からくる疲労をおぼえはじめた。これは心配のたねだ。自分の命が狙われているものと予期しているときに、疲労をおぼえるのが好都合とは思えない。それと同時に、垢《あか》じみて全身が薄汚く感じられたが、そっちのほうは気になるというよりも今の自分に似つかわしかった。

何かが起こりつつあるという兆候は、カウティとグレゴリーが姿をあらわして、急ぎ足に奥へと消えていったことからはじまった。数分後、グレゴリーがふたたびとび出してきた。おれは武器を確認しなおした。それこそはやっておくべき手つづきのように感じた。十分後、グレゴリーに率いられた四十人ほどの集団があらわれ、あたりにとどまった。

それから一分もしないうちに〈フェニックス警備兵〉が四人到着し、ケリーの部屋の真っ正面に陣どった。急におれは口のなかがひどくからからになった。四人の〈警備兵〉に対して〈東方人〉とテクラが四十名、それなのにおれは〈東方人〉とテクラのほうが心配だった。

連中がやってきたのはバリケードが解放されたからか、あるいは連中がバリケードを突破したためかと思ったが、そのうちに、アドリランカ南域にもかなりの数の〈警備兵〉が常駐しているはずだと気づいた。もうじき、もっと集まってくるだろう。そのとき、おれは別のことに気づいた。四人の〈警備兵〉のうち三人は、緑、茶、黄と三色の服を着ている。おれはもっとくわしく観察した。やっぱりそうだ、こいつら四人の〈警備兵〉は、テクラ三人とドラゴン一人から成っている。それはつまり、この事態を憂慮するあまり、女帝は徴兵されたテクラ家の兵士を使うことにしたというわけだ。おれは唇をなめた。カウティが奥から姿をあらわし、ドラゴン貴族と話しはじめた。カウティはなおもジャレグ家の色の服を着ていたし、左肩にはロウツァものせている。こんな彼女がどんな印象を与えるかはよくわからないが、このドラゴン貴族は好意をふりまきそうにも見えない。

しばらく話をつづけるうちに、ドラゴン貴族の手が剣の柄《つか》に伸びていった。おれは息を詰めた。ジャレグ家における犯すべからざるもう一つの掟は、〝〈帝国警備兵〉を殺《あや》めるなかれ〟というものだった。その一方で、おれに選択の余地があるかどうかもはっきりしない。みずから信じているほどには自身を抑制できないこともある。おそらく、これこそは今度の一件からおれが学んだ教訓だろう。

しかしながら、〈警備兵〉は剣を抜かず、ただ柄を握っただけだった。それにカウティだって自分の身くらいは護れるし、〈警備兵〉どもは十対一の比率で圧倒されている。おれは想定上の暗殺者のほうに用心するよう自身にいい聞かせた。

さらに〈警備兵〉が八人、姿をあらわした。つづいて、さらにもう四人。その内訳は、いずれもテクラ三人につきドラゴンが一人だ。最後にやってきた四人のうちの一人が、カウティと話していた男と簡単に協議し、そして彼女――新たにやってきた兵士は女だった――が交渉を引き継いだ。思うに、この女のほうが階級が上だといったような事情からだろう。そのうちに、ケリーの仲間がさらに三十名ほど到着し、あたりの気温が上昇するのがほとんど肌で感じられんばかりになった。カウティが首を横に振るのが見える。さらにもうしばらく話しあったすえに、カウティがふたたびかぶりを振った。カウティと精神内で接触したかった――おい、おれもここにいるぞ、何かできることはないか？　だが、訊く前から答えはわかっているし、そうしたところで彼女の気が散るだけだ。

用心しつづけるんだ、ヴラド、と自身にいい聞かせる。

女兵士がいきなりカウティから顔をそむけ、はっきりと、きびきびした声で指令を発するのが聞こえた。「三十フィート後退せよ。武器は抜かず、警戒態勢をとれ」

兵士たちは上官の指令にすぐさま従った。黒い制服に銀の筋がはいり、胸のフェニックスの紋章と、フェニックス皇帝配下の〈警備兵〉であることを示す黄金の短いマントといういでたちのドラゴンどもは、手ぎわよく、しかも機敏に見えた。テクラ家出身の兵士たちは、フェニックスの紋章と黄金の短いマントの下に農夫のような服を身につけていて、少しばかり愚鈍に見える。落ちついてふるまおうとはしているらしい。

カウティが奥に引っこんだ。ナターリャとパレシュが出てきて〈東方人〉たちのあいだをまわり、少数の集団ごとに声をかけていった。景気づけだろう、たぶん。

二十分後、さらに四、五十人の一般市民が到着した。全員が、剣と呼べるほど長いナイフを持っている。筋骨たくましく、ナイフの持ち方からして扱い慣れているようだ。どこかの食肉処理場から応援にやってきたのだろう、と気づいた。その十分後には、二十名ほどの〈フェニックス警備兵〉があらわれた。こんな状態がさらに一時間近くもつづくうちに、通りは徐々にひとで埋まっていき、ついにはケリーの部屋への入口がおれの隠れ場所からでは見えなくなってしまった。

しかしながら、さっきの隊長（なのかどうか、おれには階級がよくわからないが）の姿は見えている。この女は、おれから見て右に三十フィートほどの位置にいる。その横顔には少しだけマローランを思わせるところがあった——つまり、ドラゴンらしい風貌ということだ——が、あそこまで背は高くない。彼女もこの状況を少しも喜んでいないという印象を受けた——闘うべき相手はテクラや〈東方人〉ばかりだが、数では圧倒され、そのうえここは相手のお膝もとだ。さらに、自軍の兵士も四分の三はテクラだった。ケリーは何をしてるんだ、とおれはいぶかった。おれの推測では（そしてそれは正しかったわけだが）、この騒動を指揮した人物のことが女帝の耳にも届き、〈警備兵〉をさし向けてケリーを逮捕させようとしたらしい。そして、ケリーのほうは応じるつもりもないのだろう。

なるほど。だとしても、やつはみずからの逮捕を拒《こば》んで、二百人もの〝仲間〟を見殺しにするつもりか？　そう、それもつじつまはあう。やつは一つの原則に従っているわけだ——民衆が殺されたからといって、それがどうした？　おれにもよくわからないのは、勝つ見こみでもないかぎり、やつの命も助かるまいということだ。テクラどもはともかく、〈警備兵〉のなかにはドラゴンもいる（ツァーが一人いることにもおれは気づいていた）。そのなかには、おそらく妖術の使い手もいるだろう。ひどい大虐殺にもなりかねない。もちろんパレシュは妖術を使えるし、カウティだっている。だが、この見こみはどうも気に入らなかった。

この謎を解こうとして頭をひねるうちに、新たな集団が到着した。六人の男が残る一人をとり囲んでおり、そいつらはいずれもドラゲイラだった。しかしながら、帝国のまわし者ではない。まわりの六人は明らかにジャレグ家の護衛役か用心棒だ。そして、七人目の男こそは、ハース本人だった。

おれの手のひらが、むずむずすると同時に汗ばみはじめた。今すぐ行動を起こしたところで自分が生き延びる見こみはありそうにないとわかってはいるが、ヴィーラよ！　どれほどそうしてやりたいことか！　この男を目にするまでは、それほどまでに憎悪《ぞうお》の余地が残っていようとは思ってもみなかった。この男の指示によって、おれは精神が瓦解《がかい》するほどの拷問にかけられ、情報を吐き出すはめになった。わが妻が、命を捧げてもいいとまで入れこむ活動組織をつぶしかねない情報を。この男こそは、おれがこれまでの人生においてなめてきた辛酸を象徴したような存在だ。おれはその場に立ちつくして身体を震わせ、にらみつつ憎悪していた。

ロイオシュがおれの肩を強くつかむ。おれは心を落ちつけ、暗殺者のほうに用心しようとつとめた。

ハースが隊長に目を留め、まっすぐ彼女のほうに近づいていく。〈警備兵〉二名があいだに立ちはだかり、同じくハースの護衛も前に進んで兵士と対峙した。おれが覚悟したのとは違う闘いが見られるのだろうか。だが隊長は兵士を押しのけ、ハースと向きあった。

ハースは二十フィートほど離れたところで立ちどまり、やつの護衛も後ろにさがった。おれのところからでも、二人の姿がはっきりと見える。ハースをはっきりと狙うこともできた。護衛の二人を投げナイフで倒し、手裏剣をばらまいてほかのやつらを散らして、ドラゴンどもがおれをとめるより先にハースを始末することもできたろう。おれ自身も無事ではすむまいが、やつを消すことはできる。そうする代わりに、おれは建物の陰に身をひそめ、見守り、聞き耳をたて、小声で毒づいていた。

「ごきげんよう、副官殿」とハースがあいさつした。ということは、彼女の階級について、おれの推測は間違っていたわけか。たいした違いだ。

「なんの用だ、ジャレグ？」ドラゴン貴族の声は鋭く、そして容赦ない。副官殿がジャレグ好きでないことは想像がついた。

「問題をお抱えのようですな」

副官は唾を吐き捨てた。「五分後には解決される。ここから失《う》せろ」

「わたしなら、あなたの問題を平和裡《へいわり》に解決してさしあげられると思いますがね、副官殿」

「わたしなら、きさまを——」

「一般市民の死を、あなたがお望みでらっしゃらないのでしたら。いや、そうかもしれませんな。わかりませんが」

副官はしばらくハースをにらんでいた。やがて副官は前に進み、ハースと顔がぶつかりあわんばかりに接近して立った。護衛の一人が前に出ようとする。ハースが手で制すると、護衛は思いとどまった。副官が、大剣のわきに差した腰の鞘から、戦闘用の大型ナイフをゆっくりと慎重に抜いた。視線をハースからはなすことなく、親指で刃先を確かめる。そうして、やつにそれをかざしてみせた。つづいて、やつの頬に筋を引いていく。はじめに片頬を横に、つづいてもう片方も。副官がつけた赤い筋がおれのところからでも見てとれた。ハースはたじろぎもしない。それがすむと、副官はやつのマントで刃先をぬぐい、鞘に戻してからゆっくりと戻っていった。

ハースが呼びかけた。「副官殿」

彼女が振り返る。「なんだ？」

「わたしの申し出は、なおも有効ですが」

副官はしばしハースを吟味《ぎんみ》した。「申し出とは？」

「あの男、なかにいるあいつと話をさせてください。わたしから説得して、このばかげた交通封鎖をやめさせてみせましょう」

副官はゆっくりとうなずいた。「よかろう、ジャレグ。やつらの猶予時間は過ぎつつある。きさまにあと十分くれてやる。たった今からだ」

ハースはケリーの部屋につづく扉口を振り返った。だが、そのあいだにもカーテンの開く音が聞こえた（そのときになって、通りがひどく静まりかえっていたことにはじめて気づいた）。はじめのうち、おれのところから扉口は見えなかったものの、その前に立っていた〈東方人〉がわきにどいて、太ってちんちくりんなケリーの姿が見えた。片側にはパレシュが、そして反対側にはカウティもつき添っている。パレシュの注意はハースに釘づけにされており、その視線は短剣のようだ。カウティは専門家らしく状況を観察していた。彼女の黒いはちまきが、急に似つかわしくなくなっていた。だが、本当の意味でおれの注意を惹いたのは、ハースの背中がこっちに向けられていて、そのあいだには護衛が一人いるだけとなったことのほうだ。何もせずにこらえているのが狂おしいほどだった。

ケリーが先に口を開いた。「では、あんたがハースか」

ケリーはひどいやぶにらみで見据えたから、ここからではやつの目が見えないほどだった。

ハースがうなずく。「おまえがケリーだな。なかで話そうか？」

「いや」ケリーが抑揚のない声でいった。「あんたにどんな話があろうと、世界じゅうに聞かせるべきだし、同じようにこちらからの返答も世界じゅうに聞かせるべきだ」

ハースは肩をすくめた。「よかろう。おまえも自分がおかれている立場はわかっていような」

「わたしのほうがはっきりとわかっているとも。あんたや、ついさっき、あんたの要望を許可する前に顔を切り刻んだ、そちらのお友だちよりも」

それを聞いてハースはしばし口をつぐんだが、やがていった。「うむ、おまえに生き延びる選択をやろう。撤退するというのなら――」

「〈警備兵〉がわれわれを攻撃することなどありえない」

ハースは口をつぐみ、そしてくっくっと笑いだした。副官も、これを聞いておもしろがるような顔をした。

そのときになって、おれはナターリャやパレシュ、それとおれの知らない〈東方人〉二人の動きに気づいた。連中は〈フェニックス警備兵〉の隊列に沿って歩いていき、全員に紙片を、ドラゴン家の者にまで手渡している。ドラゴンどもはちらっと目にしただけで投げ捨てたが、テクラたちはざわつきはじめ、字を読めない者のためには声に出して読みあげてやっている。

ハースは黙ってこの光景を眺めていた。かすかに困惑したような表情が浮かんでいる。副官も同じような顔をしていたが、ただし、いくらかおかんむりのようでもあった。やがて、副官が声をあげた。「よし、そこまでに――」

「何が問題だというんだね？」ケリーが大声で問いただす。「彼らがあれを読んだら、どうなると怖れているのかな？」

副官がさっと振り返り、ケリーを見据えた。そうして二人は、そのまましばらくにらみあっていた。誰かが投げ捨てた紙片が風にはこばれて、おれのそばに舞い落ちた。それをちらっとのぞき見る。『徴兵されし朋友に』と大書きされていた。風が紙片を運び去ってしまうまでに、おれはその下につづく文章も目で追った。

〝きみたち徴兵されたテクラは、われわれ〈東方人〉やテクラに立ち向かうべく遣《つか》わされた。これをもくろんだのは、われわれにとって共通の敵、抑圧者、少数の特権階級――すなわち、将軍、銀行家、大地主であり――〟

副官はハースに背を向け、檄文《げきぶん》を一枚拾って読んだ。かなりの長文だったから、読むのにしばらくかかった。読み進むにつれ、副官の顔は蒼《あお》ざめ、きつく歯ぎしりするさまもうかがえた。副官はちらっと自分の部下たちを見やった。その多くが隊列を乱し、明らかに檄文のことで論じあい、なかには煽動されたように紙片を振りかざす者もある。

そのとき、ケリーが話しはじめた。いわば、ハースの頭ごしに。

「朋友たちよ！　徴兵されしテクラよ！　きみらの主人――将軍、隊長、貴族ども――はきみらをわれわれにさし向けようとしている。やつらと闘うべく、そして人間がまっとうに生活する権利――怖がらずに通りを歩くことのできる権利――を護るべく組織されたこのわれわれと。こちらに加わりたまえ。われわれの理由こそが正当なのだから。だが、従わぬなら、こう警告しておこう。やつらの命ずるままにわれわれと闘うのはよすがいい。われわれの手にある鋼《はがね》は、きみらの鋼にも負けず劣らず冷たいがゆえに」

ケリーが話しはじめるや、ハースは眉をひそめ、あとじさった。ケリーがまくしたてるあいだ、副官はやつを黙らせるかのように近づきかけたり、今度は部下たちのほうに戻って、あたかも突撃を命じるようなそぶりを見せていた。ついにケリーが話しやんだとき、通りには沈黙が広がっていた。

おれは思わずうなずいていた。ケリーにどんな感情を抱いていたにしろ、やつはこの状況を予想もしなかったやり方で対処し、それは効果をあげているらしい。少なくとも、副官はどうしたらいいかよくわかっていないらしかった。

ハースがついに口を開いた。

「今のが何かの役に立つとでも思うのか？」と問いただす。少し迫力に欠けるよう、おれには思えた。ケリーも同意見らしく、何もこたえようとしなかった。ハースがつづける。

「おまえの演説がこれで終わりなら、そして逮捕や虐殺を避けたいと願うなら、二人で相談すべき——」

「あんたとわたしのあいだには、相談すべきことなど何もない。われわれは、あんたらがこの界隈《かいわい》から完全に出ていくことを望んでいる。それが実現されるまで、われわれは一息《ひといき》つくつもりもない。われわれのあいだには、話しあうべき謂《いわ》れなどない」

ハースはケリーを見おろしていた。おれの位置からではうかがいしれないが、ハースの顔には冷たい笑みが浮かんでいたろう。

「ならば好きにするがいい、頬ひげ」とハースがいいはなった。「わたしが説得を試みなかったとは、誰にもいわせんぞ」

やつは背を向け、副官のほうに歩いて戻った。

そのとき、別の人物が姿をあらわしたためにおれは注意をそがれた。はじめのうち、おれは彼の存在にまったく気づきもしなかった。ケリーとハースにばかり注意が向いていたからだが、そのあいだに彼はずっと通りを進んできたに違いない。〈フェニックス警備兵〉や〈東方人〉がごった返すなかを抜け、ケリーの事務所の入口まで。

「カウティ！」と呼ぶ声が、どこからともなく聞こえてきた。おれにも聞きおぼえのある声だ。もっとも、この瞬間に耳にしようとはほとんど思ってもみなかった。

おれはカウティの顔をうかがった。カウティのほうもおれと同じくらいびっくりして、隣に立っている、頭の禿《は》げあがった老体の〈東方人〉を見つめていた。

「どうやら、話しあう必要がありそうだの」おれの祖父がいった。信じられないことだった。ハースとケリーの対峙によってもたらされた沈黙がつづくなか、祖父の声は、通りの向かい側に立つおれのところまで届いた。祖父は、おれたち家族の問題をここでわめきちらすつもりなのか？　たった今？　公衆の面前で？　いったい、どういうつもりなんだ？

「おじいちゃん《ノイシュ＝バ》」とカウティがいった。「今はだめよ。わからないの――？」

「わかっとるとも」祖父はいった。「そうとも、今すぐだ」

祖父は杖に身体をあずけていた。あの杖ならおれも知っている。頭の部分をねじってはずすと、あらわれるのは――剣？　いや、そうじゃない。突き剣なら、ちゃんと腰に差してある。杖のなかには、フィネリオ産のピーチ・ブランデーの小瓶が四本おさめられているのだった。祖父の肩の上では使い魔のアンブルースがまるくなっており、この場の状況になど主人ほどにも驚いていないようだ。ハースはこの老人をどうとったものかわからずにいた。すばやく副官に目をやると、彼女のほうもおれと同じくらい困惑しているのがわかった。副官は唇を噛んでいる。

「少し離れるとしよう。向こうでなら、二人で話ができるしな」と祖父がいった。

カウティはどうこたえていいのかわからずにいる。

おれはあらためて小声で毒づきはじめた。今ではもう、疑問の余地もない。何か手を打たないといけなかった。祖父を争いのまっただなかにさらしておくわけにはいかない。

そうして、おれの注意は副官のほうに引き戻された。彼女は身体をわなわなと震わせ、背筋を伸ばした。彼女の軍はなおも混乱状態にあるようで、さっきの紙片やケリーの演説について、勢いづいた調子で話しこんでいる。副官は〈東方人〉の群れに向きなおり、大声で告げた。「解散せよ、全員だ」

誰も動こうとしない。副官は剣を抜いた。大鎌のようにおかしな角度に曲がった、ふう変わりな剣だった。ケリーはハースとにらみあっている。カウティの視線は、副官から祖父へ、そしてケリーとハースにうつろっていった。おれは短剣を手のうちに落としこみ、こんなもので何ができるだろうかと頭を悩ませた。

副官はためらい、自軍に目をやったうえで呼ばわった。「戦闘準備！」

ドラゴンどもと、ほかにもテクラのうち数人が鋼を抜く音がした。〈東方人〉のほうは武器を握りしめ、前進し、堅い壁をつくっている。さらに数名の兵士が武器を抜いた。ちらっとケリーのようすをさぐると、やつは祖父を見ており、祖父のほうもやつを見ている。二人は旧知の間柄のようにうなずきあった。興味ぶかい。

祖父が突き剣を抜く。そして、カウティにいって聞かせた。「ここはおまえさんのいるべき場所じゃないぞ」

「パドライク・ケリー」と突き通すような声で副官が呼びかけた。「女帝陛下の名のもとに、きさまを逮捕する。ただちに同行せよ」

「断る」とケリー。「女帝にこう伝えるがいい。われわれの同志を殺した犯人の正式な捜査に同意しないなら、市街へ出入りできる通りは明日までにすべて封鎖される。その翌日には、波止場も封鎖されよう。そして、今ここでわれわれを攻撃するというなら、帝国は明朝までに崩壊する」

副官が叫んだ。「前へ！」

兵士どもが〈東方人〉に向けて一歩踏み出し、おれは短剣をいかに利用すべきかひらめいた。すなわち、ケリー、わが祖父、そしてカウティのことさえも、おれの頭から一瞬のうちに消え去っていた。全員の注意が、前進する〈警備兵〉と〈東方人〉のほうに向けられている。全員の注意、とはいっても、おれをのぞいてだ。おれの注意はといえば、四十フィート離れたハースの背中に向けられていた。

今こそやつはおれのものだ。やつの護衛どもでさえ、ボスの身の安全など忘れてしまっている。今なら、やつを始末して、まんまと立ち去ることができる。それはまるで、わが命運が、この八インチの錐刀《スティレット》の一突きによって成就《じょうじゅ》されつつあるとでもいうようだった。

ここ四日間の習慣から、壁を離れる前に今一度、確認しなおした。そうしておれは、ハースのほうに一歩踏み出した。ナイフを低く構えながら。

そのとき、ロイオシュがおれの頭のなかで絶叫し、いきなりナイフがおれの喉めがけて突き出された。そのナイフは、ジャレグ家の色の服を着たドラゲイラの手に通じている。

暗殺者がついに動いたのだった。

10

〃灰色の絹ネッカチーフ一枚――かぎ裂きを繕《つくろ》い……〃

この男に対処する準備をしてきたという事実さえも、おれがこいつを目の前にしたとき、全身から吹き出した冷たい汗を抑える役には立たなかった。一つには、こいつもおれに対処する準備をととのえていたし、こいつのほうが先手を取っていたからだ。ハースへの憎悪など瞬時にして消しとび、生存のための思考にとって代わられた。

ときどき、こうした状況にあって、時の歩みがゆるむことがある。ときには速まることもあり、そんなときは、あとになってはじめて自分の行為に気づかされる。今回は、ゆるむほうだった。ナイフがおれの喉もとに近づいてくるのを目にするだけの余裕はあったし、反撃を考え、実行に移してさがり、うまくいったか考えてみる時間もあった。戦闘において武器を投げ捨てるのはけっしておれの好む手段ではないが、ここではほかに選択の余地もない。おれは敵にナイフを投げつけ、逆方向にとんで、地面をころがった。やつのほうも先の尖《とが》ったものを投げつける気になるといけないから、おれは動きをとめることなく立ち上がった。じつのところ、やつはそのとおり投げつけ、そのうちの一本が——ナイフだったと思う——あまりにそばをかすめたから、首筋のうぶ毛が逆立《さかだ》ったほどだ。が、ほかのものはすべてかわし、おれも突き剣を抜くだけの余裕が生じた。そのあいだにも、ロイオシュにいって聞かせる。

《こっちはおれ一人でなんとかなる。カウティの面倒を頼む》

《よしきた、ボス》

そうして、彼がはばたいていくのが聞こえた。

それは実際のところ、おれがこれまでついたなかでも最大の嘘だったが、〈東方人〉が〈フェニックス警備兵〉とぶつかりあったら、騒乱が起こるのは目に見えてはっきりしている。そして今のおれは、カウティの身を案じて気を散らされたくなかった。

そのころ、おれは防御の姿勢をとりつつも、あることに気がついた。ハースの護衛どもはおれの背中に一発くらわす機会があるし、あたりには〈フェニックス警備兵〉が七十名もいて、そのうちの誰かが、〈東方人〉を斬り捨てるあい間《ま》にこっちをちらりと見ないともかぎらない。おれは唇をなめ、不安をおぼえつつ、目の前の男に注意を集中させた——おれを殺すべく金を受け取った、玄人《プロ》の殺し屋に。

おれははじめて暗殺者をはっきりと目にした。これといって特徴のない男で、つり上がった目や尖った顎に、ツァー家の面影《おもかげ》がうかがえるかもしれない。長く伸ばした髪はくせがなく、額のまんなかには生え際が鋭く張り出している。どこをどう見ても混血児だな、とおれは考えた。その目は澄んだ薄茶色で、視線はおれの全身をうつろって観察している。事態がこいつの思惑どおりにはこんでいないにしても（そのとおりであることは自信をもっていえる）表情にはいっさいあらわれていない。

そのころまでに、やつのほうも剣を抜いていた。全身を正面に向け、右手には重い突き剣を、左手には長めの戦闘用ナイフを構えている。おれのほうは、祖父の教えどおり、身体の側面だけを相手にさらしている。これ以上向こうから何か投げつけてこないうちに、おれはやつとの間隔を詰め、一刀一足の間合いで足をとめた——つまり、たがいの剣先がかすかに触れあう程度の間合いということだ。この距離なら、敵が左手のナイフを振りかぶるのに気を集中させれば、おれのほうは少なくとも一度はまともに斬りつけるか突くだけの時間がとれるし、運がよければそれで決着がつくだろう。

こいつは妖術使いだろうか、とおれはいぶかっていた。ナイフにちらっと目をやったが、それが魔法をこめた武器であることを示す兆候は見あたらない——必ずしも目につくとはかぎらないが。おれの手は汗ばんでいた。こうしたときのために、軽い手袋を使うよう祖父からすすめられていたことを思い起こした。この闘いを生きながらえたなら、手袋を調達しようと心にきめた。

やつはためらいがちに突きをくり出した。おれが妙な構えで闘うのを察知したか、端《はな》から知っていたものか、おれの剣さばきにさぐりを入れるつもりらしい。やつの動きはおれが案じていたほどすばやくなかったから、やつの右手にかるく斬りつけて、不用意に近づくべきでないと教えてやった。〈フェニックス警備兵〉がそばにいるような状況でこんな闘いを強《し》いられるのは怖ろしいことでもあったが、連中は〈東方人〉を虐殺するのに忙しくて、とうていおれたちに気づくはずも――

いや、そうでもなかった。

五、六秒たっても戦闘の物音が聞こえてこないことに、おれはきわめて唐突に気づいた。殺し屋のほうはというと、そのことにまだ気づいておらず、おれにさらなる攻撃を仕掛けてきた。なかなかの攻撃だった。攻撃を仕掛けるまでなんのそぶりも見せず、おれの右から左へと斬り上げたタイミングはじつにたいしたものだ。おれは攻撃をかわし、こっちの剣をやつの剣の下にもぐりこませてかん高い音をたて、剣をそらした。やつのすばやさに気づかされた。優雅さのようなものがあることにも。長きにわたる修練によってつちかわれた動きだ。そしてこの男は、闘志をまったくおもてにあらわさない。こいつの顔を見ていても、自信たっぷりなのか、不安を感じているのか、楽しんでいるのか、さっぱりわからなかった。

おれは気のない突き返し《リポスト》を試みつつ、この状況を切り抜ける手段をさぐっていた。つまり、こいつをここで始末できればありがたいが、〈フェニックス警備兵〉が見ている前ではごめんだし、そもそもそんなことができるという確証があるわけでもない。やつはおれの突き返しを短剣で防いだ。こいつはおそらく妖術使いではあるまい。妖術使いなら、魔法をこめた短剣で呪文を投げつけたがるもので、こういう武器で剣を受け流そうとはしない。

やつは右足のかかとを地面につけずに、左足を突っ張った姿勢で攻撃してきた。おれはそのことに気をとられないようにした。相手の目だけに注目する。いかなる相手と闘おうと――剣、呪文、あるいは素手の殴りあいであれ――敵の目は、攻撃に出ることを最初に知らせてくれる。

一、二秒ほど、動きが途絶えた。こっちから一撃お見舞いしてやりたいところだが、あえて仕掛けずにいた。そうして、どうやらこの男も、まわりで戦闘の物音がまったくしないことに気づいたらしい。なんの前触れもなく男は二、三歩とびすさり、さらに二、三歩さがってからくるりと背を向けるとすたすた歩きだし、建物の角《かど》を曲がって姿を消した。

おれはほんのつかの間、荒い息をつきながら立ちつくしていたが、すぐさまハースのほうに注意を戻した。もしもやつの姿が見えたなら、〈警備兵〉がいようといまいと、今度こそやつを始末していたろう。だが、見まわしたときには、すでにやつの姿はなかった。

ロイオシュがおれの肩に戻ってきた。

二つの隊列、ケリーの一派と〈フェニックス警備兵〉どもは、たがいに十フィートほど離れて向きあっていた。兵士の多くは、この状況をあまりうれしく思っていないようだ。ケリーの一派は寄り集まり、心をきめているようにみえる。人間の壁からナイフや棒きれが突き出たさまは、刺《とげ》のあるイバラの茂みのようだ。

おれは通りのまんなかに一人ぽつねんと立ち、〈警備兵〉どもからは六十フィートほど離れていた。なかにはおれのほうを見ている者もあった。しかしながら、兵士どものほとんどは副官を注視している。彼女はあの奇妙な剣を地上と平行に頭上にかざし、〝とどまれ〟というしぐさか、おそらくは〝待機〟、〝待て〟あるいは〝あとに従え〟と示していた。

カウティは祖父の隣に立ち、二人ともおれを見つめている。おれはあまりひと目につきすぎないよう、剣を鞘におさめた。〈東方人〉たちはなおも〈警備兵〉のほうを見ている。やつらの大半は自分たちの副官を見ていた。副官は、少なくともおれのほうは見ていない。おれは通りのもう少しひらけたあたりに移動した。これなら、おれに反応する余裕も与えずに暗殺者が戻ってくることもあるまい。

そんなとき、副官がひどく通る声でいった。もっとも、叫んでまではいないようだ。

「陛下からお言葉をたまわった。全軍、通りの端までさがり、待機せよ」

兵士たちは指示に従った。テクラはうれしそうだが、ドラゴンはそれほどでもない。ケリーのために一つだけいっておけば、やつはほくそ笑《え》んでなどいなかった。顎を引き締め、すべてをただ静観していた。つまり、やつがほっとした顔をしていなくとも、おれはそれほど驚かなかった。それくらいはおれにだってできたかもしれないが、兵士どもが退却するのを目にして、ほくそ笑むのを顔にあらわさないでいるというのまでは、ちょっとまねできそうにない。

おれは自分の身内が立っているほうに近づいていった。カウティの表情はまったく読み取れない。祖父がいった。「あやつに押されておったぞ、ヴラディミール。向こうが攻撃をつづけておったら、主導権をとられて、おまえは姿勢を崩されたろうな」

「押されてただって？」

「あやつは足を動かすたびに、前のめりになっておったろう。〝妖精《ドラゲイラ》〟どもがやらかすせの一つだ。自分たちでは、そんなことしとるとは気づいておらんようだが」

「おぼえておくよ、ノイシュ＝パ」

「だが、おまえはよく注意しておったし、それはよいことだな。それに手首は、当然のことだが、しなやかでありながらしっかりしとった。それと、おまえの昔からの癖だった〝打突《ストップ・カット》〟のあとでもたつくようなこともなかった」

「ノイシュ＝パ――」とカウティが口をはさみかける。

「ありがとう」おれは祖父にこたえた。

「こんなところに来るべきじゃなかったのに」とカウティ。

「どうしていかんのかね？」祖父がいった。「この命に、今さら何を物惜しみする必要があろう？」

誰か聞いている者がいやしないかとでもいうように、カウティはあたりを見まわした。おれもだ。誰も聞いてはいないようだった。

「でも、どうしてなの？」

「どうしてわしがここに、ということかね？　カウティ、わしにもわからんよ。おまえさんがどうあるべきか、何をするかってことまでは変えられん、ということならわかっとるが。ここ妖精国《ドラゲイラ》とわしらの故郷とでは、娘たちの暮らしぶりも違うことくらいわかっとるよ。ここでは自分のしたいように生きるもんだし、それは必ずしも悪いことじゃない。だがな、わしはおまえさんに伝えにきたんだよ。そうしたければ、いつでもわしに会いにくるといい。話したいことがあったら、いつでもわしのところにおいで。わかったかね？　ヴラディミールは、困ったことがあると、ときどきわしを訪ねてくる。だが、おまえさんはそんなこともなかった。わしがいいたかったのはそれだけだよ、わかったかね？」

カウティはしばらく祖父を見つめていた。その目には涙が浮かんでいる。カウティは顔を寄せ、祖父にキスを贈った。「ええ、ノイシュ＝パ」

アンブルースがミャァオと声をあげる。祖父は残っている歯を見せてにかっと笑い、くるりと背を向けて、杖に寄りかかりながら歩いて戻りだした。おれはカウティのわきに立ったまま祖父を見送っていた。いうべき言葉を考えてみたが、何も思い浮かばなかった。

カウティが先に口をひらいた。「これで、ノイシュ＝パがなんでここにいたのかはわかったわね。あなたはどうしてここに？」

「あの殺し屋に、さっきのとおり行動を起こす気にさせようと思ってな。ようするに、やつを逆に始末してやるつもりだったんだ」

彼女はうなずいた。「あいつの顔はしっかりおぼえた？」

「ああ。クレイガーにさぐらせるつもりだ」

「それなら、向こうはあなたの名前を知ってるし、あなたも向こうを知ってることになるわね。それで、おたがいに殺しあうと。今度は向こうがどう出ると思う？」

おれは肩をすくめた。

カウティがつづける。「あなたならどうする？」

おれはふたたび肩をすくめた。「さあな。金を返して、できるだけ遠くに、できるだけ急いで逃げだすか、今すぐ行動に出るかだな。今日じゅうに、できたらこの一時間以内にも。相手が手をまわすより先に命を狙うな」

カウティもうなずいた。「あたしもよ。ひと目につかないとこにでも、しばらく避難する？」

「いや、とりたててそうする気はない。まだいろいろと――」

副官がふたたび呼びかけはじめた。「民《たみ》よ、耳を傾けるがいい。これなるは女帝陛下の御言葉である。ここに完全なる調査を……そなたらが請求したとおり、帝国の手つづきにのっとってとりおこなうことを知らせる。ただちに散会して通りから障碍物をすべて取りのぞくがいい。それらが実行されたなら、逮捕はなされぬであろう」

そうして、副官は自軍に向きなおった。「職務に戻れ。以上」

〈警備兵〉たちは武器を鞘におさめた。兵士たちの反応はおもしろいくらいに異なっている。ドラゴンのなかには、〝今回は運がよかったな、カスどもめ〟とでもいいたげな顔つきを見せる者もあれば、かるい運動を楽しみにしていたかのように、少しがっかりしたような顔をする者もあった。テクラの連中は、ほっと安心したようだ。副官はそれ以上おれたちに見向きもせず、さっさと自軍に合流すると退却していった。

おれはカウティに向きなおったが、それと同時にパレシュが彼女の肩を叩き、部屋のほうを示した。カウティはおれの腕を一度きつくつかんでから、やつのあとを追った。カウティが奥に隠れるまでに、ロウツァは彼女の肩を離れ、おれの肩に移った。

《誰かさんが、おれに助けがいると思ってるらしいよ、ボス》

《ああ。でなけりゃ、おれにかもな。気に入らないのか？》

《いいや。話相手がいるのも悪かないしね。ここんとこ、ボスはやけにおとなしかったから。こっちはさみしくしてたとこなんだ》

おれはうまい言葉がみつからなかった。

事務所に戻るのに、よけいな危険など冒さなかった。瞬間移動してから通りで回復を待つよりも、なかにはいって吐き気に耐えたほうがいい。

「ハースについて、何か幸運はあったか、クレイガー？」

「今も取り組んでるとこだよ、ボス」

「よし。もう一つ見せたい顔がある。用意はいいか？」

「いったいなんの話——おおっ。いいとも。やってくれ」

おれはさっきの暗殺者の映像をクレイガーに見せてやった。「この顔に見おぼえは？」

「いや。名前もわかってるのか？」

「いいや。おれもそれを知りたい」

「わかった。似顔絵をこさえて、何がわかるかやってみよう」

「こいつをみつけたら、わざわざおれに指示をあおぐまでもない。思い知らせてやれ」

クレイガーが片方の眉をぴくりとつり上げる。おれはいった。「こいつがおれを狙ってたんだ。さっきも、あやうく首をとられるとこだった」

クレイガーがひゅうと口笛をもらす。「どうやって逃《のが》れたんだい？」

「こっちも準備はしてたからな。誰かが狙ってくるだろうって予測はついたから、わざと同じ行動をくり返して、向こうをはめてやったってわけだ」

「なのに、やつを始末できなかったのか？」

「あいにくと、まわりに〈フェニックス警備兵〉が七、八十人ほどいたんでな。それに、こっちが予想してたほど向こうは驚かなかったし、剣の腕もかなりのもんだった」

クレイガーがもらした。「ほう」

「そんなわけで、やつの風貌はわかったが、名前までは知らない」

「で、あとのお楽しみはおれに譲ろうってわけか、え？　わかったよ。誰に始末させるか、あてでもあるのかい？」

「ああ。マリオーだ。彼がみつからないなら、ほかをあたってくれ」

クレイガーは、あきれたというように目をぐるりとまわした。「具体的な指示とはとてもいえんな。ま、なんとかしよう」

「それと、新品の武器を一そろい持ってきてくれ。おれに代わっておまえが問題をすべて解決してくれるのを待つあいだ、こっちも何かやってたほうがましだからな」

「すべて解決ってわけにはいかんぜ、ヴラド。あんたの背丈だけは、おれにもどうにもならんよ」

「さっさと行け」

クレイガーは部屋を出ていき、おれはロイオシュ、ロウツァ、そしておれ自身の思考とともにとり残された。腹が減っていることに気がつき、誰かに食べ物を持ってこさせようかとも思った。そう考えてから、これからしばらくはあちこちに瞬間移動するはめになりそうだと気づき、腹に詰めこむのはあまり良策ではないかもしれないと思いなおした。

ロイオシュとロウツァがたがいにうなり声をあげ、そのうちに部屋のなかで追いかけっこがはじまったから、ついに窓をあけ、外でやれといってやった。窓をあけるとき、正面には立たないよう注意を払った。通りの向こうから標的を狙ってくるような暗殺者がいるとは思えないが、おそらくあいつは、今ごろかなり必死になっているだろう。少なくとも、おれならあせるはずだ。おれは窓を閉め、カーテンを引いた。

少なくとも、これまで忙しくてできなかったことをいくつか片づけるひまができた。

「メレスタフ！」

「なんですかい？」

「スティックスは事務所にいるか？」

「ええ」

「ここに呼んでくれ」

「ただちに」

数分後、スティックスがぶらっとはいってきた。彼に帝国金貨五十枚がはいった袋を渡してやる。スティックスは中身を数えもせずに重みで確かめ、おれを見た。

「なんすか、こりゃ？」

おれがいった。「黙れ」

「おお、あれっすね。ふむ、どうも」スティックスは、今度もぶらりと出ていった。

クレイガーが新たな玩具《ぶき》一式を抱えて戻ってきた。彼が出ていくとドアを閉め、武器の交換にとりかかった。マントを脱ぎ、そこから武器を抜き取って、順に取り替えていく。マントがすむと、胴着《ジャーキン》の肋骨付近やほかのところからも武器をまさぐりはじめた。左の袖口から短剣を抜き取る際に、〈スペルブレイカー〉に気づいた。あの晩以来、この鎖のことは考えまいとしてきたようだが、今、こうして手のなかに落としこんだ。

なんの変哲もない、ただの鎖のようにだらりと垂れている。おれはじっと観察した。長さは十八インチほどで、黄金でできており、細い鎖が連《つら》なっている。金めっきではなさそうだ。これまでに、剝《は》げたということもない。だが、本物の黄金であるにしては重さがたりないようだし、柔らかくないことも確かだ。鎖に爪をたててみても、硬い鋼のような感触だった。

今度の件を生き延びられたなら、こいつについて、もっとちゃんと調べてみようと心にきめた。そんなことを考えつつ、おれは武器の交換をつづけた。生き延びるには、どうしたらいい？

うむ、あの暗殺者を殺さないといけないのは確かだ。それと、ハースも。いや、訂正しよう。暗殺者を殺すその〝前〟にハースを殺さないといけない。でないと、ハースは別のやつを雇うだけだ。ハースを殺すべく、誰か雇ってみることを考えた。そのほうが賢い選択ではあるだろう。一つには、それならたとえおれが殺《や》られたとしても、いずれはやつも消せる。それに、おれの手もとにはまだあれだけの現金が眠っている。手にはいるとは夢にも思わなかったほどの大金が。マリオーがその気になってこの部屋にはいってきたとしても、彼の要求する額に応じることができる。

ただし問題となるのは、マリオーのほかにはこの〝仕事《ころし》〟を受ける者などあまりいないだろうということだった。ハースは組織のボスだ――うちよりはずっと大きな組織の。やつは護衛を四、五人はつけないかぎり、立ち小便もしない男だ――自分の一物《いちもつ》が攻撃してこないともかぎらない。こういう男を消すには、少なくとも護衛を一人や二人買収する必要があるし、あるいはマリオーを雇うか、死ぬのを厭《いと》わないようなやつを雇うか、かなりの幸運にすがるほかかない。

マリオーのことは忘れていい。彼の居場所など、誰も知らないのだから。ケリーなら、ジャレグ家組織のボスに自爆攻撃を仕掛けたがるような狂信者を知っているかもしれないが、おれはそういうやつとつきあいがない。ハースの護衛を買収するというのは可能かもしれないが、時間がかかる。まずは寝返りそうなやつをさがし出し、ちゃんと受け入れたか確かめたうえで、双方にとって危険のもっとも低い機会を設定しないといけない。こっちの命を狙う暗殺者がもう一度打って出るまでに、そんな機会がみつかるとは思えなかった。

となると、あとは幸運にすがるほかない。このところの自分は、ツイてると思うか？

いや、そんなことはない。

なら、おれはどうなる？

死ぬほかない。

そんなことを考えながら、おれは武器をおおかた交換し終えた。少し別の角度から可能性をさぐってみよう。どうにかしてハースの敵意をなくすことはできるだろうか？　お笑いぐさだ。なにしろ、それでもまだカウティを殺されないようにしないといけないのだから。そもそも、それこそがおれを面倒ごとに巻きこんだ原因であって、そんなことなら——

——そうなのか？　そんなことのために、おれはこのばかげた争いに巻きこまれたのか？

うむ、いや、最初はそうじゃない。はじめは、おれが会ったこともないあのフランツとかいう男を殺した犯人をみつけるつもりだった。カウティとの仲をとりつくろう助けになればと思っただけだ。ちくしょう。どうして〝おれ〟のほうから〝カウティ〟との仲をとりつくろわなくちゃいけないんだ？　おれになんの断りもなく、ああいうことに首を突っこんだのはカウティのほうだ。どうしてこのおれが、望まれてもいないし、こっちも望んでないことに首を突っこまなくちゃいけないんだ？　義務感か？　なんともすてきな言葉だ。義務感。ぎぃむ＝かん。〈東方人〉のなかには、これを〝ぎぃぶ＝ばん〟といったように発音する者も――少数だが――いる。武器を取り替えながら呑気《のんき》に口ずさむような文句だ。

〝ぎぶで・ばびで・ぶぅ〟

これにどんな意味があるっていうんだ？

もしかしたら、〝義務感〟というのは、それだけをぽつんとおいておくようなものではないかもしれない。何かに結びつけておかないといけないのかも。たいていの〈東方人〉は、バーレンやヴィーラ、あるいはクロウといった神々にそれを結びつけている。おれにはそうできそうにない。ドラゲイラの社会で長いこと暮らしすぎたせいで、神に対する連中の態度におれもなじんでしまっている。だったら、ほかの何と結びつけたらいいだろう？　ジャレグ家か？　笑わせるな。おれのジャレグ家への義務というのは、その規則に従って、自分が消されないようにするためだけのものだ。帝国？　帝国への義務は、存在を気づかれないよう身をひそめておくことくらいのものだ。

そうなると、ほかに残っているものなどあまりない。おそらくは、家族か。カウティ、ノイシュ＝パ、ロイオシュ、それとロウツァ。ああ、それこそは義務感といえるし、おれが誇りを持ってできることだ。カウティがあらわれるまで、おれの人生がどれほど空虚だったかを思い出してみた。記憶をたどることさえも苦痛だ。どうしてまだたりないっていうんだ？

カウティもそう感じているだろうか？　カウティに組織はもう関係ない。おれがいるだけだ。かつては仕事上の相棒がいたし、おたがいに必要としあっていた。だが、その女性はドラゴン貴族になり、さらには〈帝珠〉の継承者となった。今のカウティに何がある？　だからこそ、ケリーの仲間に加わったってわけか？　何かやりがいをみつけるため、自分が役に立っていると実感するために？　おれだけじゃものたりないっていうのか？

ああ、もちろんそのとおりだ。誰だって、ひとの人生にすがって生きることなどできやしない。それくらいはおれにもわかってる。なら、カウティは何に頼って生きていけばいいんだ？　彼女には〝同胞〟がいる。あの〈東方人〉や、テクラも少し混じった集団、帝国を転覆させようと話しあってるような連中が。カウティはそんなやつらとつきあって、通りにバリケードを築くのを手伝ったり、〈フェニックス警備兵〉に立ち向かったりして、自分の〝義務〟を果たせたと満足しながら家に戻る。それこそが義務感というものかもしれない――自分は役に立つ存在なんだと思えるような行為をなすことこそが。

そりゃいい。それはカウティの場合だ。おれの義務感は？

〝ぎぶる・ばぶる・ぶぅ〟

おれにとっての義務は、死ぬことだ。どのみちいつかは死ぬことになる。だったら、それを義務と呼んでもいいだろう。なんだか厭世《えんせい》的になってるぞ、ヴラド。よせよ。

武器の取り替えはほぼ完了し、おれはぼんやり坐ったまま、右のブーツに差しこむはずの短剣を手にしていた。椅子の背にもたれ、目を閉じる。もうじき自分は殺されるとすれば、こうしたことなどどれもたいした問題ではない。そうなのか？　たとえ自分が死ぬとしても、やっておくべきことがあるだろうか？　これこそは〝義務感〟のいい試金石になる——それがどんな意味であれ。

そうしておれは、確かにそのとおりであることに気づいた。今度の一件におれが首までどっぷりと浸《つ》かったのは、何よりもまずカウティの命を救おうとしたがためだ。もしそのことがおれの死と同じくらいはっきりしてるなら、誰かにおれを殺させる前に、カウティの命が助かるようはからっておかないといけない。

今や、ちっぽけな問題が一つ存在するだけになった。

〝ぎでぃでぃ・だだだ・どぅーん〟

おれは短剣をくるりと回しはじめた。

11

〝……汗染《じ》みを落とすこと〟

少したって、頭のなかである思考の種が形をとりはじめると、おれはクレイガーを呼んだが、彼は外に出ているというメレスタフの返事だった。おれは精神上で歯ぎしりし、さらに考えつづけた。おれが殺されて、カウティは助かったとしたらどうなる？　おれのなかの世をすねた一部が、それはおれの知ったことじゃないだろうと告げた。だが、仮にそうなったとしても、祖父とカウティはたがいに頼りあって生きていける。さっき路上でも、二人のあいだには親密な関係のようなものが生まれつつあって、おれのほうが阻害感をおぼえたくらいだ。二人そろって、おれという男がどんなにひどい人間だったか語りあうつもりだろうか？　おれは偏執的な妄想のうちに死んでいくしかないのか？

冗談はともかく、ハースがおれを殺したなら、カウティは興味ぶかい問題に直面することになるだろう。カウティはみずからの手でハースを殺したいと望むだろうが、もう〝仕事《ころし》〟に手を染めたいとは思っていない。少なくとも、彼女がおれにいった口ぶりからすると、もはや殺し屋でいたくはないらしい。その一方で、ケリーにとっての最大の敵が舞台から姿を消すのはなにも悪い話ではない。そのためにおれが死なないといけないというのはいかにも残念だが。ふうむ。

おれはぼんやりと考えをめぐらしていた。おれが死んだものとしばらく思いこませて、カウティにハースを殺させる手だてはあるだろうか。そのあとでおれがふたたび姿をあらわしたら、きっとおもしろいことになるだろう。その一方で、カウティがハースを殺さないことにきめたら、かなり情けないことにもなる。そして、ハースがおれの生存を嗅《か》ぎつけたりしたら、さらに情けないことになりそうだ。

とはいえ、すぐさまこの案を捨ててしまうことはない。もうしばらく——

「また浮かない顔をしてるな、ヴラド」

おれはとび上がって驚いたりしなかった。「気をつかってもらってすまないな、クレイガー。ハースについて、何かわかったか？」彼は首を横に振った。おれがつづける。「よし、頭のなかをとびまわってる案が二つあるんだ。そのうちの一つは、このままとびまわらせときたい。もう一つのほうは、時間をかけて準備するっていう作戦だ」

「やつの護衛でも買収しようってわけか？」

おれはうなずいた。

「わかったよ」クレイガーがいった。「準備をはじめとこう」

「よし。殺し屋の件はどうなった？」

「絵描きがそろそろ仕上げてるころだろう。そいつがいってたよ、おたくはずいぶんと細かいところまでおぼえていなさるな、って。あの映像はあんたからもらったやつだから、あんたも鼻を高くしていいはずだ」
「なるほどな、鼻が高いよ。絵ができたら、どう使うかはわかってるな」
クレイガーはうなずき、出ていった。おれは自分の死の計画にたち戻った——あるいは、少なくともそのことを考えはじめた。とても実際的とはいえそうにないが、ともかくも魅惑的ではある。勝利のご帰還という部分が、とりわけすばらしく思えるらしい。もちろん、おれが戻ってみたら、カウティはグレゴリーかほかの誰かとしっぽり暮らしてたなんてことになると、あまりうまくいったとはいえまいが。
どれくらい気になるか確かめてみるためだけに、その可能性について考えてみた。たいして気にもならず、そのことのほうが、どうしてか気になった。
ロイオシュとロウツァが窓を引っ掻《か》いていた。おれはもてあそんでいた短剣を鞘におさめると、彼らをなかに入れてやった。念のため、窓の前には立たないようにする。彼らは少しくたびれたようだ。
《帝都を名所巡りでもしてきたのか？》
《まあね》
《どっちが勝ったんだ？》
《おれたちが競争してたなんて、どうして思うんだい、ボス？》

《そうだとはいってないさ。どっちが勝ったか聞いただけだ》
《ああ、ロウツァだよ。翼の差でね》
《ああ、だろうな。まさかアドリランカ南域までは出向いてないよな？》
《じつをいうと、行ってきたんだよ》
《ほう。で、バリケードは？》
《なくなってた》
ロイオシュはおれの肩に落ちついた。おれも腰をおろし、そしていった。
《ちょっと前に、おまえがいってたよな、もしもカウティが加わってなかったら、おれはケリーの一味をどう思ったろうかって》
《ああ、いったね》
《そのことについて考えてみたんだ。どっちにしろ関係ないってわかった。カウティはすでに加担してる。おれはその事実にもとづいて行動するほかない》
《なるほど》
《で、その点について、どうしたらいいか答えがわかったような気がする》
ロイオシュは何もいわなかった。彼が、おれの気分やとりとめのない思考を、おれの脳から取りこんでいくのが感じられる。しばらくして、彼がいった。
《ほんとに死ぬ気でいるのかい？》
《当たりであり、はずれでもあるな。本気で信じてるわけじゃないと思う。つまりな、おれたちはこれまでにも、今と同じくらい、でなけりゃもっとひどい事態におちいったこともある。メラーはハースより手ごわかったし、頭も切れた。それに、あのときのほうが状況もひどかった。ところが、今度の一件は、どう切り抜けたらいいのか見えてこない。このところはあんまりうまく立ちまわってもいないしな。問題の一端はそれかも》
《わかってるよ。で、どうするつもりだい？》
《カウティの命を護る。ほかのことはわからんが、それだけはやらないといけない》
《なるほど。どうやるんだい？》
《手段は二つしか浮かばなかった。一つはハースを始末すること、それとおそらくは、やつの組織もまるごとな。そうしておけば、ほかの誰かが組織の残骸を受け継いでつづけるようなこともない》
《あまりうまくいきそうにもないけど》
《ああ。もう一つは、ハースがカウティを狙う理由がなくなるよう調整するってことだ》
《そっちのほうがよさそうだな。どうやってそうするつもりだい？》
《ケリーとその仲間を、おれの手で始末する》
ロイオシュは何もいわなかった。彼の思考から受け取ったかぎりでは、驚きのあまり声も出ないらしい。おれ自身、なかなか賢い作戦だと思っていた。かなりたって、ロイオシュがいった。
《けど、カウティが――》

《わかってる。おれは死んだものとカウティとハースの両方に思いこませる手段を、代わりにおまえが考えてくれるなら、そっちでもうまくいくかもな》
《何も思いつかないよ、ボス。けど――》
《なら、仕事にかかるとしよう》
《どうも気に入らないな》
《異議は受理しとくよ。急ぐとしよう。今夜のうちに片づけちまいたい》
《今夜のうちに、ね》
《ああ》
《わかったよ、ボス。お好きなように》
紙を一枚取り出して、ケリーの部屋についておぼえていることを残らず図面におこしはじめた。記憶のはっきりしない部分には注意書きを入れ、裏口の窓やらなんやらは推測してみた。そうして図面をじっと眺め、どうやって実行すべきか考えてみる。
どんなに想像の羽を広げたとしても、これを暗殺と呼ぶわけにはいかない。大量虐殺といったほうが近かった。まず、ケリーは絶対に殺さないといけない。やつが生き残っては、元も子もないからだ。それと、パレシュも。やつは妖術を使える。そして、ほかにもできるだけ多くの連中を。通常ならこさえるような綿密な詳細など、考えるだけの意味もない。一度に五人以上も始末するとなると、そんな計画など意味がなかった。
火をはなつとか、建物ごと爆発させるという考えがちらっと頭をよぎったものの、その考えは却下した。あのへんは建物がひどく密集している。アドリランカ南域をまるごと焼き払いたくはない。

おれは図面を手に取り、じっと観察した。建物の裏にもきっと侵入口があるはずだし、おそらくあの部屋にも裏からはいれるだろう。ずいぶん奥まで立ち入ったことはあるが、キッチンは見かけなかった。ケリーの書斎にはドアが二つあったから、おそらくは裏からはいっていけば、室内の誰も起こさずに進めるだろう。全員が手前の部屋で寝ているようだから、あそこにたどり着いたら、まずはケリーの喉を掻っ切って、次はパレシュの喉をやる。そのときになってもまだ全員が眠っていたとすれば、一人ずつ片づけていけばいい。蘇生については心配するまでもないが――やつら〈東方人〉には金などないから――ともかくも、可能ならあとで確実なものにしておこう。そうして、あとは立ち去ればいい。

アドリランカ南域が翌朝目を覚ましたときには、連中はもうこの世にない。カウティはひどく腹をたてるだろうが、彼女一人では組織をたてなおすこともできまい。少なくとも、できないものと願いたい。ほかにも加担している〈東方人〉やテクラは何人もいるが、中心人物がいなくなれば、残りの連中にハースの脅威となるようなまねはできそうにない。

もう一度くわしく観察したうえで、図面は廃棄した。椅子の背にもたれ、目を閉じ、詳細をくり返してみて、手抜かりのないことを確かめた。

ケリーのところには真夜中と夜明けのあいだごろにたどり着いた。正面の扉はただのカーテンだ。おれは裏側にまわりこんだ。そっちにはドアらしきものがついているが、鍵はかかっていない。慎重かつ入念に油を蝶番《ちょうつがい》に注《そそ》いだうえで、なかにはいりこむ。おれは建物の裏側につづく狭い廊下に立っていた。ケリーの部屋のすぐ外にあたる。右肩にのせていたロウツァが落ちつきをなくしていた。彼女をおとなしくさせてくれとロイオシュに頼むと、じきにおさまった。

廊下の先を見わたすも、正面のドア——というか、それに類したもの——は見えない。おれもかなり夜目がきくほうだが、おれよりよく見える者も存在する。

《廊下に誰かいるか、ロイオシュ？》

《いいや、ボス》

《よし。部屋に通じる裏口はどこだ？》

《すぐそばだよ。右に手を伸ばせば届く》

《おお》

カーテンをくぐり抜け、なかにはいった。食べ物のにおいがする。食べられるものもありそうだが、腐った野菜のにおいも確実にした。

連中の寝息を確かめるのに少し待ってみたうえで、妖術に頼って人差し指の先に小さな灯《とも》りを点した。そう、おれは確かにキッチンにいる。しかも、想像していたよりは広い。食器棚がいくつかと、氷庫、手押し式の汲《く》み上げ井戸もある。少しだけ灯りを抑え、人差し指で目の前を照らしながら手前の部屋に向かう。

この前ケリーと話をしたあの部屋を通過する。いくつか箱が増えているほかは、おれのおぼえていたとおりだった。箱の一つから、鋼がぎらつくのが見えた。近づいてよく見ると、長めの短剣だった。ひとを殺す武器——あるいは、それによく似た道具だ。もっとくわしく観察する。ああ、やっぱりそうだ。

次の部屋、蔵書室にはいりかけたとき、誰かが背後にいるのを感じた。今にして思えば、ちょうどその瞬間にロウツァがおれの肩を強くつかんだように思うが、ロイオシュのほうは何も気づいていなかった。いずれにしろ、おれの反応は予兆といっていい。おれはさっと振り返り、わずかに横に身をよじって、マントの奥から短剣を抜いた。

はじめは何も見えなかったが、おれのほかにも室内に誰かいるという感じはなおもつきまとっている。人差し指の灯りは消し、横に移動した。おれに相手が見えないなら、相手にだけこっちの姿を見せておく理由もないと考えた。そのうちに、かすかな輪郭に気づきはじめた。まるで、目の前に透明な人影が存在しているようだった。これが何を意味しているのかはわからないが、尋常でないことは間違いない。おれは左手に〈スペルブレイカー〉を落としこんだ。

人影は動かなかったが、しだいに存在が濃くなっていった。そんななか、おれはあることに気づいた。室内はヴィーラの髪のごとき漆黒の闇に包まれているのだから、おれの目に何かが見えるわけがない。

《ロイオシュ、何か見えるか?》

《よくわからないよ、ボス》
《だが、何か見えてはいるんだな？》
《そう思う》
《ああ、おれもだ》
ロウッァが不安げに身体を動かしている。うむ、彼女を責められはしない。そうしておれは、自分がどうやら何を目にしているのか気づき、それまで以上にロウッァを責める気はなくなった。

〈死者の道〉をたどって〈審判の間〉を訪れたあのとき、おれが歓迎されていないことはひどくはっきりしていた。あそこはドラゲイラどもの魂が行き着く先であって、生身の〈東方人〉がはいりこむところじゃない。そこにたどり着くには、死体を〈冥界門の滝〉から送り出さないといけない（そうすることによって、たとえそれまではそうでなかったとしても、そこを越えれば死体となることは保証ずみだ）。そうして死体は川を流れていき、果てしなく伸びた土手のどこかに流れ着いて、そこからは魂だけが旅をつづけることになる――が、今は気にしないでもらいたい。うまくいけば魂は〈審判の間〉にたどり着き、神々が特にその死者を好いたり嫌ったりしているのでないかぎり、そいつも死者の華々しい世界に仲間入りすることになる。
それはそれでけっこうな話だ。

では、死者が〈冥界門の滝〉に運ばれなかった場合はどうなるのだろう？　うむ、そいつがモーゲンティの武器で殺されたのなら、話はそれまでだ。あるいは、そいつがひいきにしてる神となんらかの約束ごとでも交わしていたなら、神はその魂を好きなように扱うこともできる。そうでもないかぎり、そいつはいずれ転生することになるだろう。この話を信じてもらえなくとも、それはそれでかまわない。だが、近ごろのちょっとした体験のおかげで、おれはそれが事実だと確信していた。

こうして今、転生についておれが知っていることのほとんどは、自分でも信じられるようになる前にアリーラから聞かされたものだ。だから、話のかなりの部分は忘れてしまった。しかしながら、まだ生まれ落ちていない赤ん坊が、神秘的な力によって、もっとも適した魂を引き寄せるというくだりはおぼえている。ふさわしい魂がなければ、赤ん坊が生まれることはない。魂にふさわしい赤子がいなければ、魂は機会を待つことになる。死霊使いたちはその場所を〝順番待ちの魂の野〟と呼んでいるが、それは連中に想像力が乏《とぼ》しいためだ。どうして魂はそこで待つのか？　ほかにどうしようもないからだ。その場所には、ドラゲイラの魂を引き寄せる何かがある。

だが、〈東方人〉の場合は？　うむ、おれの知るかぎりでは、ほとんど同じようなものらしい。魂に関していえば、ドラゲイラ族と〈東方人〉のあいだにたいした違いはない。おれたち〈東方人〉は〈死者の道〉にはいることを許されていないが、モーゲンティの武器はおれたちにも同じ効果をもたらすし、その気があれば、どの神さまとでも取引だってできる。ほかに差し障《さわ》りがなければ、おそらくおれたちも転生するのだろう。少なくとも、〈東方人〉の詩人にして予言者でもあったイェン＝チョー＝リンはそういったと記録にある。実際、『七魔術師の書』によれば、魂が待たされているあいだ、ドラゲイラどもと同じようにおれたちも〈順番待ちの魂の野〉に引き寄せられるらしい。

しかしながら、これまたその書物によると、おれたちはそれほど強く引き寄せられないらしい。それはなぜか？　人口の問題だ。この世界には〈東方人〉のほうが数が多いし、そのため転生を待っている魂の数は少なくて、ほかの仲間を呼び寄せようとする魂も少ないということになる。納得がいったろうか？　おれも納得はいかないが、とにかくそういうものらしい。

こうして、引き寄せられる力が弱いという結果、ときに〈東方人〉の魂は、転生もしなければ〈順番待ちの魂の野〉に向かわないこともある。その代わり魂は、いうなれば、ただあたりにとどまるというようなことになる。

少なくとも、そんなことらしい。信じる信じないは個人の自由だ。

おれ自身は、そう信じる。

おれは幽霊を目にしていた。

おれはまじまじと見入っていた。ひとが幽霊を目撃すると、まずはじめにまじまじと見入るものらしい。次に何をするかは、おれにもよくわからなかった。おれがまだ幼かったころ、祖父が語り聞かせてくれた話によれば、悲鳴をあげるというのが一般的であるようだ。しかし、ここで悲鳴をあげたら、この場の全員を起こしてしまうし、こいつらを殺すつもりなら、眠っていてもらう必要がある。それに、悲鳴をあげたいという衝動は感じなかった。怖がるべきであるのはわかっていたが、実際にこういう場に居あわせてみると、怖がるというよりもおもしろがる気持ちのほうがずっと強かった。

幽霊はさらに実体化しつつある。ほのかに発光しているため、おれにもその姿が見えるのだった。ほんのかすかに青白い光をはなっている。じっと眺めているうちに、そいつの顔かたちが見えはじめた。じきに、そいつが〈東方人〉であること、そして男であることもわかってきた。向こうもこっちを見ているようだ——じつのところ、明らかにおれを見ている。みんなを起こしたくはなかったから、おれは部屋を出てケリーの書斎まで戻った。もう一度、灯りをつけ、足もとを照らしながら机の奥に向かって、腰をおろす。どうして幽霊がついてくるとわかっていたのか自分でもよくわからないが、ともかくおれにはわかっていたし、幽霊もあとからついてきた。

おれはかるく咳ばらいをした。「うむ、あんたがフランツだな」

「そうだ」と幽霊がこたえた。その声には〝生気がなかった〟と表現してもいいだろうか？　かまうもんか。まさしくそのとおりなのだから。

「おれはヴラディミール・タルトシュ——カウティの夫だ」

幽霊——いや、単にフランツと呼ぶことにしよう。フランツはうなずいた。

に近くなった。

「きみはここで何をしてるんだ？」そう話すうちにも彼はさらに実体化し、その声も普通

「その、つまり」おれはいった。「ちょいと説明しづらいんだが。〝あんた〟のほうこそ、ここで何してる？」

フランツの眉（今では眉までも見えるようになっていた）が一本につながった。

「わからない」と彼がいった。おれはフランツを観察した。髪の色は淡く、くせもなくて、きれいに櫛でとかしつけている。どうやって幽霊が髪をとかしたりするんだろう？

人好きのする顔だが目鼻だちにこれといった特徴はなく、正直そうできまじめな表情からは、香辛料売りや死んだライオーンが連想される。姿勢に妙なくせがあり、つねにいくらか前屈《まえかが》みでいるように見えるし、こっちが話しているあいだはほんのわずかに首を傾《かし》げている。耳でも悪いのか、それとも話を細大もらさず聞きとることに熱心なだけだろうか。ひどく熱心に耳を傾《かたむ》けているように見えた。実際のところ、何をするにつけても熱心なようだ。フランツがつづけた。「わたしは会議室の外に立っていた――」

「ああ。あんたは殺されたんだよ」

「殺されただって！」

おれはうなずいた。

彼はおれをまじまじと見つめ、次に自分の身体を見おろしてから、しばらく目を閉じていた。ついに、フランツがいった。「わたしは死んでいるのか？　幽霊なのか？」

「そんなようなもんだ。おれの理解が正しいなら、あんたは転生を待つべきだぜ。どうやらこのへんには、ちょうど該当する〈東方人〉の妊婦は見あたらないようだしな。気長に待つしかあるまい」

フランツはおれを観察し、値踏みしている。

「きみはカウティの旦那《だんな》だといったな」

「ああ」

「わたしは殺された、ときみはいう。きみが何をして生計を立てているかは、われわれも知っているよ。もしかして――」

「いや違う。あるいは、そんな可能性もあったろうが、そうじゃない。イェレキムってやつのしわざだ。あんたらは、ハースって男のじゃまだてをしてたんでな」

「それで、やつがわたしを殺したわけか？」フランツは急に笑みを浮かべた。「われわれを脅《おど》そうとして？」

「ああ」

フランツは声をあげて笑いだした。「どれほどの効果があったか、想像がつくよ。われわれはこの区域一帯をまとめあげた、だろう？　わたしの死を利用して、一大勢力を結集させたんじゃないか？」

おれはまじまじと見つめた。

「まずまずの推測だな。あんた、気に病《や》んだりしないのか？」

「気に病む？　われわれはずっと、〈東方人〉とテクラを一つにまとめて帝国に立ち向かおうとしてきたんだぞ。それなのに、どうしてわたしが気に病むというんだ？」

「おお。うむ、うまくいってるみたいだな」

「それはよかった」彼の表情がくもった。「わたしはどうして戻ってきたんだろう」

「何かおぼえてることは？」

「あまりたいしたことは。あそこに立っていたら、喉がむずがゆくなって。そうして、誰かが背後からわたしの肩に手をおくのが感じられた。振り返ると、膝に力がはいらず、そして……あとはわからない。起き上がったような気がしたのはおぼえている。それと……心配していたようだ。あれは、どれくらい前だったのかね？」

おれは教えてやった。彼の目が大きく見開かれる。「いったいなんで、わたしは戻ってきたんだろう？」

「心配してた、っていったか？」

彼がうなずく。

おれは声にならないため息をもらした。どうしてフランツが戻ってきたのか、かなりの推測はついたが、その秘密を彼と分かちあうのはやめておいた。

《なあ、ボス》

《なんだ？》

《ひどく妙だよ》

《いや、そんなことない。尋常だ。すべて尋常だよ。尋常なことのなかには、普通より奇妙なこともあるっていうだけさ》

《へえ。それなら納得がいくな》

フランツがいった。「わたしが死んでから何があったのか、話してくれ」

おれはできるだけ正直に教えてやった。シェリルのことを伝えると、フランツの顔はこわばって冷ややかになり、おれは狂信的活動家を相手にしていることをあらためて思い出した。〈スペルブレイカー〉を握る手を強めたが、そのまま話をつづけた。バリケードのことに話がおよぶと、彼の目に光が宿り、おれは〈スペルブレイカー〉にどれほどの効果があるだろうかと考えはじめた。

「そうか」フランツは、おれの話が終わるといった。「いよいよはじまったんだな」

「うむ、まあそうだな」

「なら、価値はあったわけだ」

「あんたが死んだだけの？」

「そうとも」

「ほう」

「できることなら、パドライクとも話がしたいな。ほかのみんなはどこに？」

連中は寝ている、とあやうく口にしかけたが、思いとどまった。「さあな」

フランツの目が、いぶかしげにせばめられる。「きみ一人でここにいるのか？」

「一人ってわけでもない」とおれがいうと、ロイオシュもその点を強調するようになり声をあげた。フランツは二匹のジャレグにちらっと目をやったものの、にこりともしなかった。ほかの連中に劣らず、こいつもかなりのユーモア精神の持ち主らしい。おれはつけ加えた。「ここを見張ってるようなもんでな」

フランツが目を瞠《みは》った。「きみもわれわれに加わったのか？」

「ああ」

フランツはおれににっこりと笑いかけた。その表情にはあまりに温かみがこもっていたから、おれはこいつを蹴とばしてやりたくなったが、いかんせん、こいつには実体がない。

「カウティは、きみが加わると思ってもいなかったようだが」

「ああ、だろうな」

「わくわくするだろ？」

「わくわくする、か。ああ、確かにそうだな」

「最新版はどこにある？」

「最新版？」

「新聞のことだよ」

「ああ。ええと……そっちのほうにあったな」

フランツは室内を見まわした。おれがなおも指先で照らしていたから、じきに新聞はみつかった。フランツはつかもうとしてうまくいかず、何度もやりなおしてようやく新聞を手に取ったものの、そのうちにまた落としてしまった。

「とても手に取っていられない。代わりにページをめくってもらえないか？」

「ああ、いいとも」

そこで、彼の代わりにおれがページを繰《く》ってやった。フランツが「いや、彼は論点をあやまっている」とか「あの卑怯者どもめ！　どうしてそんなことまで？」などとつぶやくたびに、おれも賛同のうめきをもらした。しばらくして、フランツは読むのをやめ、おれを見た。

「死ぬだけの価値はあったが、もう一度、戻れたらと思うよ。やるべきことがあまりにもたくさん残っている」

フランツは紙面に目を戻した。彼が薄らぎはじめていることにおれは気づいた。しばらく観察していたが、効果はゆっくりとではあっても目に見えてはっきりとつづいている。

おれはいった。「なあ、みんなをさがして、あんたがここにいるって教えてやりたいんだ、いいだろ？　まわりに目を光らせててくれないか？　誰かが忍びこんだりしても、あんたならきっと、死ぬほど相手をびっくりさせられるだろうし」

フランツはにっこりした。「いいとも。さがしてきてくれ」

おれはうなずき、来たときの順路を逆にたどってキッチンを抜け、裏口から外に出た。

《連中を皆殺しにするんだと思ってたけど、ボス》

《おれもだ》

《あの幽霊を〈スペルブレイカー〉で追い払えなかったのかい？》
《できたかもな》
《ふうん、だったら、どうして――》
《あいつはもう、いっぺん殺されてるんだぞ》
《けど、ほかの連中については？》
《気が変わった》
《ほう。うん、どっちみち、おれは気がすすまなかったし》
《そりゃよかった》
おれは自宅から一街区離れた地点に瞬間移動した。街灯が点《とも》っていたから、あたりにおれ一人しかいないことがわかった。暗殺者には充分に気をつけながら、自宅まで戻った。
《ボス、どうして気を変えたんだい？》
《さあな。もう少し考えてみないと。フランツのことも》
おれは階段をのぼり、部屋にはいった。カウティの穏やかな寝息が、寝室から聞こえてくる。ブーツとマントを脱いで、寝室にはいってから服も脱ぎ、彼女を起こさないよう慎重にベッドにもぐりこんだ。
目を閉じると、フランツの顔が浮かび上がった。眠りにつくまでに、やけに時間がかかった。

12

〝灰色の平織りマント一着──洗濯のうえ、アイロンをかけ……〟

寝過ごしたおれは、ゆっくりと目を覚ました。ベッドの上で起きなおり、思考をまとめ、今日一日をどうやって過ごすか考えてみる。最新の見事な作戦とやらはまったくうまくいかなかったから、元の計画に戻ることにした。おれは殺されたものとカウティとハースの両方に思いこませる手だては、本当にあるだろうか？　ハースがおれをほうっておいてくれるよう、そしてカウティがおれに代わってハースを殺してくれるように。さっぱり思いつかなかった。

《何が問題かわかってるかい、ボス？》

《はぁ？　ああ。誰も彼もが、何が問題なのか、おれに教えこもうとしてることだ》

《またまた蒸し返して悪かったよ》

《おいおい、つづけてくれ》

《あんたはうまい策略をこさえようとしてるけど、今度のは策略なんかじゃうまく解決で

きないだろうね》
それを聞いて、おれは考えこんだ。《どういう意味だ？》
《うん、なあ、ボス。あんたが気にかけてるのは、顔をあわす連中がどいつもこいつも、今のままのあんたじゃいけないって考えてて、生き方を変えるべきか、あんた自身がきめないといけなくなってることだよ》
《ロイオシュ、おれが気にかけてるのはな、おれの名前を心に刻んでる殺し屋がいて——》
《これまでに、もっとひどい状況におちいったこともあったって、昨日もいってなかったっけ？》
《ああ。そして、おれはそんな状況から抜け出す策略を考えついた》
《なら、今度はどうしてそうしないんだい？》
《自身の運命《さだめ》の重さを嘆き悲しんでることこそがおれの唯一の問題だ、なんて考えてるジャレグごときの質問に、いちいちこたえてるほどひまじゃないんでな》
ロイオシュは精神内でカカカと笑い、それ以上何もいわなかった。ロイオシュにはあって、ほかの誰からも見いだせたためしのない特質が一つある。彼はどのへんでやめておくべきかをじつによく心得ていて、あとはただおれが考えこむままにほうっておいてくれる。彼がおれと思考をともにしているせいもあるだろう。ほかに納得のしようがない。
おれは事務所に瞬間移動した。わが胃袋は、いつの日かこの虐待に慣れることがあるんだろうか。前にカウティがこんなことをいっていた。かつてノラサーと組んでいたころ、二人はどこに行くのにも瞬間移動を使っていたそうで、カウティの胃袋はいっこうに適応しなかった。一度など、殺すべき当の相手にゲロをぶちまけて、あやうく仕事をしくじりかけたこともあったそうだ。これ以上くわしくは話すまい。カウティのほうが、おれよりもおもしろおかしく話してくれるだろうから。

クレイガーをおれの執務室に呼び入れた。「それで？」

「殺し屋の身元が割れた。やつの名はクウェイシュだ」

「クウェイシュ？　あまり聞かない名だな」

「セリオーリふうの名だ。〝女性の装身具用にすてきな留め金をこさえる者〟って意味だよ」

「なるほど。もう誰かに狙わせてるのか？」

「ああ。イシュトヴァーンってやつだ。前にも一度、使ったことがあったろ」

「おぼえてる。仕事がすばやかったな」

「そいつだ」

「そりゃいい。誰がクウェイシュの素性《すじょう》を？」

「スティックスだよ。以前はいっしょにつるんでたらしい」

「ふうむ。問題は？」

「おれの知るかぎりは何も。仕事上の関係だからな」

「ああ、そうか。だが、スティックスには用心するよういっておけ。あいつがやつの正体を知ってると知ってたら、それにあいつはやつが知ってると知らないとくれば――」

「なんだって？」

「とにかく気をつけるよう、スティックスにいっておけ。ほかに重要なことは？」

「いや。ハースの護衛について情報をかき集めてるとこだが、どいつに接触すべきかきめるだけの情報を手に入れるには、もうしばらくかかりそうだ」

おれはうなずき、彼を調査にかからせた。おれはロイオシュの顎の下を撫で、アドリランカ南域に――またしても――瞬間移動した。ケリーのところのようすを確かめに向かう。これまで身を隠すのに利用していた場所には近づかず、通りのもっと広いところに陣どった。今や、目的は気づかれないことではない。

この商売に心得のない連中は、外見や服装の異様さを重視しすぎるようだ。ひとの印象に残るのは、まさしくそういった点であるからだ。たいていは、誰かの歩き方や、そいつがどこを見ているか、あるいは人混みをすり抜けていくようすになど気を留めない。目に留まるのは、そいつの外見や服装のほうだ。にもかかわらず、はじめにひとの注意を惹くのはそういった点ではない。外見のおかしなやつなら毎日でも見かけるだろうが、そんなやつに注意を惹かれることはない。つまり、「あのおかしな顔した男なんて、見なかったよ」とか、「えらく妙ちくりんな格好をしたやつがいたのに、ちっとも気づきもしなかった」などという者がいるとは思えない。へんてこな形の鼻や珍しい髪型、ふう変わりな着こなしといったものは、気づいた者が〝おぼえている〟ことであって、それはたいていの場合、注意を惹く要因ではないということだ。

おれはこの区域をうろつくには妙な身なりをしているが、自然をよそおっていた。ほかの誰とも同じように通りのまんなかで、ほかの誰とも同じようにふるまっていた。誰もおれには気づかず、おれはケリーの部屋に片方の目を据えて、何かおかしなことでも起きていないかさぐった。すなわち、連中もフランツをみつけたのか知りたかったわけだ。

一時間ほどたってもそれは判然とせず、そこでおれはもう少し接近してみた。そしてさらにもう少し接近し、つづいて横手の路地にするりとはいりこんだ。同じような建物と壁を接したその隙間に。建物の壁に耳を押しあてる。思った以上に壁は薄くて、なかで何が起こっているか聞きとるのになんの不都合もなかった。

フランツのことなどは、まったく話題にのぼってもいなかった。

ケリーがこんなふうなことをいっていた。

「まるできみは、〝あなたが興味のないのはわかってるけれど、でも――〟などとこっそり告げているようなものだぞ」やつの声は辛辣で、あざけるようだ。

カウティが何かいったが、あまりに低くておれには聞きとれなかった。ケリーにも聞きとれなかったらしい。というのも、やつがこういったからだ。「もっとはっきりいったらどうだ」

おれまですくみあがるほどの調子だった。カウティがもう一度しゃべったが、今度もおれには聞きとれず、つづいてパレシュがいった。「ばかげてら。今じゃ二重に重要なことだぜ。あんたは気づいてないかもしれんが、われわれは蜂起のまっただなかにあるんだ。われわれが今、あやまちを犯せば、二重に致命的となりうる。われわれには、〝いかなる〟失敗も許されないんだぞ」

そうしてカウティがまたなにやらつぶやくと、驚嘆する声がいくつかもれて、グレゴリーがあとを継いだ。「そんなふうに思うなら、そもそもどうして加わったりしたんだ？」

ナターリャもいった。「あなたは〝やつら〟と同じものの見方をしてるのよ。あなたはこれまでずっと、自分でも貴族たらんとしてきたわけだし、今もなおそうしてる。けれど、わたしたちはやつらと地位をとり替えるために集まってるわけじゃないし、やつらの嘘を事実として受け入れたところで打破できるわけじゃないもの」

そうして次にケリーが、そしてさらにほかの連中もつづいた。が、これ以上報告するつもりはない。部外者の知ったことではないし、盗み聞きしたおれにさえ関係のないことだ。

とはいえ、おれはかなりのあいだ耳をそばだてるうちに、どんどん顔が紅潮していった。ロイオシュがおれの肩にかぎ爪を強くくいこませ、一度などこうもいった。

《ロウツァもかなり頭にきてるよ》

おれは何もこたえずにいた。なぜなら、ロイオシュに対してであってさえ、自分が何をわめきだすか信用できなかったからだ。そこの角《かど》をまわりこめばすぐに入口があり、そこをはいっていけば、ケリーのやつがおれに気づくより先に殺すことだってできる。

そうせずにいるのはひと苦労だった。

おれの気をそらしていたのは、こんなふうな考えだけだった。〝カウティはどうしてこんな言葉に耐えてるんだ？〟とか、〝どうしてこんな言葉に耐えていたいんだ？〟などと。そしてこんなことも思い浮かんだ。連中はとても勇気があるか、とても信頼しきっているかだ。やつらもおれと同じくわかっているのだから――カウティなら、数秒のうちにやつらのほとんどを殺せることを。

おれが結婚したときのあの女性なら、そうしていたろう。

ついにおれは建物をそっとはなれ、クラヴァを飲みにいった。


去年のいつごろからか彼女は変わっていたのに、おれは気づかなかった。おそらくは、それこそがもっとも気にかかっていることかもしれない。つまり、本当にカウティを愛していたなら、わかったはずじゃないだろうか。彼女が歩く殺人兵器から……ほかの何かに変わったのが。だが、ものごとを反対から見てみよう。おれは、確かに彼女を愛していた。それだけはいえる。なぜなら、このことがおれの胸にひどくこたえているからだ。それをはっきりと自覚していなかったからこそ、こうして今、こんなはめにおちいっている。

カウティが〝どうして〟変わったのか、その理由を思い悩んでみたところで意味はない。スティックスの口ぐせを借りるなら、これこそ〝見こみがない〟というやつだ。問題は、おれたち二人は変われるだろうかということにある。いや、正直になろう。問題は、カウティを失わずにいるために、おれはこれまでと違う男になったふりをできるか、あるいは、これまでと違う自分になろうと努力できるだろうかということだ。そう考えると、できそうにないことははっきりしていた。カウティがもう一度おれを愛してくれるのを期待して、別の人間になるつもりはない。カウティは、これまでのおれと結婚した。そして、おれも同じくこれまでの彼女と結婚したわけだ。カウティがおれに背を向けるなら、おれとしては可能なかぎりそれに耐えて生きるほかない。

そうともかぎらないか。おれを殺すことに同意したクウェイシュはなおも存在しており、クウェイシュが失敗したとしてもハースはふたたび狙ってくるだろう。だとすれば、おれはそんな苦しみに耐えて生きる必要などこれっぽっちもないのかもしれない。そうなれば手間ははぶけるが、理想的とはいいがたい。おれはクラヴァのお代わりを頼んだ。今度もグラスでやってきて、そのためにシェリルのことを思い出し、それでおれの気分が浮きたつわけもなかった。

なおもそうした陰鬱な気分でいるうちに一時間ほどたったころ、ナターリャが店にはいってきた。おれの知らない〈東方人〉と、パレシュとは違うテクラもいっしょだ。ナターリャはおれに目を留めてうなずき、少し思案したうえで仲間になにやら告げて、おれのほうにやってきた。おれが隣に坐るようながすと、ナターリャはすなおに従った。彼女にお茶を一杯おごってやった。おれは鷹揚《おうよう》な気分になっていたし、ナターリャはクラヴァがあまり好きではなかったからだ。おれたちがたがいに顔を見あわせているうちに、お茶がやってきた。お茶はクラヴァよりいい香りがして、しかもカップに注《そそ》がれている。この点はおぼえておくとしよう。

ナターリャの人生は、彼女の顔に残酷に描きこまれていた。つまり、詳細まではわからないにしても、大まかなことなら想像がつく。彼女は黒髪だが、白いものが混じっている。灰白色のまばらな筋は彼女に威厳を与えるでもなく、ただ老《ふ》けこんで見えた。額は広く、そこにはしわが永久に刻みこまれているようだった。鼻のわきにも深いしわが刻まれているが、若いころはきっと魅力的だったのだろう。顔はほっそりして、どことなくひきつれた感じがする。たえず歯をくいしばっているようにも見えた。こうした影響の陰には、それでいて目に輝きが残っている。四十代にさしかかったあたりと見えた。

ナターリャはお茶に口をつけながら、おれが彼女にくだしたのと同じくらい正確に、おれに対する評価をくだしていた。

おれがいった。「それで、あんたはどうしてあれに加わったんだ？」

ナターリャはこたえかけ、かなり長くなりそうだと感じとったおれが先を制した。「いや、いいんだ。ほんとに聞きたいわけじゃない」

ナターリャはかるい笑みのようなものをもらした。今のところ、彼女から見いだしたなかではもっとも陽気な兆候だった。ナターリャがいった。「聞きたくないの、〈東の地〉の王さまの愛妾だったわたしの半生を？」

「そりゃ、聞きたいさ。もっとも、ほんとにそうだったわけじゃないんだろ？」

「どうやら、そうらしいわね」

「それはそれでけっこうなこった」

「けど、しばらく盗みをやっていたのよ」

「ほう？　ひどい商売ってわけでもないな。ともかくも、勤務時間は短くてすむ」

「なんにしたっていっしょよ。その分野について才覚があるかどうかだもの」

帝国金貨二十枚のためなら誰にでもナイフを突きつけるオーカどものことを思い浮かべながら、おれはいった。「だろうな。あんたは最上の部類じゃなかったってわけだ」

ナターリャがうなずく。

「わたしたちは、街の反対側で暮らしてた」彼女のいっているのは、アドリランカ南域内の反対側の区域ということだ。ほとんどの〈東方人〉にとっては、アドリランカ南域こそが街のすべてだった。「あれは」と彼女がつづける。「母が死んだあとだったわ。父がわたしを酒場に連れていって、お客がカウンターに置きっぱなしでいる小銭をわたしに盗ませるようになったの。ときには、財布までもね」

「ああ、そいつは最上の部類の盗みじゃない。とはいえ、暮らしのためだ」

「そんなようなものね」

「つかまったことは？」

「ええ、一度だけ。わたしがつかまったら、父がわたしを打《ぶ》つふりをする取りきめだった。わたしが勝手にやったことのように見せかけて。それで、実際につかまってみると、父は打《ぶ》つふりだけじゃすまさなかった」

「なるほどな。ほんとの事情をぶちまけてやったのか？」

「いいえ。あのときは、ほんの十歳になるかならないかってところだったから。泣いて叫ぶのに大忙しで。二度とやりません、ごめんなさい、とか、ほかにも頭に思い浮かんだことならなんでもね」

給仕が、新たなクラヴァを手にして戻ってきた。おれは経験にならって、すぐには手をつけずにおいた。

「で、それから？」

ナターリャは肩をすくめる。「二度と盗みはやらなかったの。別の酒場にはいっても、わたしが何も盗もうとしないもんだから、父はわたしを外に連れ出して、また打《ぶ》ったわ。わたしは逃げ出して、それ以来、二度と会ったこともないの」

「いくつのころだって？」

「十《とお》よ」

「ふうむ。こうたずねていいなら、それからどうやって生きてきたんだ？」

「わたしが知ってる場所といったら酒場くらいのものだったから、一軒の店にはいって、床を掃除する代わりに何か食べさせてくださいって頼んだの。店の主人が承知してくれたから、しばらくはそうやって暮らしてた。はじめのうちは、まだやせっぽちだったから、お客と面倒なことにもならなかったけど、だんだん夕方以降は隠れてなくちゃいけなくなって。ランプの油代は別にとられるから、まっ暗な部屋で毛布にくるまってた。けど、たいして気にもならなかったわ。自分一人の部屋があるだけでもありがたくて、灯りや暖房なんて欲しいとも思わなかったから。

店の主人が亡くなったとき、わたしは十二になってた。おかみさんもわたしに目をかけてくれてたから、油代を無償《ただ》にしてくれて。ありがたかったわ。けど、おかみさんがしてくれた一番の親切は、わたしに読み書きを教えてくれたことだと思う。そのときから、わたしは自由な時間をすべて読書に注《つ》ぎこむようになったの。そのほとんどは、同じ八、九冊の本を何度もくり返し読むことでね。何度読み返しても意味がわからない本があったのをおぼえてる。おとぎ話も一冊あったし、戯曲もあった。難破した船か何かの話だったわ。それに、どんな畑になんの作物を植えると一番収穫がいいかなんてことしか書いてない本もあって。それさえも、むさぼり読んだのよ。どれほど本に飢えてたか、それでわかるでしょ。夜は下のお店に降りていかなかったから、ほかにすることもなかったし」

「そうしてあんたはケリーと出会い、あいつがあんたの人生を変え、あんたにあれやこれや、はたまた別のあれなんかまで教えてくれたってわけだな?」

ナターリャは笑みを浮かべた。「そんなようなものね。わたしがお遣《つか》いで外に出ると、いつだって通りの角で新聞を売ってるケリーを見かけたものよ。けどある日、まったく唐突に気づいたの。わたしもその新聞を買えば、〝新しい〟読み物が手にはいるっていうことに。本屋っていうものがあるなんて、それまで耳にしたこともなかったから。ケリーはあのころ、二十歳そこそこだったと思うわ。

つづく一年は、毎週、新聞だけ買うと、彼が話しかけてくるより先に逃げ帰ったものよ。あの新聞がどんなものか、まったくわかってなかったんだけど、それでも新聞を読むのは好きだった。一年ほどするうちに、ようやく意味が呑《の》みこめてきた。それが何をいってるのか、そしてわたしにどんな関係があるのか考えるようになった。かなりの驚きだったことをおぼえてるわ。十歳の女の子が酒場にはいって盗みをやらなくちゃいけなかったことが、どこか、そうしてどうしてか〝間違ってる〟っていうことに気づいて」

「そのとおり」とおれが口をはさんだ。「十歳の女の子は、通りでだって盗みをしていいはずだよな」

「まぜかえさないで」とナターリャがたしなめる。

彼女の反応はもっともだと思えたから、おれは謝罪の言葉をもぐもぐとつぶやいてからつづけた。「で、とにかくそれこそは、あんたがこの世を救おうときめた瞬間だったってわけだ」

どうやら、重ねてきた歳月が彼女に忍耐のようなものを授《さず》けていたらしい。ナターリャはパレシュのように世をすねた目つきでにらんだり、カウティならそうしたように口を閉ざしたりもしなかった。ナターリャはかぶりを振り、そしていった。「そんなにすんなりとはいかなかったのよ。もちろん、ケリーとも話すようになったし、それに議論もした。あとになるまではっきりとはわかってなかったけど、わたしがケリーのもとにくり返し戻っていったのは、彼こそはわたしの話を聞いてくれるただ一人の存在で、わたしを真剣に受けとめてくれるのも彼だけだったからなの。何かの関連があったとは思わないけど、あれは酒場に税がかけられた年だった」

おれはうなずいた。それはおれが生まれる以前の話だが、うちの親父《おやじ》がぼやいていたのをおぼえている。帝国《おかみ》に対して、気に入らないことがあるとはじまるおきまりの、親父独特の激しい調子で。

「それで、何があったんだ？」

ナターリャが笑い声をもらした。「いろんなことがあったのよ。まずはじめに、酒場が店を閉めたわ、ほとんど即座にね。おかみさんは店を売りわたした。たぶん、どうにか余生を送れる程度の値段でね。新しい店主は、税のごたごたがおさまるまで店を閉めることにした。それで、わたしは仕事もないまま通りにほうり出されたの。ちょうどその日に、ケリーと顔をあわせたわけ。新聞にも、そのことについて大きな記事が載ってたわ。そのばかげた、ろくでもない新聞について、彼にいろいろといってやった。本当にそうだったんだもの。ケリーは、ライオーンに襲いかかるツァーみたいにわたしを厳しくやりこめた。それこそが新聞の目的なんだ、って。仕事を維持するには、あれやこれや、ほかにあんなこともするしかないんだ、って。あのときの言葉はもうほとんどおぼえていないけど、わたしもひどく頭にきてたから、あんまりうまく頭がまわらなくて。わたしはいってやった、女帝が強欲すぎるのが問題なのよ、って。彼はいったわ、違う、女帝は必死なんだ、って。

ほかにもいろいろいわれるうちに、ケリーは女帝の肩をもってるんじゃないかって思えてきた。わたしは憤然と立ち去って、それから何年も彼とは顔もあわさなかったの」

「だったら、あんたは何をしてたんだ？」

「別のお店をみつけたの。今度は街のドラゲイラ側で。ドラゲイラどもには、わたしたちの歳《とし》格好なんてろくにわかりっこないし、店の主人はわたしのことを〝かわいらしい〟と思ったみたい。わたしにお客の給仕をやらせたの。あとでわかったんだけど、それまで働いてた給仕が、前の週にナイフで刺されて死んだんですって。それだけでもどんな場所かわかろうというもんだし、実際そんな場所だったんだけど、わたしはそれでもかまわなかった。二《ふた》つ葛《かずら》通りのこっち側に部屋をみつけて、毎日二マイルは歩いて通うようになったの。それでよかったのは、歩いて通う途中に小さな本屋さんがあったことね。そこでさんざんお金を注ぎこむことになったけど、それだけの価値はあった。わたしは特に歴史が好きで――ドラゲイラのね、わたしたち〈東方人〉のじゃなくて。それに、物語も。わたしには、どっちもあまり違いはないように思えるの。自分がツァー貴族になったつもりになって、〈七本松〉の戦役で闘ったり、ひと息で〈ツァーの山〉まで突撃して、あそこの〝女妖術師〟とやりあうさまなんかを思い浮かべたり。どうかしたの？」

ナターリャが〈ツァーの山〉を引きあいに出すのを聞いて、おれはびくっとしたに違いない。おれはいった。「いや、なんでもない。ケリーとはいつ再会したんだ？」

クラヴァは手で持てる程度に冷《さ》めていたし、どうにか飲むに価《あたい》する程度には温かかった。

おれは少し口をつけた。

ナターリャがいう。「あれは〈東方人〉区域の住民に人頭税が導入されたあとだったわね。下の階に住んでた夫婦も読み書きができて、その二人が知りあったひとたちが、税に反対して女帝に嘆願書を奏上しようとしてたの」

おれはうなずいた。何年もたって、親父のレストランにも、似たような嘆願書を持ってきたやつがいた。おれたち親子は、街のドラゲイラ側で暮らしてたっていうのに。親父はそいつをほうり出してやったもんだ。

「なんで人頭税が導入されたのか、いまだに理解できないな。帝国は〈東方人〉を街から追い出そうとしてたのか？」

「直接的には、東部や北部の公爵領で起こった蜂起と関係してるのよ。蜂起の結果は、強制労働に終わったんだけど。そのことについて、わたし、本を書いてるの。あなたも一冊いかが？」

「いや、けっこう」

「ともかく」とナターリャがつづけた。「ご近所さんもわたしも、そういった運動に加わった。しばらくはいっしょにやってみたけど、帝国にひざまずいてすがるっていう考えが好きになれなくて。どうもおかしいように思えたの。わたしの頭が、これまでに読んだ歴史や物語なんかでいっぱいだっただけかもしれないし、まだほんの十四の小娘でしかなかったけど、これまでに女帝から何かを授《さず》かってきた者を見ると、大胆に要求して、それだけの価値があることをみずから証明しないといけないように思えたから」彼女は〝大胆に〟と〝価値がある〟という言葉を少しばかり強調していた。「だからわたしたちも、帝国のために何かすばらしいことをしてあげて、その見返りとして税を撤廃するよう頼むべきだと思ったの」

おれはにやりとした。「連中は、それになんてこたえたんだ?」

「ううん、わたし、実際に提案したわけでもないの。そうしたかったけど、みんなに笑われるんじゃないかって怖くて」ナターリャの口端が少しだけもち上がった。「それにもちろん、笑われたに違いないし。けど、わたしたちは公共の場で何度か話しあいをもった。そこにケリーも顔を出すようになって。ほかにも四、五人の仲間といっしょにね。彼らがどんな発言をしたのかもうおぼえてないけど、わたしはひどく感銘を受けたわ。彼らは、出席者の大半よりも若かったけど、自分で何をいってるのかわかってるようだった。彼らは部屋にはいってくるのも出ていくのもいっしょで、一つの部隊みたいだった。ドラゴン家の軍隊を思い起こしたくらい。そういう話しあいが終わったあとで、わたし、ケリーに近づいていって、声をかけたの。〝わたしのこと、おぼえてる?〟って。向こうもおぼえてくれてて、それで話がはじまった。ものの一分もしないうちにまた口論になったけど、今度は怒って立ち去りもしなかった。彼にわたしの住所を知らせて、おたがいに連絡をとりあうことにしたの。

それから一年あまりは、まだ彼の仲間に加わりはしなかった。暴動や虐殺が起きるまではね。ちょうど、女帝がようやく人頭税を撤廃したころだったわ」

おれはナターリャの語る歴史について、わかっているふりをしてうなずいた。「ケリーもそれに関係してたのか？」

「わたしたち全員が関係してたのよ。ケリーが暴動の黒幕だったってわけじゃないけど、彼はいつだってそこにいた。ケリーはしばらく投獄されたの。暴動を鎮圧したあとで帝国がこさえた収容所にね。木材取引所が焼き討ちにあったとき、わたしもその場にいたんだけど、なんとかつかまらずにすんだの。ほら、あのときになって、ようやく軍が投入されたのよ。木材取引所はドラゲイラが所有してたから――イオリッチ家、だったかしら」

「そいつは知らなかったな」おれは正直にいった。「それ以来、あんたはケリーと行動をともにしてきたってわけか？」

ナターリャがうなずく。

おれは、さっきのカウティのことを考えた。「さぞかしたいへんだったろうな。つまりさ、やつといっしょにやっていくのは気苦労が多いに違いない」

「わくわくするわよ。わたしたち、未来をつくり上げてるんだから」

「誰だって未来をつくってはいるさ。おれたちみんながやってるのは、なんにしたって未来をつくることになるわけだからな」

「そうね。なら、〝意識的に〟つくり上げてるっていいたかったの。わたしたちは、自分たちが何をしてるのかわかってるから」

「ああ。なるほど。あんたらは、未来をつくり上げてる。そのために、今を犠牲にしてる

ってわけだ」

「どういう意味？」ナターリャの口調は、鋭いというよりも、純粋に興味があるといった

ほうが近かった。

「つまりな、自分たちのしてることに夢中になってるあまり、あんたらはまわりの連中が

見えてないってことだ。あんたらが思い描く世界をつくり出すのに忙しくて、どれだけ多

くの罪もない人々が傷ついてるかなんて気にもかけてない」ナターリャが反論しかけたが、

おれは制してつづけた。「なあ、おれが何者で、何をやってるか、おたがいによくわかっ

てるはずだ。だから、とぼけたふりをしたってしょうがない。あんたがそれを本質的に悪

であるとみなすなら、それ以上何もいうことはない。けどな、これだけはいっておきたい。

おれはけっして、〝けっして〟罪もない人々を意図的に傷つけたりはしてない。おれのい

う〝人々〟ってのは、ドラゲイラどもも含めての話だ。あんたをうまいこといいくるめよ

うっていうんじゃない。だって、そんなつもりはないからな」

ナターリャはおれと視線をあわせたまま、そらそうとしなかった。「でしょうね。それ

に、あなたがどういう意味で〝罪もない〟っていってるのか、議論する気もないし。わた

しにいえるのは、ほんとにあなたが今いったとおり信じこんでるとしたら、こっちが何を

いっても、あなたの意見を変えることはできそうにないっていうこと。だから、このこと

で議論したってしかたがないわね」

おれは緊張をやわらげた。自分が身体を固くしていたことさえも気づいていなかった。ナターリャに罵倒されるとでも予想していたんだろう。そんなことをなんで気にかけるのか、と急に不思議に思った。これまで出会った連中のなかではナターリャが一番理性的なようで、おれは少なくともあのなかの誰か一人でも、なんとか好きになりたかったし、なんとか自分も好かれたかったらしい。ばかげた話だ。ひとに〝好かれ〟ようなんてことは、十二のときにあきらめていたはずなのに。そうした試みの代償は、二度と忘れえないほどはっきりとおれの身体に刻まれている。

こう考えていくうちに怒りがわき起こり、怒りとともに力がわき起こった。顔にあらわさないようにしていたが、何度でも浮かび上がろうとする。何度でも寄せては返す、冷たい波のようだった。何年も何年も前におれをこの結論へと導いた道を、またしてもたどりはじめていた。おれが最初の一歩を踏み出したのは、ドラゲイラどもを憎んでいたせいだ。それこそがあのときの理由であり、今の理由でもある。それで充分なはずだった。

ケリーの仲間がしているのはどれもこれも、おれにはけっして理解できない理想のためだ。連中にとって、人々とは〝大衆〟にすぎず、個人の価値というのは、活動のために何をしたかという点にしかない。そういう連中は、けっして誰かを愛することができない。理由や、方法、目的について考えをめぐらすことなしに、純粋に、利己心もなく愛するなどできるわけがない。それと同時に、連中はけっして憎むこともできない。ひとが〝なぜ〟そんなことをしたのかという理由にとらわれるあまり、やつらはその行為ゆえにその人物を憎むこともできはしない。

だが、おれは憎んだ。憎しみが身体のうちで、氷の玉のごとくくるくる回っているのが感じられる。なかでも、現在のところ一番憎いのは、ハースだ。いや、やつを〝旅路〟に送り出すのに、誰かを雇いたいとは本気で思ってなどいない。おれ自身の手でやりたかった。短剣の柄《つか》を握りしめ、〈東方山脈〉の冷たい泉からわき出す水のようにやつの生命があふれ出すあいだ、やつの身体がぐいと動いたり、蹴ったりするのを、みずからの手で味わいたかった。それこそはおれのやりたいことだ。何を望むかによって、人格というものは形成される。

おれはクラヴァとお茶代の硬貨を何枚か置いた。おれの頭のなかでどんな思考がくり広げられていたか、ナターリャにどれほど知れていたかわからないが、おれの話がすんだことは彼女もわかっていた。ナターリャはおれに礼をいい、二人は同時に立ち上がった。おれは頭を下げ、話につきあってくれた礼をいった。

おれが出口に向かって歩きだすと、ナターリャは目くばせして仲間二人にうながした。二人はおれよりほんの少し手前で席を立ち、くるりと向きなおって出口わきでナターリャを待ちかまえた。店を出ようというとき、ジャレグを図案化した模様がはいったおれの灰色のマントを目にして、その〈東方人〉が鼻で笑った。笑ったのがテクラのほうなら、そいつを殺していたろうが、相手は〈東方人〉であったがゆえに、おれはそのまま歩きつづけた。

13

〃……猫の毛を払い……〃

かろやかにチリンと鈴を鳴らしながら、おれは店にはいっていった。祖父は綴《つづ》り帳に昔ながらの鉛筆でなにやら書きこんでいるところだった。おれがはいっていくなり、祖父は顔を上げ、そしてにっこりした。

「ヴラディミール！」

「やあ、ノイシュ＝パ」おれは祖父を抱きしめた。おれたち二人は腰をおろし、祖父はロイオシュにもあいさつした。アンブルースがおれの膝にとびのり、おれも彼にちゃんとあいさつを返した。アンブルースは撫でられてもけっして声を出さないが、ひとに何かされてそれを気に入ったなら、ともかくもそのことを伝えてくる。以前に、祖父からこう聞いたことがある。アンブルースが鳴き声をあげるのは祖父と呪術をもちいるときだけで、鳴き声はすべてがうまくはこんでいるという知らせなのだそうだ。

おれは祖父をじっと観察した。祖父は昨日より少しだけ歳《とし》をとって、くたびれたように見えないか？　はっきりとはわからない。見慣れた顔を、知らない他人のように観察するのは難しかった。どういうわけか、おれの視線は祖父のくるぶしへと向かい、祖父のような体格にしては、それがいかにも細くて脆弱に見えることに気づかされた。しかしながら、同じくこの体格にしては、胸板が厚くて肉づきもいいのが、赤と緑の色あせたチュニックの下にうかがえる。周囲にまばらに残った白髪をのぞけば頭は禿《は》げ上がり、ロウソクの炎を照り返している。

「さて」しばらくして祖父が声をかけた。「調子はどうだい？」

「わしなら上々だよ、ヴラディミール。で、おまえは？」

「似たようなもんだね、ノイシュ＝パ」

「そうか。何か考えとることでもあるのかね？」

おれはため息をついた。「二二一年には、このへんで暮らしてたかい？」

祖父が両の眉をつり上げた。

「蜂起のことか？　もちろん。ひどい年だったな」そういいながら祖父は首を振り、唇の端を引き締めた。だが、おかしなもので、それと同時に祖父の目の奥底では、ほんのかすかに光が宿ったようにも見えた。

「ノイシュ＝パも関わってたのかい？」

「関わったか、とな？　どうして関わらずにおれよう？　誰もが関わっておったのだよ。

参加したにしろ、隠れておったにしろ、誰もが関わっておったんだ」

「親父《おやじ》も関わってたのかい？」

祖父はおれには読みとれない顔を向けた。やがて、祖父はいった。「ああ、おまえの父さんも、そこにおった。あいつも、わしも、それにばあさんも、それと、弟のジャニもな。帝国が〈東方人〉を鎮圧しようとしたとき、わしらは二《ふた》つ葛《かずら》通りと丘の上通りの四つ辻におったんだ」そういった祖父の声は、少しだけ鋭さを増していた。「おまえの父さんも〈警備兵〉を一人殺したもんだ。肉切り包丁でな」

「あの親父が？」

祖父はうなずいた。

おれはしばらく何もいわずに、この事実を自分がどうとらえるかようすをみた。妙な感じだ。親父が生きているうちに教えてもらえたらよかったのに、とも思った。親父にはもう会えないことを考えて、つかの間の痛みをおぼえた。おれはようやく口を開いた。「で、ノイシュ＝パは？」

「おお、騒動のあとでわしに役職をくれたくらいだから、わしもそこにいたんだろうな」

「役職？」

「わしは地区会長をやっておったんだよ。楡《にれ》の木通りから北のムギャリィ通り一帯のな。だから、会議があると、近所の連中を代表してわしが出席し、要望を伝えねばならんかった」

「知らなかったな。親父はそんなこと、一度も口にしなかったよ」

「うむ、あいつは快く思っておらなんだからな。あの騒動で、ばあさんが亡くなったから――連中が戻ってきたときに」

「連中って、帝国のことかい？」

「ああ。連中はさらに大きな軍勢を引き連れて戻ってきおった――〈東の地〉で戦っておったドラゴンどもだ」

「そのときのことを、おれに話してくれる気はあるかい？」

祖父はため息をつき、しばらくはあらぬかたを眺めていた。亡くした妻のことでも考えているんだろう。おれも、祖母に会えたらと思った。

「たぶん、いつかな、ヴラディミール」

「そう、わかったよ。ケリーがノイシュ＝パを目にしたとき、知りあいのような顔で見てたのに気づいたけど、そのころからのつきあいなのかい？」

「ああ。やつのことは知っとる。あのころは、あいつもまだ若かったがな。前におまえと話したときは、それがあのケリーだとは思いもせんでな」

「あいつは善良な男かい、ノイシュ＝パ？」

祖父がちらっとおれに目をやる。「どうしてそんなことを？」

「カウティのため、だと思う」

「ふうむ。そう、確かにあいつは善良だろうな、おそらく。あいつがやっておることを、善良と呼んでよいのなら」

おれはその意味を解釈してみたが、つづいて別の角度からも攻めてみた。「カウティがあの連中に関わってることを、ノイシュ＝パはあまり評価してないようだけど。自分でも関わったことがあるのに、いったいどういうわけなんだい？」

祖父は両手を左右に広げてみせた。「ヴラディミール、もしも大地主に対して蜂起するというなら、もちろん誰だって手を貸そうと思うだろう。ほかにどうできるというんだね？　だが、今度のはそうじゃない。カウティは、何もなかったところに問題ごとをこさえようとしとる。そんなことはけっして、わしとイブロンカ――おまえのばあさんだ――のあいだに起こったことなぞなかった」

「一度も？」

「もちろんだとも。あの事件が起こったとき、わしらみんながそれに関わったもんだ。加担しないなら、伯爵や地主、銀行家どもの側につくのと同じだからな。あのときは、いずれかにつくほかなかった。自分の家族をないがしろにできるような状況じゃなかったよ」

「なるほど。カウティが訪ねてきたら、そのことを諭《さと》すつもりだったのかい？」

「あの娘《こ》が訊いてくれればな」

おれはうなずいた。カウティがどんな反応をみせるだろうかと考え、もはやおれにはカウティの行動を推測できるほど彼女をよくわかっていないことがわかった。そうして、おれは話題を変えたものの、祖父がときおりおかしなようすでちらちらこっちを見ているのに気づいた。うむ、祖父を責めるわけにもいくまい。

おれは頭のなかで断片がかき混ざるにまかせた。フランツの幽霊が存在しようとしまいと、ケリーの一派がまるごとこの世の縁《ふち》からこぼれ落ちてしまえば、それに越したことはないが、うまくそうはからう手だてがない。

それにまた、ハースを始末するにあたって最大の問題となるのは、やつのほうはおれを始末するのに好きなだけ時間をとれるし、しかも向こうはなんの痛手もこうむっていないことだった。〈東方人〉どもがあのへん一帯の商売のさまたげになってはいるが、やつにとってはそれがすべてではないし、売人《ばいにん》や雇いの用心棒、それに遣《つか》い走りといった連中はなおも抱えたままで、事態さえおさまれば、すぐにでも以前どおり営業を再開できる。それに、やつはドラゲイラだ。あと千年くらいは生きられようし、それなのにどうして急ぐ必要があろう？

やつを動かすことさえできたなら、やつを前線に引きずり出して、もう一度やつを狙う機会があるかもしれない。さらには……ふうむ。祖父も黙りこくって、おれの脳がどれほどの勢いで回転しているかわかっているとでもいうようにおれを眺めていた。おれは新たな計画をこさえはじめた。ロイオシュは意見をはさもうともしない。おれはハーブティーを飲みながら、いくつか別の角度からも確認してみた。頭のなかで計画を展開し、可能性のある問題をいくつかぶつけてみたが、うまく対応できた。この計画でいくことにきめた。

「何か思いついたかね、ヴラディミール？」

「うん、ノイシュ＝パ」

「うむ、ならばとりかかるといい」

おれは立ち上がった。「そうするよ」

祖父はうなずいたが、それ以上何もいわなかった。おれが暇《いとま》を乞《こ》うあいだに、ロイオシュが先んじて外に飛び出す。異常はないとロイオシュが報告してきた。おれはなおもクウェイシュのことが気にかかっていた。おれが死んでしまったら、計画を遂行するのもひどく困難になる。

ほんの数街区もいかないうちに、誰かがおれに声をかけてきた。ちょうど野外市場が並んでいるあたりで、その女は建物に寄りかかり、両手を背後にまわしている。見たところ十五歳くらいで、黄色と青の農民ふうスカートをはいている。スカートには切れこみ《スリット》がはいっており、それ自体はなんの意味もないが、足はつるりときれいに手入れがされており、それにはかなりの意味がある。

おれが通りかかると娘は壁を離れ、こんにちは、と声をかけてきた。おれは足をとめ、ごきげんようと返した。これは罠かもしれないと急に思いあたり、髪に手をやってマントを調節した。娘はこのしぐさを格好つけとみなしたらしく、えくぼを浮かべてみせた。このえくぼには、どれくらい別料金が加算されるんだろう。

《何か異常は、ロイオシュ？》

《あまりに混みあっててはっきりとはいえないけど、クウェイシュの姿は見えないよ、ボ

ス》

おそらくこれは、見た目どおりの誘いかけなんだろう、とおれは判断した。

どこかで飲み物をおごってくださらない、と娘が問いかけた。悪くないな、とおれが応じる。どこかであたしと楽しまない、と娘がさらに誘ってきた。いくらだ、とおれが訊くと、十七枚よ、と娘が返す。つまり、帝国金貨一枚ぶんだ。うちの店の娼婦がとる三分の一の値段だった。

おれはいった。「いいとも」

娘はえくぼを浮かべる手間もかけずにうなずくと、おれを連れて角《かど》を曲がった。念のため、おれはナイフを手に落としこんだ。二人で宿屋にはいる。巣のまわりに蜂が何匹も飛びまわっている看板が掲《かか》げられていた。娘が宿屋の店主に話しかけるあいだに、おれはナイフをしまった。そいつに銀貨を七枚渡す。店主は階段を頭でさし示し、「三号室」とだけ告げた。昼間だというのにかなり繁盛していて、紫煙がきつくたちこめていた。古くて汚く、かびくさいにおいがする。ここに出入りするのはどいつもこいつも酔っぱらいに違いないと推測できた。

三号室まで娘が案内してくれた。おれは先にはいるよう娘にうながし、なかに誰かが潜《ひそ》んでいる兆候をさぐって娘を見守った。何も見あたらない。娘が振り返ると、ロイオシュが部屋にとびこんだ。

《よし、ボス。安全だ》

娘がいった。「〝あれ〟も部屋に入れとくつもり？」

「ああ」

娘は肩をすくめた。「あっそう」

おれも部屋にはいり、背後でカーテンを閉めた。床にはマットレスが、その隣にはテーブルも一つある。おれは娘に帝国金貨を一枚やった。「ほらよ」

「ありがと」

娘がブラウスを脱ぎだした。若やいだ姿態があらわになる。おれは動こうともしなかった。娘がおれを見て、いった。「どうするの？」

おれが近づいていくと、娘はつくりものの夢見るような笑みを浮かべ、おれを見上げて腕を広げた。娘の頬を張りとばす。娘はとびのき、そしていった。「なにすんのよ！」

おれはあとを追い、もういっぺん面《つら》を張った。娘が叫ぶ。「やめてったら！」

おれはマントからナイフを抜き、振りかざした。娘が悲鳴をあげる。

悲鳴が室内に反響してはね返るうちにも、おれは娘の腕をつかんで、扉口のそばに引っぱっていって、片隅に押しやった。今や、娘の目には恐怖が浮かんでいる。おれはいった。

「そこまでだ。今度また口をあけたら、殺してやる」

娘はおれの顔を見たままうなずいた。部屋の外に足音が聞こえてくると、娘をはなしてやった。カーテンがさっと引かれ、太い棍棒があらわれる。そのあとから、黒い口ひげをたくわえた大柄な〈東方人〉の身体がつづいた。

男は駆けこんで、部屋がからっぽなのを見てとると足をとめ、あたりを見まわしはじめた。そいつが気づくひまも与えず、おれは男の髪をつかんでナイフのほうに頭を引き寄せた。刃先が男の首筋に突きつけられる。おれはいった。「棍棒をおろすんだ」やつはとびのこうとするように身を固くしたから、おれはナイフをさらに強く押しつけた。男は力をゆるめ、棍棒を床に落とした。おれは娼婦に向きなおった。娘の表情から、こいつは女の情夫《ヒモ》であって、宿屋の用心棒でもなければ、興味を持ったただの一市民でもないことがわかる。

「よし」おれは娘に告げた。「出ていけ」

娘はおれたちをまわりこむようにしてブラウスを拾い上げると、おれたちのどちらを見ようともせず、それに立ちどまって服を着ようともせずに出ていった。情夫《ヒモ》がいった。

「あんた、〝見張り鳥〟か？」

おれは目をしばたたいた。「みはりどり？　フェニックスか。〈フェニックス警備兵〉のことだな。気に入ったよ。カヴレン卿も気に入るだろうな。いや、そうじゃない。ばかをいえ。おまえは誰の下で働いてるんだ？」

「はぁ？」

膝の裏を蹴とばしてやると、男は床にへたりこんだ。やつの胸に膝をのせ、ナイフの刃先を左目に据える。おれは質問をくり返した。男がこたえる。「誰の下でも働いちゃいねえ。おれ一人でやってんだ」

「なら、おまえを好きにいたぶっても、誰もおまえを護ってはくれないわけだ、違うか?」

そう聞いて、別の光が射しこんだらしい。男はいった。「いや、後ろ盾ならいるとも」

「そりゃいい。誰だ?」

そうして、やつはおれのマントに染め抜かれたジャレグに目を留めた。唇を湿《しめ》してからいった。「おれを巻きこまないでくれ」

それを聞いて、おれは笑みを浮かべずにいられなかった。「これ以上、どれほど巻きこまれるっていうんだ?」

「ああ、けど——」

少し痛みを味わわせてやると、男はぎゃっと悲鳴をもらした。おれがいう。「後ろ盾は誰なんだ?」

やつはおれの知らない〈東方人〉の名前を挙げた。おれは少しだけナイフを顔から遠ざけ、やつを押さえる力もゆるめてからいった。

「よし。おれはケリーのために働いてる。それが誰かはわかってるな?」男がうなずく。おれはつづけた。「よし。おまえにはこの街を出ていってもらおう。これっきりにな。今を限りに、この商売はやめだ、いいな?」

男は今度もうなずいた。おれはやつの髪を一房《ひとふさ》つかみ、ナイフで切り取って、やつの目の前にかざしてやってからマントの奥に突っこんだ。男が目を瞠《みは》る。おれはいった。

「これでおまえのことはいつでもみつけられる。この意味がわかるか？」やつにもわかったようだ。「よし。二、三日したら戻ってくるからな。さっき楽しく話した、あのうら若きお嬢さんにまたお目にかかるつもりだ。あの娘が痛いめにあってないのを確かめたい。もしそんなことがあったら、おまえの身体の一部をもらって帰る。あの娘がどこにもみつからなかったら、身体の一部どころじゃすまないだろうな。それもわかったか？」

明らかに、おれたちはなおも意思の疎通ができている。やつはうなずいた。

「よし」

男をその場に残したまま、おれは立ち去った。値札《おんな》の姿はどこにもなかった。

おれは宿屋を出て、西に半マイルほど歩いて地下の狭苦しい店にはいっていった。醜悪な面相の、やぶにらみの店主にたずねる。どこかで場《ば》の立ってるところはないか、と。

「〝場〟ですって？」

「そうだ。ほれ、シャリバやシェング石、ほかのなんだっていい」

店主はおれがカウンターごしに帝国金貨を一枚ほうってやるまで無表情におれを眺めていた。そうしてやっと、数軒先の店を教えてくれた。店主の指示どおりに進むと、確かにそこではシャリバ賭博の場が三卓立っていた。この店を経営している男に目を留める。壁に椅子の背をつけて坐り、居眠りをしていた。おれは声をかけた。「やあ、じゃまして悪いな」

男が目をあける。「あん？」

「ケリーってのが誰か知ってるか?」

「はぁ?」

「ケリーだ。ほれ、街をまるごと封鎖したあの──」

「ああ、あいつか。それがどうした?」

「おれはあの男のもとで働いてる」

「はぁ?」

「あんたの商売は終わりだ。ゲームは終わり。閉店だ。客は全員、外につまみ出せ」

室内は狭く、おれは声をひそめようともしていない。札《カード》をあやつる客たちの手はとまり、全員がおれを注視している。さっきの情夫《ヒモ》と同じように、この店主もおれのマントに描かれたジャレグに気づいた。当惑したらしい。

「なあ」と店主がいった。「おたくが何者かは知らないし、なんの遊びをしてるのかも知らないが──」

おれは〈フェニックス警備兵〉のやり口を拝借した。短剣の柄《つか》でこいつの側頭部を殴り、そして短剣を振りかざす。おれはいった。「これで少しは事態がはっきりしたか?」

背後で物音が聞こえた。

《問題発生か、ロイオシュ?》

《いや、ボス。お客が帰るとこだよ》

店内がもぬけの殻になると、店主を立たせてやった。おれはいった。「見張ってるからな。この店がこれ以上営業をつづけたら、あんたにたっぷり礼をしてやる。さあ、出て失《う》せろ」

店主は大あわてで出ていった。おれはもう少しのんびりと出ていった。意地の悪い笑いをもらしながら。そうしてみたい気分だった。その日の作業を終えるころには、あたりが暗くなりかけていた。三人の娼婦をつかまえ、それと同数の情夫《ヒモ》と、賭博場の経営者を二人、賭の胴元《ノミヤ》を一人、それに故買屋も一軒襲撃していた。

一日の成果としてはまずまずだろう。おれは事務所へ戻りだした。クレイガーと話して、計画のもう一方もはじめるとしよう。

クレイガーはおれの頭がいかれていると考えた。

「あんた、いかれてるぜ、ヴラド」

「たぶんな」

「あんたのもとから、みんな離れていっちまうぞ」

「賃金は払いつづけるつもりだ」

「どうやって？」

「おれは大金持ちだろ、おぼえてるか？」

「どれくらいつづくんだ？」

「二、三週ってとこか。おれには、そのうちの一週もあればたくさんだ」

「一週？」

「ああ。昼のうちにな、ハースとケリーをけしかけて、たがいにいがみあうよう仕向けてきたとこだ」おれは今日一日のあらましをクレイガーにすばやく伝えていった。「本当は誰のしわざなのか、それぞれが嗅《か》ぎつけるまで一日はかかりそうだ。そうなれば、ハースは持てるかぎりの力を注《つ》ぎこんでおれを狙ってくるだろうし、ケリーのほうは……」

「なんだ？」

「どう出るか、お手並み拝見といこう」

クレイガーはため息をついた。「わかったよ。うちが所有してる店を、明日の朝までにすべて閉めるっていうんだな。よかろう。うちの者も、全員が一週間は身を隠しとくようにと。それもよかろう。あんたにはそれくらいの余裕があることだしな。わかった。だが、もう一つの件、アドリランカ南域の件だが、そっちはどうも納得しかねるな」

「納得することなんかない。おれが今日はじめたとおりつづけるだけだ」

「だが、放火？　爆発させるだって？　とてもじゃないが、そんな――」

「そういうのをきちんと実行できる連中をうちは抱えてるはずだぞ、クレイガー。ラリスとの一戦で鍛えられたろ？」

「ああ、だが、帝国《おかみ》は――」

「そのとおり」

「おれにはわけがわからん」

「わかる必要もない。いいから、そのとおり手配しろ」

「わかったよ、ヴラド。こいつはあんたの見世物だ。うちの拠点《アジト》はどうする？　たとえば、ここみたいなのは？」

「ああ。〝雌犬連隊〟を誰かつかまえて、ここを護らせるんだ。完全な妖術防御の呪文を、瞬間移動防御壁もふくめてな。それと、普段からかけてある防御呪文も強化しておけ。おれには――」

「――そうするだけの金がある、と。ああ、わかってるよ。それでも、あんたはいかれてると思うがな」

「ハースもそう思うだろうな。だが、やつはどのみち、対処しなけりゃならなくなる」

「それがあんたのお望みなら、やつはあんたを狙ってくるぞ」

「だろうな」

クレイガーはため息をつき、首を振りふり出ていった。おれは椅子の背にもたれ、机の上に足をのせて、何か見逃していないか確認していった。

家に戻ってみると、カウティもすでに戻っていた。声をかけ、今日一日はどうだったとか、そんなようなとりとめもない会話を交わした。二人並んで居間のソファに腰をおろす。何も変わっていないふりはできるが、少しだけ距離はあいていて、偶然に身体が触れあったりすることもなかった。おれのほうが先に立ち上がり、伸びをして、そろそろ寝るよと告げた。よく眠れるといいわね、と彼女が返す。おまえも少し休んだほうがいいんじゃないか、と問いかけると、彼女はそうねと認め、もうじき寝るからといった。おれは寝室にしりぞいた。ロイオシュとロウツァはやけにおとなしかった。どうしてかはおれにもわからない。計画が動きだしたときはいつもそうだが、おれはすぐに眠気をおぼえた。これもおれの正気をたもつ一助にはなっている。

翌朝早く、おれは瞬間移動で事務所に向かい、報告を待った。こっちの思ったとおり、ハースはすばやく事態を読みとっていた。うちの事務所や、ほかにも一、二箇所、防御呪文を破ろうとする試みがなされたと報告があった。

「そっちも防御しといたらどうかっておまえが指摘してくれて助かったよ、クレイガー」

クレイガーがなにやらつぶやく。

「何か心配ごとでもあるのか、クレイガー?」

「はっ。あんたが自分で何をしてるのかわかってるといいんだがな」

〝自分が何をしてるかくらい、いつだってわかってるとも〟とおれはいいかけたが、少しばかり虚《むな》しく聞こえそうだから、代わりにこういった。「そう思う」

クレイガーもそれで満足がいったらしい。

「よし、で、お次は?」

おれはジャレグ家の組織内に重要な地位を占めているある人物の名を挙げ、次なる手段がどういうものになるか伝えた。クレイガーはびっくりした顔をしたが、すぐにうなずいた。

「なるほど。向こうはあんたに一つ借りがある、だったな？」

「二つか三つかもな。できたら、今日じゅうに手配してくれ」

「わかった」

一時間もすると彼が戻ってきた。

「〈青　炎〉《ブルー・フレイム》だ」とクレイガーが告げた。この前のことを思い出し、二人して笑みを浮かべる。「八時に。警護は向こうで手配するとさ。つまり、向こうも少しは事情を察してるってことだ」

おれはうなずいた。「だろうな」

「やつを信用するかい？」

「ああ。どのみち、あとで信用するほかないんだ。だったら、このことでも向こうを信用するとしよう」

クレイガーもうなずいた。

その日も遅くなって、報告を受け取った。アドリランカ南域の建物を数軒燃やしたとのことだった。今ごろ、ハースは爪を噛んで、おれに手が届きさえしたらと悔しがっているだろう。おれはくっくっと笑いをもらした。

もうじきだ、とやつに向けてつぶやく。もうじきだよ。
精神内で妙なむずがゆさをおぼえ、それが何を意味しているか悟った。
《誰だ？》
《チモフです。ケリーの作戦本部付近にいるんですが》
《どうした？》
《連中が、この建物から撤退しようとしてます》
《ああ、そういうことか。どこに移るか確認しとけ》
《そうします。すごい人数ですよ。やっかいごとが起きるのを予想してるみたいですね。
それと、連中はビラを貼ったり、そこらじゅうで小冊子も配ってます》
《目を通してみたか？》
《ええ。明日の午後、ネイマット公園で開かれる大集会の告知です。上段にぶち抜きで
〝武装蜂起せよ〟って謳《うた》ってましたね》
《ふむ》おれはいった。《上出来だ。そのまま見張ってろ。もめごとには首を突っこむな
よ》
《わかりました、ボス》
「クレイガー！」
「なんだ？」
「おっと、そこにいたのか。ケリーの作戦本部に誰か送りこめ。四、五人でいい。やつら

が全員出払ったら、なかに踏みこんで部屋を荒らしてこい。残ってる家具を叩き壊したり、壁をぶち壊したり、キッチンをめちゃくちゃにするとかそういったことだ」

「わかった」

そんなふうにして、おれはその日の残りを過ごした。たびたび連絡がはいって、どこそこの破壊工作が終わりましたとか、ハースからの攻撃を未然に防ぎましたと報告があると、おれは事務所に坐ったまま対策をがなりたてる。ふたたびおれは、組織を機能的に指揮しはじめていた。ひどく気分がよかったから、遅くまで居残って、あれやこれやの見張りを強化したり、ケリーやハースをつつく手段をあれやこれやと加えたりした。もちろん、今のおれにとって、事務所こそはもっとも安全な場所といってよく、こうして遅くまで働くもう一つの理由にもなっていた。

宵《よい》も更けゆくうちに、帝国宮殿内に詰めているジャレグ家組織の調停人と交信し、そう、当局がアドリランカ南域の事態に気づいたことを知らされた。ハースの名は浮かんでいたが、今のところ、おれの名はまだ関係していない。完璧だ。

午後八時が近づくと、スティックス、グロウバグ、スマイリー、チモフを呼び集め、おれたちは〈ブルー・フレイム〉に向かった。彼ら護衛役は入口のところに残す。わが招待客はすでに到着しており、警備も受け持つと約束してくれたからだ。そして実際、客のうち二人と、給仕三人が護衛役らしく見えることにおれは気づいた。テーブルに近づいていきながら、おれは頭を下げた。

彼のほうから声をかけてきた。「やあ、ヴラド」

おれも応じる。「やあ、〝悪鬼《デーモン》〟。ご足労願ってどうも」

彼はうなずき、おれは腰をおろした。ご存じない方のためにいっておくと、デーモンという男はジャレグ家〈評議会〉——ジャレグ家の商業活動全般に影響する決定をくだす最高幹部集団——に属する大物だ。一般に、彼は組織内のナンバー二と目《もく》されている。ちょっかいを出すべき相手ではない。しかしながら、クレイガーもいったように彼はおれに借りが一つあった。近ごろおれが引き受けたある〝仕事《ころし》〟のおかげで。

おれたちはしばし歓談し、やがて食事がやってくると、デーモンがいった。「ときに、きみはもめごとに巻きこまれたらしいと聞いているが」

「些細なことですよ」おれはいった。「なんとかできないわけでもありません」

「本当かね？　うむ、それはなによりだ」彼は不思議そうな顔を見せた。「だとしたら、なぜわたしとの面会を望んだのかね？」

「何も起こらないよう、手まわししておきたいんです」

デーモンは目をしばたたいた。「つづけたまえ」

「ハースとわたしがやっているゲームに、帝国が気づきはじめるかもしれません。帝国が気づけば、〈評議会〉も気づくことになる」

「なるほど。それで、われわれに干渉してほしくないと」

「ええ。事態が落ちつくまでに、一週間の猶予を願えませんか？」

「もめごとはアドリランカ南域内にとどめることができるかね？」

「おおかたは」とおれはこたえた。「ほかの場所ではやつに手を触れるつもりもありませんし、こちらが所有している店はすべて閉め、防御も固めています。ですから、向こうからわたしを狙うのは困難でしょう。死体が一つ二つみつかるかもしれませんが、大きな反応を引き起こすようなことはなさそうです」

「死体がみつかるとなると、帝国はあまり喜びはすまいな、ヴラド」

「それほど多くはないはずです。実際のところ、うちの連中が慎重にしていれば、一つもでないでしょう。そして、今もいったように、一週間以内に解決できるはずですし」

デーモンはおれをじっと観察していた。「すでに何か進行中ではないのかね？」

おれは応じた。「ええ」

彼は笑みを浮かべ、首を振った。「きみに思慮がたりないとは誰もいえまいからな、ヴラド。わかった、一週間やろう。わたしがなんとかするよ」

おれはいった。「どうも」

彼のほうで食事をおごろうといってくれたが、おれはあくまでも自分が払うといい張った。それくらいは、望むところだ。

14

〝……白い付着物をブラシで落とすこと……〟

おれは護衛にしっかりと護られて家に戻った。ドアのすぐ手前で彼らは帰らせ、部屋にはいると、張りつめていたとはそれまで気づきもしなかった緊張が解けるのを感じた。ご存じのように、事務所は非常に堅く護られている一方で、個人の自宅というのは、ジャレグ家の慣習によれば、不可侵の場所と厳格に定められている。それはどうしてか？　おれにもわからない。おそらくは、寺院などと同じような理由からだろう。どんな状況であれ、どこかに安全な場所はあってしかるべきで、そうでないと、誰であれ襲撃に対してあまりに無防備になる。ほかに理由があるのかもしれないが、おれにはよくわからない。だが、この慣習が踏みにじられたとは絶えて聞いたことがない。

もちろん、ジャレグ家から何かを盗む者があるなどとは、実際に起きてみるまで聞いたこともなかったが。ともあれ、ひとは何かをあてにして生きるほかない。

そうじゃないか？

ともかく、おれは何ごともなく家に戻った。カウティは居間におり、半折り判《タブロイド》の新聞を読んでいた。鼓動が速まったが、落ちつきを取り戻してにっこりと笑みを浮かべた。

「ずいぶん早いんだな」と声をかける。

おれを見上げた彼女は、にこりともしなかった。

「この卑怯者」そう吐き捨てた彼女の言葉の裏には、強い実感がこもっていた。おれは顔が赤らむのを感じ、いやな感覚がみぞおちのあたりに起こって、内臓のあらゆる突起に広がっていった。なにも、カウティがおれの作戦を見抜くだろうとわからなかったわけでもなければ、彼女の反応がどんなものになるかわからなかったわけでもない。それなら、カウティが予想どおりの反応を見せたからといって、どうしてこれほどの衝撃をおぼえるんだ？

おれはごくりと唾《の》を呑みこみ、そしていった。「カウティ――」

「あなたのやってることを、あたしが見抜くとは思ってもみなかったの？　ハースの配下の連中をいたぶって、それをあたしたちのせいになんかして」

「いや、わかってたとも」

「それで？」

「計画を実行してるとこなんだ」

「計画、ね」そういったカウティの声からは、軽蔑がにじんでいる。

「なすべきことをしたまでだ」

カウティは、なかばあざ笑い、なかばにらむような表情をつくってみせた。

「すべきこと、ねえ」と、まるでテクラの交配具合でも話しているような口調でつぶやく。

「ああ」

「どうしても始末せずにはいられないってわけね、あの——」

「おまえが命を捧げようとしてるあの連中を？　ああ、そうだとも。いったいなんのためなんだ？」

「よりよい暮らしの——」

「おいおい、やめてくれ。あの連中は偉大なる理想とやらのことで頭がいっぱいで、この世界には理由もなくないがしろにすべきじゃないひとたちがいるってことさえも理解できてない。〝個人〟ってものの大切さをな。おまえとおれの関係から見てみるとしよう。こうしておれたちは、あの人類の偉大な救世主どものおかげで、今にもあやうく——なんていったらいいかわからんが——とにかく、今のおまえの目に見えてるのは、〝連中〟に何が起こってるかってことだけだ。おれたち二人のあいだに何が起こってるかなんて見えてもいない。でなけりゃ、もう気にかけてさえいないかだな。それだけでも、あの連中はどこかおかしいって思わないか？」

カウティが笑いだした。じつに耳ざわりな笑い声だった。「〝あの連中〟はどこかおかしいですって？　それがあなたの結論？　あの運動は、どこかおかしいっていうわけ？」

「ああ」おれはいった。「それがおれの結論だ」

彼女は唇をよじり、そしていった。「あたしがそんな意見を買い入れると思ってるの？」

「どういう意味だ、買い入れるって？」

「あなたのそんなたわごとを売りつけることなんかできないってことよ」

「おれはどんなたわごとを売りつけようとしてるんだ？」

「どんなものでも好きに売りつけたらいいでしょ。あたしには関係ないんだから」

「カウティ、いってることが意味をなしてないぞ。何が——」

「いいからもう黙って」と彼女がいった。「卑怯者」

それまでカウティがおれを罵《ののし》ったことなど一度もない。それがどれほど心に痛んだか、こうして今思い出すだけでも、笑いたくなるほどだ。

ひさかたぶりに、おれはカウティに怒りをおぼえた。おれはそうやって彼女を見つめたまま立ちつくしていた。足が床に根を張って、顔がこわばるのが感じられる。その冷たい怒りの激流を、はじめは歓迎したくらいだ。カウティも立ち上がっておれをにらみ返しており（彼女が立ち上がったことさえも、おれは気づいていなかった）そのためさらに怒りがつのった。耳鳴りがして、またしても自制がきかなくなりかけていることに、ぼんやりと思いあたった。

おれが一歩踏み出すと、カウティの目が大きく見開かれ、彼女は半歩あとずさった。カウティがそうしなかったらどんなことになっていたかわからないが、おれが自制を取り戻すにはそれで充分だった。おれはくるりと背を向け、部屋を出ていった。

《ボス、だめだ！　外はだめだって！》

おれはロイオシュにこたえようともしなかった。実際のところ、夜半のひんやりした風が顔にあたるまで、彼の言葉はおれの精神に突きとおりもしなかった。ようやく、自分がちょっとした危険と向きあっていることを思い出した。〈黒の城〉に瞬間移動することも考えてみたが、今の自分が瞬間移動できるような精神状態にないこともわかっている。その一方で、襲撃されたとしたら、それこそは今の気分にぴったりだ。

おれは歩きだした。できるかぎり自制をたもとうとしていたものの、あまり効果はなかった。そのうちに、この前こうやって街なかをむやみにうろついて、誰にみつかろうが少しも気にかけなかったとき、どんな目にあったかを思い出して、全身に震えが走った。おかげで少しは頭が冷《さ》め、もっと慎重になった。

少しだけは、慎重になった。

だがその晩は、わが〝悪しき女神〟ヴィーラのご加護があったと考えるほかない。ハースのやつが、クウェイシュやそのほかにも総動員しておれをさがしていたに違いないが、襲撃されることはなかった。自分の縄張《シマ》りをすごい剣幕で歩きまわり、閉まったままの店を残らず見てまわり、まだいくつか灯りのついていたうちの事務所を目にし、〈マラクの円形広場〉の涸《か》れた噴水を目の前にしても、金を脅《おど》しとろうとする若造さえあらわれはしなかった。〈マラクの円形広場〉でしばし足をとめ、崩れかけた噴水の縁《ふち》に腰をおろす。

ロイオシュは心配げにあたりを見まわし、襲撃を予期しているようだったが、彼の用心などおれにはまったく他人ごとのように思われた。

そうして坐っているうちに、いくつかの顔が目前に浮かびはじめた。憐れみを顔にたたえて、カウティがおれを見ている。まるでおれが疫病にかかり、回復の見こみはないとでもいうように。つづいてあらわれた祖父の顔つきは厳しいが、愛情がこもっている。ニーラーというかつての友も、穏やかにおれを見つめていた。そして、なんとも妙なことに、フランツの顔まであらわれた。責めるような顔をおれに向けている。おかしなもんだ。たくさんの知りあいのなかで、よりによってどうして〝この男〟のことなど気にかけないといけないんだ？　なにしろ、生前にはやつのことなどまったく知らなかったし、やつの死後に知りえたわずかな情報も、おれたちに共通した点など何もないのを教えてくれただけだ。あの珍奇な邂逅《かいこう》をのぞけば、フランツはおれとなんの関わりもないはずだった。

わが潜在意識は、どうしてやつを浮かび上がらせる気になったのか？

たとえば、こんなふうに考えているドラゲイラどもなら、いくらでも知っている――テクラは所詮《しょせん》テクラで、それはもとからそういうものだからしかたがなく、やつらの身に何が起ころうとかまわないし、やつらがよりよい暮らしを求めるなら、勝手にそうさせておくがいい、と。そんなふうに考える彼らは領地を持つ身分であり、おのれの地位を享受し、自分たちはその恩恵を受ける資格があるが、ほかの連中にはない。それだけのことだ、と。よかろう。その態度はおれにも理解できる。それはテクラどもの現状とはなんの関係もないが、ドラゴンどもにとってはひどく意味がある。

それに、こんなドラゲイラも何人か知っている。テクラどもの窮状を――それをいうなら〈東方人〉もだが――大げさに嘆き、貧者や浮浪者のために金を恵んでやるような連中だ。そうした連中は、たいていがひどく金持ちであって、ときにおれは、やつらを軽蔑しつつも驚かされたものだ。が、つねにおれはこんなふうに感じている。この連中は自分が恵んでやった相手をひそかに蔑《さげす》んでおり、罪の意識のあまり、実情には目をつぶって、自分が施《ほどこ》した善行によって実際に何かの違いが生じると思いこもうとしているだけではないか、と。

そうしてまた、ケリーやその仲間たちのような連中もいる。いかにして自分たちが世界を救うかといった妄想にとらわれるあまり、ほかの者やほかのものごとになど目もくれず、ただやつらのちっぽけな頭《おつむ》に浮かんだちっぽけな考えだけを気にかけている連中だ。すべては人類愛という名のもとに考えられ、ほかのことには、完膚《かんぷ》無《な》きまでに、まさしく情け容赦がない。

これがおれのまわりで見かけられる三種類の連中だ。そうしておれは、ただれた傷から膿《うみ》が滲《し》み出すように、じっと見つめてくるフランツの表情から誠実さが滲み出すように思え、おれ自身がどの範疇《はんちゅう》にあてはまるのかきめないといけない気がしていた。

そう、三番目ではないのは確かだ。おれは個人を始末できるだけで、社会そのものを倒すつもりなどない。自身の能力は高く評価しているが、自己を買いかぶりすぎるあまり、社会そのものまですすんで打破しようとは考えない。自分が不当な仕打ちを受けたからといって、数千もの人々を虐殺に導こうという気もない。誰かがおれの生活にちょっかいを出してきたら――これまでにもそんなことはあったし、これからもあるだろうが――個人的に対処するだけだ。その責任を社会のような茫洋としたものになすりつけるつもりはないし、そのために大衆を煽動してまで打破しようとも思わない。おれならそれをありのままに受けとめる。誰かがちょっかいを出してきたら、真新しい、飾りけのない短剣一本で対処する。そう、おれがケリーたちと同じ範疇に分類されることはなさそうだ。

第二の集団は？　いや、これも違う。おれは今の境遇を自分で手に入れた。もがき苦しんでいる者を目にしたからといって、やましさをおぼえたりはしない。わが潜在意識が、おのれを苦しめんと無駄な努力をして記憶の底からすくい上げた、あのフランツを目にしてさえも。自分のせいでもないことに罪悪感をおぼえてのたうちまわるような連中など、それ以上の価値もない。

かつてのおれは第一の集団に属していたろうし、今もそれは変わるまいが、今ではそう思いたくなかった。〝そいつら〟こそは、おれが長いこと憎んできた連中にほかならない。ドラゲイラ族そのものではなく、おれたち残りの連中の上に君臨し、自分たちの富や文化、教育を棍棒のように振りかざして、いつでも殴ってやれるんだといったふりをしているやつらのことだ。これまではっきりとは意識せずに人生の大半を過ごしてきたにしても、〝そいつら〟こそはおれの敵にほかならない。〝そいつら〟こそは、おれが底辺から這い上がって、成功をつかみ取ったことを見せつけてやりたい相手だった。そう思い知らせてやったとき、やつらはどれほど驚いたことか！

しかしながら、今にしてなお、自分をああいった連中の仲間とみなすことはできない。本当はそうなのかもしれないが、それを信じることができなかった。自分のことが心底いやになったのはこれまでの生涯でも一度きりで、それはハースがおれの精神を突き崩したあのときだ。人生には、成功したいという意志以上のものが作用するという事実を、おれにはっきりと向きあわせる契機になった。ときには、どれほど懸命につとめたところでうまくいかないこともあって、それはまわりの圧力のほうが自分の意志よりも強いからだ、と。自分を嫌悪したのはあのとき一度きりだ。おれ自身を第一の集団に加えるというのは、もう一度おれ自身を嫌悪することにほかならず、そんなことはとてもできそうにない。

とすれば、おれには何が残されているだろう？　すべてであり、皆無であるともいえる。外部からなかをのぞきこみ、助けることも手を引くこともできない――人生という芝居の、いわば傍観者だ。

そんなたわごとを信じてるのか？　頭をひねってみたが、答えは何も浮かんでこない。その一方で、おれは確かにケリーの影響をこうむっていた。それをいうなら、ハースの影響も。思い悩むのはそれくらいにしておこう。夜気が冷《ひ》えびえとしてきたのに気づき、それに今では頭が冷《さ》めたことにも気がついた。どこかもっと安全な場所に移動すべきだということも。

せっかく〈マラクの円形広場〉までやってきたのだから、事務所に立ち寄ってまだ居残っている何人かに声をかけることにした。まだ残っていたメレスタフに、おれはいった。

「おまえはいつ家に帰ってるんだ？」

「ええ、その、ここんとこあわただしかったもんで。誰かがきちんと統括してやらないと、うちの連中じゃすべて台無しにしちまいますから」

「ハースは、なおもおれたちを攻撃してきてるか？」

「あちこちでですわ。でっかい知らせが一つありますぜ。帝国が、アドリランカ南域に進駐したんです」

「なんだと？」

「一時間ばかし前になりますが、〈フェニックス警備隊〉の一中隊がまるごと踏みこんで、まるで〈東の地〉の一都市みたいに、あそこを占領しちまったんです」

おれはメレスタフをまじまじと見つめていた。「怪我人は？」

「〈東方人〉が数十人は死傷したようですな」

「ケリーは？」

「いえ、あの連中は一人も怪我してません。ほら、やつらは場所を移しましたから」

「そうだったな。帝国はどんな理由を挙げてる？」

「秩序紊乱《びんらん》ってとこでしょう。これこそは、ボスが期待してた展開じゃないんですか？」

「こんなにすばやい反応は期待してなかったな。そこまでの大軍でも、死者が出るようなやつでもない」

「ええ、〈警備兵〉どものことはボスもご存じでしょう。やつらはどのみち、〈東方人〉と関わりあうのを嫌ってますしね」

「ああ。ケリーの引っ越し先は知ってるか？」

メレスタフはうなずき、紙片に書いてよこした。ちらっとみて、おれにもみつけられそうだとわかった。それまでの所在地からは、ほんのわずかしか離れていない。

「おっと、そういえば」とメレスタフがつけ加えた。「スティックスがボスに会いたがってましたっけ。明日にでももって考えてたようですが、ボスが今晩のうちに戻ってきたときのために、まだ居残ってますよ。呼びましょうか？」

「ほう、よし。部屋に呼んでくれ」

おれはぶらりと執務室にはいり、腰をおろした。数分後、スティックスが姿を見せた。

「ちょいとおじゃましてもかまいませんかね？」

「もちろんだ」

「バジノクって男をご存じですか？」

「ああ」

「やつが、ボスをはめるのに手を貸す気はないかってもちかけてきまして。こういうことがあったら、ボスの耳に入れるようにって話でしたよね」

おれはうなずいた。「そのとおりだ。よし、おまえには特別報酬をやろう」

「そりゃどうも」

「やっと話したのはいつだ？」

「一時間ばかし前でしたかねえ」

「場所は？」

「〈ブルー・フレイム〉ですわ」

「誰かいっしょだったか？」

「いや、誰も」

「よし。おまえも気をつけろよ」

スティックスはなにやらもぐもぐとつぶやき、そして出ていった。

おれは目をしばたたいた。びっくりしたりおびえるなんていう段階は通りこしちまったのか？　それとも、今さら気にもならないだけか？　いや、気にはなる。スティックスの身に何も起こらないことを祈った。それにあいつはクウェイシュの顔も知っていたわけだから、この二つをあわせると、かなりまっとうな標的にもなりかねない。

実際のところ、疑いようもない標的の対象だ。

それに、どうしてやつらに待つ必要がある？　一時間前、といったか？　それほど難しい〝仕事《ころし》〟というわけでもないし、そういう単純な、喉を掻《か》っ切るような仕事をするやつをハースはいくらでも抱えている。そんなのも連中の仕事のうちだ。

おれは立ち上がった。「メレスタフ！」

「なんでしょう、ボス？」

「スティックスはもう出ちまったか？」

「そう思いますが」

おれは毒づき、スティックスのあとを追って事務所を駆け抜けた。頭のなかで、小さな声が〝罠だ〟と告げている。おれもそれを疑っていた。入口のドアをあけ、ロイオシュを先に飛ばす。つづいておれも通りにとび出し、あたりを見まわした。

うむ、当たりであり、はずれでもあった。

つまり、確かに罠ではあったが、罠にはまったのはおれではなかった。スティックスの姿が見え、その背後にすばやくせまる人影も見えた。

「スティックス！」とおれが叫ぶ。スティックスは振り返り、わきによけた。人影が彼にとびかかり、そして体勢を崩した。スティックスが棍棒で殺し屋を始末する鈍い音があって、そいつは地面に崩れ落ちた。そのときになってはじめて、自分がナイフを投げていたことにおれは気づいた。スティックスのもとに駆け寄る。

スティックスは倒れた男の背中からナイフを抜き、そいつのマントで血をぬぐってからおれに返そうとした。捨てておけ、とおれは命じた。

「殺したのか？」

スティックスはかぶりを振った。「死んじゃいないでしょうな。目を覚ますより先に、出血多量でくたばらないかぎりは。路上からどかしときましょうか？」

「いや。このままにしておけ。こいつがここで寝てることは、メレスタフからバジノクに伝えさせよう。あとの〝始末〟はやつらにさせればいい」

「そうすか。助けてもらって、どうもすんません」

「礼はいい。それより、気をつけろよ、いいな？」

「わかりました」スティックスは、うんざりしたように首を振った。「ときどき、どうしてこんな世界にはいっちまったのかって思えることがありますよ」

「ああ、おれもだ」

おれは事務所に戻り、必要な指示をメレスタフに伝えた。彼は驚きもしないようだったが、それをいえば、おれが〝盗賊〟のカイラを事務所に連れてきたあのとき以外に、メレスタフを驚かしたためしなどなかった。

おれは机の奥に腰をおろし、〈フェニックス警備兵〉がアドリランカ南域で何をしているのかとか、それに関しておれの責任は、などといった疑問をすべてわきに押しやった。そっちも気にならないわけじゃないが、おれは今、戦争の真っ最中だ。気を逸《そ》らしたりしたら間違いを犯すことになりかねず、そうなったら、カウティやスティックス、おれ自身やほかの誰であれ、命を救ってやることもできなくなる。

おれは戦争に勝たないといけない。

少し前のことになるが、ある戦争に関わったことがある。おれは単に関係があっただけでなく、競争者だった。おれは情報の重要性を知り、先に打って出ることや、つねに敵の態勢を乱しておくこと、自分の縄張りや配下の者たちをきちんと護ることの大切さを教えられた。

ハースはおれよりも強大な組織を所有しているが、これを大がかりな戦争に持ちこんだのはおれのほうであって、こっちから先にうまい攻撃を仕掛けた。それに、敵から打撃を加えられないよう防御も固めてある。もちろん、そうすることによってうちの収入は激減しようが、今のところは余裕もたっぷりあるし、これが長くつづくとも思えない。この戦争をありきたりのやり方で勝つ意図も、そう期待するつもりもおれにはない。ただハースをひらけた場所におびき出して、やつを仕留めたいだけだった。やつの縄張りをああやってかき乱すことで、統率をたもつためにやつのほうから何か手を打たざるをえなくさせるつもりだった。

ともかく、それは計画の半面でしかない。ケリーを含むあと半面のほうが難問ではあるが、そっちは楽観していた。忌々《いまいま》しい〈フェニックス警備兵〉どもめ。忌々しい女帝め。忌々しいカヴレン卿め。だが、ケリーはなおも騒乱のさなかにある。つまり、ほかの誰もが予想どおりに動くとしたら、やつにはほかにどんな選択肢がある？　おそらくはやつもそれに気づいていよう、カウティの反応からして——

カウティのことを思い出すなり、それまで手のひらの上で踊っていた計画や企《くわだ》ては指の隙間からこぼれ落ちていった。それからしばらくは彼女のことしか見えなくなり、おれは小声に毒づいた。

《なら、カウティと話しあうことだよ、ボス》
《それならもうやってみたろ、忘れたのか？》
《いや、カウティと口論しただけだろ。あんたの計画を、包み隠さず話してみたらどうだい？》
《カウティは気に入らないだろうな》
《けど、さっきほどあんたに腹をたてはしないかもよ》
《たいした違いがあるとも思えない》
《ボス、おぼえてるかい？　そもそも、最初にあんたが腹をたてたのは、ケリーたちと関わりあうようになったことを、カウティがなんにも話さなかったからだろ？》
《ああ……わかったよ》
おれはもうしばらく坐りこんだあげく外に向かい、護衛たちは追い払った。一度深呼吸して、精神が澄みきっているのを確認し、〈帝珠〉をたぐり寄せ、力の糸を形づくり、おれのまわりでねじって、きつく引っぱる。ひどいよろめきをおぼえつつも、おれは自宅の玄関前の通路に立っていた。吐き気がおさまるまで、壁にもたれて休む。
部屋にはいろうとしたとたんに、何かがおかしいとわかった。ロイオシュもだ。おれはドアをはいってすぐのところで立ちどまり、ドアを閉めようともせず、右手にナイフを落としこんだ。居間を注意ぶかく見まわして、何がおかしいのかさぐり出そうとした。それで、何もわからなかったら？　十分以上もさぐってみたうえで、あきらめてなかにはいった。なおも慎重を期して、ロイオシュがおれより先にはいる。
いや、誰もおれを殺そうと待ちかまえてなどいなかった。
そもそも、誰も待ってなどいなかった。寝室にはいってみると、カウティの衣服が戸棚からすっかりなくなっているのが見てとれた。居間に戻ってみると、よりにもよってあのリュートがなくなっているのも見てとれた。それこそが、最初にはいったときロイオシュもおれも気づいたおかしな点だった。こんなふうになるなんて、おかしなものだ。
精神内でカウティに接触を試みたが、つながらなかった。おれと交信する気がないか、カウティに接触できるほどこっちがうまく集中できていないかだ。ああ、そうだ、それに違いない。精神内で通信できるほど、今のおれははっきりとものを考えられないだけだ。
《クレイガー？》
《どうした、ヴラド？》
《イシュトヴァーンから何か連絡は？》
《まだだ》
《そうか。それだけだ》
ああ、問題はそっちに違いない。
おれは寝室にはいり、ロイオシュまでついてくる前にドアを閉めた。ベッドに倒れこみ――いつもカウティが寝ている側に――そして涙を呼び起こそうとする。できなかった。ついに、服を着たままでおれは眠りについた。

15

〝……研《と》ぎ油の染《し》みを落とし……〟

翌朝早くに目を覚ました。疲れが残り、身体も汚れたままに感じられる。服を脱ぎ、身体を洗ってからもう一度ベッドにもぐりこみ、もう少し長いこと眠った。

正午ほんの少し前にふたたび目覚めたころ、カウティが出ていったことをようやく思い出した。二分ほどぼんやりと天井を見つめていたが、無理にも起き上がった。ひげをあたりながら、たびたび手をとめる。自分を見つめ返すこの顔に、外見上の変化でもないかと確かめてみるが、どこにもみつからなかった。

《なあ、ボス?》

《おまえがそばにいてくれてうれしいよ、相棒》

《どうするつもりかきめてあるのかい?》

《カウティのことか?》

《そう》

《いや、はっきりとは。出ていくとは思ってもみなかった。でなけりゃ、本気で信じてなんかいなかった。でなけりゃ、おれにとってそれがどれほどの痛手になるか、わかってなかったんだ。心の内側で、何かが死んじまったみたいだよ。いってる意味がわかるか？》
《おれもいっしょに感じてるからね、ボス。だからこそ訊いてみたんだ》
《これから起こりつつある事態にうまく対処できるか、自分でもよくわからない》
《カウティとのごたごたを解決しないと》
《わかってる。カウティをさがしてみるべきかもな》
《気をつけないと。ハースが――》
《ああ》
おれは身支度をととのえ、武器を確認してからアドリランカ南域に瞬間移動した。小さな公園の、周囲をうまいことぐるりと見わたせる場所でしばらく休み――クウェイシュにとってはじつに都合の悪い場所だ――それから、食事をとりに向かった。その途中で〈フェニックス警備兵〉の集団を二度も目にし、身を隠した。あいたテーブルをみつけると、クラヴァを注文し、立ち去ろうとする給仕に声をかけた。
「すまないが」
「はい、なんでしょう？」
「カップに入れて持ってきてもらえないか？」
給仕は驚きさえもしないようだった。

「ええ、わかりました」と彼は応じた。それだけだ。そうして、そのとおり持ってきた。あれだけ難儀したのに、解決するにはたずねるだけでよかったとは。なんとも深遠な話じゃないか？

《そうは思えないけどな、ボス》

《おれもだよ、ロイオシュ。だがな、幸先《さいさき》のいいはじまりだ。それと、はじまりといえば、まずはロウツァをみつけられないか？》

一瞬後、ロイオシュが傷ついたようにいった。《いや。おれを遮断してる》

《ロウツァにそんな芸当ができるとは知らなかったな》

《おれもだよ。なんでだろう？》

《おれがそうやって所在をつかめることを、カウティも気づいたんだな。ちくしょう。うむ、まあいい。それならケリーのとこに行って、カウティを待つか、やつらにカウティの居場所を吐かせるかしよう。ほかに何か名案は？》

《よさそうな作戦だな、ボス。で、あの薄汚い冷血動物《ジャレグ》をふんづかまえた日にゃ——》

おれはクラヴァの味を楽しんだ。ハチミツと温めたクリームも加えていた。気がかりなことはあえて考えないようつとめる。カップのことをどれほど感謝しているか示すため、テーブルには少し余分に心づけ《チップ》を残した。

ロイオシュが先に店を出る。異常はなさそうだ、という彼の報告を受けておれは店をあとにし、ケリーの新たな作戦本部をめざした。途中でまたしても〈フェニックス警備兵〉

の一団を避けた。連中は、まさにそこらじゅうをうろついている。行き交う人々も〈警備兵〉の存在を喜んではいないらしく、それは向こうもおたがいさまのようだ。

ケリーの新たな事務所を目にして最初に感じたのは、元の部屋によく似ているなということだった。同じ茶色でも色あいは少し違っていたし、以前は左側にあったやつの部屋は右側にあり、建物は前のときよりも通りから少し引っこんでいたし、建物同士の間隔もほんのわずかに広いが、明らかに同じ構造をしている。

おれは扉口をはいっていった。部屋そのものには本物のドアがついていた。頑丈そうで、錠前もついている。単なる好奇心から、おれはもっとじっくりと観察した。錠前は〝立派〟だし、ドアは〝とても〟頑丈だ。この部屋に忍びこむのはかなりの大仕事になりそうで、しかも音をたてずにやるのはほとんど不可能に近い。ほかの窓やドアはどうなっているだろうか、と考えた。いずれにしろ、おれは感心していた。おそらくはカウティが忠告したんだろう。おれは手を叩いて合図しかけたところで思い出し、しばらくためらったすえに拳でドアを叩いた。

ドアをあけてくれたのは、わが友グレゴリーだった。おれを見るなり、やつの目が見開かれたが、おれを詰《なじ》るひまなど与えなかった。そのままグレゴリーを押しのけて、なかにはいる。ぶしつけなふるまいなのはわかっていたし、今もなお気にかかってはいるが、甘んじて耐えるほかはない。

一見《いっけん》しただけで、この部屋が前の部屋と同じつくりであるのがわかった。奥にはいっていけばそこは蔵書室で、そのまた奥はケリーの書斎、そしてその奥はキッチンになっていることもほとんど確信できた。ただし、こっちの部屋のほうがきれいだ。簡易ベッドは折りたたんで壁ぎわに寄せてある。窓はしっかりと板で覆ってあることにも気づいた。

そこにはケリーが坐っており、ナターリャや、ほかにも見知らぬテクラと話しているところだった。カウティはいない。おれがはいっていくと会話は途切れ、全員がおれをじっと見つめた。おれは大きな笑みを浮かべ、そしていった。「カウティはいるかい?」するとと、全員がケリーのほうを見た。ただし、ナターリャだけはおれを見つめたままだ。彼女がこたえた。「今はいないわよ」

「なら、待たせてもらおう」

そうして、相手の出方をうかがった。ナターリャはおれのようすを見守るばかりで、ほかの連中はケリーのようすを見守っている。当のケリーは目をせばめておれをにらみ、唇をわずかに尖《とが》らせている。やがて、かなり唐突にやつが立ち上がった。

「よろしい。奥でわたしと話そう」ケリーは背を向け、奥の部屋に向かって歩きだした。おれがおとなしくついてくるものときめこんでいる。おれは小声に毒づき、笑みを浮かべてからそのとおり従った。

今度の書斎も先のものと同じくきれいで、きちんと整頓されていた。机をはさんでやつの反対側に腰をおろす。ケリーは腹の上で手を組みあわせ、おれを見た。いつものとおりのにらみ方だ。

「さて」とやつが切り出した。「きみは帝国に援助を求め、われわれの反応をうながしたというわけだ」

「じつのとこ」とおれが返す。「おれはカウティに会いにきただけだ。どこにいる？」

ケリーの表情は変わらず、ただおれを見つめつづけている。

「きみには〝たくらみ〟がある」とついにやつがいった。〝たくらみ〟という言葉を特に強調していた。「そしてこの世は、それと関係があるかもしれぬし、ないかもしれぬ細々《こまごま》とした事象であふれている。きみはわれわれを叩きつぶしにきたわけではない。われわれは、ただの好都合な道具でしかないのだから」

やつはたずねたわけではない。おかげで、よけいにおれの胸に痛く突き刺さった。おれの考えがやつとは同調しないからといって、こっちを責めているわけだ。おれはいった。

「おれの一番の関心事は、実際のとこ、カウティの命を護ることだ」

「きみ自身のではなくて？」ケリーが皮肉を返した。さらに少しだけ、にらみがきつくなっている。

「そっちのほうは、もう手遅れだ」おれがそういうと、ケリーはわずかにはっとした。本当に驚いたらしい。これを見て、おれはひどくうれしくなった。「だから、さっきもいったとおりカウティに会いたい。もうじきやってくるのか？」

ケリーは何もこたえず、ただおれを見ていた。頭は背もたれにつけ、顎を引き、両の手で腹を覆うようにしている。おれはいらいらしはじめた。

「なあ、あんたがどんなゲームをしようとそれは勝手だ。だがな、おれまで巻きこむのはやめてくれ。あんたが本当は何を求めてるのかおれは知らないし、気にしてもいないんだ、わかったか？　だがな、いずれあんたは帝国とジャレグ家とのあいだで切り刻まれることになる。おれが口をはさめるなら、うちのかみさんをあんたもろとも切り刻ませるつもりはない。だから、あんたのその尊大な芝居はよしてくれ。ちっとも感心しないぜ」

ケリーが癇癪を爆発させるものと思っていたが、そうはならなかった。もはやそれ以上に目を細くすることもない。あたかもおれを観察するように、やつはただ眺めていた。

「われわれが何を求めているかわからないのかね？　これまでさんざんじゃまをしてきたくせに、きみはわれわれの目的を本当にわかっていないというのか？」

「あのご大層なたわごとなら聞いてる」

「耳を傾けたかね？」

おれは鼻を鳴らした。「ここの連中がオウムみたいにくり返してる言葉があんたから出たものだとすれば、あんたのいいたいことはおれも耳にしてるよ。おれがここに来たのは、そんなことのためじゃない」

やつは、さらに少しだけ深く椅子にもたれた。

「きみが聞いたのはそれだけか、ん？　オウムのような言葉のくり返しだけかね？」

「ああ。だが、今もいったように、そんなことは――」

「くり返された言葉をきみはちゃんと聞いたのか？」

「何度もいってるように――」

「きみは言葉にされた以上の意味をくみとれんのかね？　民衆の多くはスローガンをくり返すだけだ――が、彼らがくり返すのは、それが真実であって、彼らの心や人生に活気を与えてくれるからだ。それに、自分たちで考えようとしない連中についても、われわれはともかく教育する」教育する、だって？　唐突に、あのときカウティが厳しく詰《なじ》られるのを盗み聞きしたことが思い出された。あれが、こいつらのいう教育ってやつか？　だが、ケリーはつづけた。「パレシュと話したことはあるかね？　あるいは、ナターリャと？　一度でも、きみは彼らの話を〝聞いた〟ことがあるのか？」

「なあ――」

やつは椅子のなかで、わずかに身を乗り出した。「だが、そんなことなど問題ではない。われわれは、自分たちの行動をきみに正当化するためにここにいるのではない。われわれはテクラや〈東方人〉の集まりだ。そのなかでも、自分たちが何をしているかわかっている精鋭の集まりなのだ」

「ほう？　いったい〝何を〟してるっていうんだ？」

「われわれにできる唯一の手段によって自衛している。存在する唯一の手段――すなわち、団結することによって、社会において当然われわれに帰すべき力をもちいてな。こうすれば、われわれは帝国から身を護ることができるし、ジャレグからだって身を護れる。そして、きみからも身を護ることができる」

おやおや。「ほんとにそうか?」

やつはこたえた。「ああ」

「だったら、今ここで、おれがあんたを殺そうとしたら、どうやって防ぐ?」

ケリーはまばたき一つしなかった。おれはそれを虚勢とみなした。ツァーなら勇猛とみなすだろうし、ジャレグなら愚行とみなすだろう。やつはいった。「いいとも。だったら、やってみろ」

「もちろん、そうしてみてもいい」

「なら、やってみろ」

おれは毒づいた。もちろん、こいつを殺したりはしなかった。そんなことをしたら、カウティは絶対におれを許さないだろうし、どのみちそれで何かが片づくわけでもない。ケリーには、こいつの仲間をハースや〈フェニックス警備兵〉の面前に追いたてて、すっかりきれいに片づくよう仕向けてもらわないといけない。だがその前に、カウティだけはこの運動から手を引かせないといけなかった。

ケリーがなおもおれをじっと見ていることに気づいた。そこで、おれはいった。「つまりあんたらは、自分たちと、それに〈東方人〉を護るためだけに存在してるってわけか?」

「ああ、それとテクラもだが。そして、われわれの唯一の自衛策は——おっと、失念していた、きみは興味がないんだったな。きみは屍《しかばね》の山のかなたに財宝を追い求めるのに忙殺され、他人のいうことになど耳を傾けるひまもないんだった」

「ずいぶんと詩的な表現じゃないか。トーチュリを読んだことは？」

「あるとも」とケリー。「ウィントのほうが好みだがね。トーチュリは気が利いているが、底は浅い」

「うむ、ああ」

「ラートルといっしょだ」

「ああ」

「この二人はともに同じ詩作の学び舎《まなや》を出ているし、歴史的にみれば同時代人といってもいい。ヴァリスタ家の第九循環《サイクル》位末期に興《おこ》った文藝再構築のあとの時代だ。貴族階級は苦い思いで——」

「わかった、わかった。あんたはずいぶんと読書家なんだな……本業がなんであるにしろ」

「わたしは革命運動家だよ」

「ああ。もしかしたら、あんたもヴァリスタだったのかもな。構築と破壊、この二つが同居してる。ただし、あんたはどっちもあまりうまくはないようだが」

「いいや」とやつがいった。「わたしがドラゲイラ族のいずれかに属するなら、それはテクラ家だろう」

おれは鼻を鳴らした。「そういったのはあんただぜ。おれじゃない」

「そうとも。そしてこれも、きみが理解していないことの一つだ」

「間違いないな」

「だが、それはきみにも同じくあてはまる――」

「口には気をつけろ」

「そして、すべての人間にもあてはまることだ。テクラは臆病者として知られているが、パレシュは臆病者かね？」

おれは唇を湿《しめ》した。「いいや」

「そう。彼は闘えるだけの手段を身につけている。それに、彼らテクラは愚かで怠惰な連中としても知られているな。これはきみの経験に合致するだろうか？」

おれは〝ああ〟とこたえかけたが、思いなおした。いや、やつらが怠惰だとはいえない。愚かだろうか？　うむ、ジャレグ家は長いことテクラをだまくらかしてきたわけだが、それは単におれたちのほうが狡知《こうち》に長《た》けていたというだけの話だ。そのうえ、テクラはあまりにも数が多いから、おれが出会ってきたやつらはたまたま愚かだったというだけかもしれない。テクラの総数を推《お》しはかるのは、たとえアドリランカにかぎったとしても困難だ。連中の大半はジャレグ家の客でさえない。

「いや」とおれはいった。「そうとはいいきれなさそうだ」

「テクラ家は、ドラゲイラ各家のあらゆる特徴を内包している。それをいうなら、ジャレグ家もだが。それはほぼ同じ理由によるわけだ。これら二つの家柄は、何もたずねることなく部外者を同じ身分として受け入れている。貴族階級は――ツァー、ドラゴン、ライオーン、ときにはほかの各家も――これを弱みとみなす。ライオーンはいかなる他者も認めないし、ほかのいくつかの家柄では、加入を許す際に試練を課している。こうすることによって、やつらは自分たちの家が強まると考えている。彼らの求めるもの――たいていは、力強さ、敏捷さ、狡知さといったものだが――をおぎなってくれるからだ。これらは支配的な文化――貴族階級の文化にとって、最大の効能とみなされている。そうであるなら、こういった特徴を持たない血の混交は弱体化とみなさざるをえまい。やつらが弱みとみなしているゆえに、きみもそうみなしている。が、それは違う。それこそは長所なのだよ。

そうした特徴を求めることによって――あるいはやつらが求めるのがなんであれ――元からあったかもしれない何を捨ててしまったのか？　こうした特色は、どれもある程度までテクラやジャレグ、それに一部の〈東方人〉のなかにも存在している――われわれ自身も気づいていないが、それこそがわれわれを人間たらしめているほかの特色とともに。それが人間にとってどんな意味を持つか、考えてみたまえ。それは種族や家柄などよりもずっと重要なことだ」ケリーは口をつぐみ、またしてもおれをじっと観察した。

「なるほどな。うむ、一度の講義で、生物学、歴史、それにテクラの政治学まで学べたってわけだ。それと、革命家に必要とされる資質についても。礼をいっておこう。じつに有意義だった。ただし、おれは生物学なんて興味もないし、あんたのいう歴史なんぞ信じちゃいない。それに、革命家になるのに何が必要かくらい、とっくにわかってた。今度は、どうすりゃカウティをみつけられるか教えてもらいたいもんだな」

「きみのいう、革命家に必要な資質とはなんだ?」

ケリーが話題をすり替えようとしているのはわかっていたが、どうにもこの誘惑にあらがえず、おれはこたえた。「思想を崇拝するあまり、ほかの人々に対してまったく容赦しないことだ——友人や敵、そして中立の立場の者にも」

「思想を崇拝する? きみはそんなふうにみなしているのか?」

「ああ」

「それで、そうした思想はどこから生じるというんだね?」

「そんなのは、たいした問題とも思えない」

「人々から派生するんだよ」

「たいていは、死んだ連中からだろうな」

ケリーはゆっくりと首を横に振っていたが、その目がほんのわずかばかり輝いているように見えた。

「それでは」とやつがいった。「きみには倫理観というものが少しもないのか?」

「おれの挙《あ》げ足を取ろうとするのはやめておくんだな」

「なら、きみも持ちあわせているということか?」

「そうだとも」

「だが、自分にとって意味のある者のためなら、かなぐり捨てると?」

「挙げ足取りはよせといったはずだ。もう二度といわないぜ」

「だが、人々よりも大切な思想とやらはともかく、職業倫理というのはいったいどんなものかね？」

「職業倫理こそは、おれが人々をつねにそうあるべく扱えるよう請けあってくれるものだ」

「たとえその当座は都合が悪くとも、それこそがきみの正当性を請けあってくれるのか？」

「そうだ」

「そうか」

おれはいった。「あんたは、すかしたゲス野郎だな」

「いや。だがわたしにも、きみの意見などたわごとにすぎぬと指摘はできる。われわれの思想がまるで天から降ってきたかのようにきみはいうが、そうではない。それはわれわれの必要から、思考から、争いから育《はぐく》まれてきたものなのだ。思想というのは、ある日忽然《こつぜん》と誰かの頭に浮かび、人々がみんなでそれを採択するといったようなものではない。ある召喚呪文がいずれかのアシーラ皇帝治世の産物であるのと同じように、思想というものもその時代の産物だ。思想とは、たとえそれが誤りであっても、つねになんらかの真実をあらわしている。前史の時代から、人々は思想を——ときには誤った思想であれ——なんとか手に入れようとしてきた。そうした思想が彼らの生活や世界にもとづいていなかったり、その産物でない場合、そうまでして追い求めたりするだろうか？

われわれについていえば、いや、われわれはけっして〝ずかして〟いるわけではない。われわれの強みは、たまたま同じ問題を抱えた個人としてではなく、歴史の一部として、社会の一部として自分たちをみなしている点にある。それはつまり、われわれがいつも完全に正しくはないにしても、少なくとも正しい答えをさがすことはできる、ということだ。それは明らかに、個人でいるよりも一歩先んじている。きみが問題を抱えていて、それを解決しようとするのはけっこうだが、この世界の〈東方人〉やテクラにとって、問題というのは個人で解決できるようなものではない」

どうやら、ひとは演説し慣れてくると、ほどほどにするのが困難になるらしい。ケリーの饒舌《じょうぜつ》が一区切りつくと、おれはいった。「おれは個人だ。一人で問題を解決してきたし、困難をくぐり抜け、成功もおさめてきた」

「そのために、いったいどれほどの死体を踏み越えてきたんだね？」

「四十三だ」

「ほう？」

「それがどうした？」

「きみこそどうなんだ？」

おれはケリーをにらんだ。やつのほうも、ふたたびきつくにらんでいる。やつの話のなかには、こっちが落ちつかなくなるくらいおれ自身が考えてきたことに近い点もある。だがおれは、自分でも不確かなところにさも精妙な政治的地位を築いたり、すべてがどうあるべきか、誰よりもよく心得ているとでもいうように反乱分子を煽動したり、といったことまではやっていない。

おれはいった。「そこまでおれが役立たずの屑《くず》だとしたら、あんたはどうしてそんなやつといい争って、時間を無駄にしてるんだ?」

「なぜなら、カウティはわれわれにとって貴重な存在であるからだ。彼女はまだ加わって日が浅いが、すばらしい革命家になる可能性を秘めている。彼女はきみとのあいだに問題を抱えていて、それが任務のさまたげになっている。わたしもそれを解決してやりたい」

おれは苦労して自身を抑えつけた。「もっともな話だな。よし、なら、おれのほうからあえてあんたの手管《てくだ》にのって、あんたがカウティに手管を弄《ろう》するのを手伝ってやろう。そうすりゃ、カウティもあんたを手伝って、アドリランカ南域の全住民に手管を弄することができるだろうしな。そんなふうにみんなが作用しあうってわけだ、そうだろ? よし、行動に移るとしよう。カウティの居場所を教えてくれ」

「いいや、そんなふうに作用しあっているんじゃない。わたしはきみとどんな取引もするつもりはない。きみは〈フェニックス警備隊〉を招き寄せ、手管を弄してわれわれを破滅へと導く冒険行に向かわせた。きみにどんな理由があったにしろ、それはうまくいかなかった。われわれは、もはやどんな冒険にも関わるつもりはない。われわれは今日、大集会を開いてみんなに呼びかけた。落ちついて、〈警備兵〉どもに事件を誘発させるような行為は慎むようにと。われわれはどんな攻撃からも身を護る準備はしているが、みずから窮地におちいるようなことはけっして――」

「おい、よしてくれ。あんたはどのみち破滅するほかない。ハースとやりあえるなんて、本気で思ってるのか？　女神ヴィーラの毛……髪の毛の数以上に、ハースは殺し屋をたんまりと抱えこんでるんだぞ。おれがやつに行動を強《し》いてなかったら、やつはあんたに引き下がる気がないとみるや、すぐさまあんたをつぶしにかかってたろうぜ」

ケリーが問いかけた。「ハースの雇っている殺し屋は、アドリランカに暮らす〈東方人〉やテクラの数より多いというのかね？」

「はっ。テクラに玄人《プロ》の殺し屋がいるとは思えないし、〈東方人〉にしても、おれくらいのもんだろうな」

「玄人《プロ》の殺し屋だって？　いや。だが、玄人《プロ》の革命家ならいるとも。あのジャレグがフランツを殺すと、われわれはアドリランカ南域の半分を暴徒化させた。やつがシェリルを殺すと、もう半分までも暴徒化させた。きみは〈警備兵〉を呼び寄せた。おそらく、問題をすっかり解決できる壮大な計画でもこしらえたと思いこんでいたんだろうが、実際にはまさしく帝国が必要としていたことをしてやっただけだ――きみはやつらに進駐する口実を与えたのだよ。よかろう、やつらはこの地に踏みこんだ。そして何もできずにいる。やつらが一歩でも深入りしたなら、われわれはただちに、この街をまるごと奪取する」

「そこまでできるなら、どうしてすぐにやらないんだ？」

「まだそうしたくはない。その機は熟していないゆえ。ああ、われわれがアドリランカをしばらく支配することはできようが、帝国内のほかの地域はまだ準備がととのっていない。帝国内の残りすべてを敵にまわしては、とても太刀打《たちう》ちできまい。だが、その必要があるなら、あえてそうしよう。なぜならそれが前例となり、そのためにわれわれはさらに成長できるからだ。帝国はわれわれをつぶすこともできない。残りの各地域が蜂起するだろうからな。彼らはわれわれを代表者とみなしている」

「それなら、あんたらが求めてる権利を、連中は聞き入れるんじゃないか？」

ケリーはかぶりを振った。「帝国は殺害事件を徹底的に調査することなどできない。なぜなら、そうすることによって、ジャレグ家が帝国といかに密接に結びついているかが明白になり、ジャレグ家自体も応戦しなければならなくなって、さらなる混沌と化すことは確実だからだ。向こうもわれわれに何が〝できる〟かわかっているが、われわれが何を〝しようとしている〟かまではわかっていない。それゆえ、やつらにできるのは、兵力を派遣して、われわれがあやまちを犯すよう待つくらいのものだ。そうして、われわれが大衆の支持を失ったあかつきには、叩きつぶすことができる——われわれの活動組織や、市民もまとめてな」

おれはやつをまじまじと見つめた。「あんた、そんなこと本気で信じてるのか？　それより、まだ教えてもらってないぜ。ハースが殺し屋をここに六、七人も送りこんであんたを始末するのを、どうやって阻止するつもりなのか」

「きみ自身も、ハースを帝国といがみあわせようとしてたんじゃなかったかね？」

「ああ」

「うむ、その必要などなかったのだ。この前、ジャレグどもがわれわれの仲間を殺したとき、われわれはほとんどこの街を奪取しかけた。やつらもよくよくわかっている。今度また同じことがあったら、帝国も彼らに対して動かざるをえないと。このハースという男は、そうなったとき、どんな影響をこうむるかな？」

「はっきりとは推測しがたいな。やつはやけくそになってる」

ケリーはまたしてもかぶりを振り、そして椅子の背にもたれた。おれはやつを観察した。こいつを見てると、誰を思い出す？　このうぬぼれた態度からは、おそらくアリーラだろう。マローランかもしれない。この雰囲気――つまり、じゃまする者はもちろん誰だって倒すことができる、なにしろそのとおりだから、とでもいいたげな態度から。

よくわからない。この男に才気があるのは疑問の余地もないが――そのときのおれにはわからなかったし、今もそれは判然としない。

おれが次なる突き返し《リポスト》をひねり出そうとしていたそのとき、ケリーの顔がさっと上がった。それと同時に、ロイオシュもくるりと首をよじる。ケリーが声をかけた。

「やあ、カウティ」

おれは振り返りもしなかった。ロイオシュがうなり声をあげはじめ、ロウツァもうなり返す。ロイオシュは飛びたち、翼のはばたきやさらなるうなり声が聞こえてきた。

カウティがいった。「あら、ヴラド。あの二匹を見て、何か思い起こすことはない？」

そうして、おれは振り返った。彼女の目の下にはくまが浮いている。やつれ、くたくたに疲れているように見えた。カウティを抱きしめて、もういいんだといってやりたかった。ただし、あえてそんなことはしなかったし、少しもよくはなかった。

ケリーが立ち上がり、部屋を出ていく。おれが感謝するとでも思ったんだろう。

やつが出ていってしまうと、おれはいった。「カウティ、この運動から抜けてもらいたい。この連中は近いうちにつぶされるだろうし、そのときおまえには、どこか安全なところにいてほしいんだ」

彼女がいった。「ええ、昨日の晩、あたしも考えてみたの、出ていったあとで」

カウティの声は穏やかで、そこに激しさや憎しみは聞きとれない。

おれはいった。「それで何かが変わるのか？」

「どうかしら。あたしに信念と愛情のいずれかを選べっていうのね」

おれはごくりと唾を呑《の》みこんだ。「ああ、そういうことだろうな」

「ほんとにそうしないといけないの？」

「おまえの身の安全を確保しないといけない」

「あなたのほうは？」

「それは別の問題だ。それとこれとは関係ない」

「こんなことをあなたがしてる理由は、ただ一つ――」

「おまえの命を護るためにきまってるだろ、ちくしょうめ!」

「そんないい方はやめて、ヴラド。お願いだから」

「すまなかった」

「あなたがそうしたのは、ハースがどれほどの力を持ってるかってことにとらわれすぎて、あんなやつなんか、武装蜂起した民衆の力に比べたらどんなにもろいものかっていうことがわからなかったからよ」

その〝武装蜂起した民衆の力〟とかいうたわごとはよしてくれ、といってやりたかったが、やめておいた。おれはその点について一分ほども考えてみた。うむ、確かに、もしも民衆が武装して、そのうえ、もしも信頼できる指導者がいたなら、強力な存在にもなりうる。もしも、もしもの連続だが。

おれはいった。「おまえの考えが間違ってるとしたら?」

カウティはまさしく口をつぐみ、しばらく考えこんだ。「ここに場所を移す前に起きたあの事件をおぼえてる? 〈フェニックス警備兵〉が乗りこんできたときのことだけど。ハースは、あのドラゴン貴族にナイフで顔を刻まれるあいだ、ただ立ちつくしてたわよね。ハースはあの女兵士が憎くて、殺したかったはずなのに、ただ立ちつくして甘受した。どっちのほうが力があったと思う?」

「わかったよ。ドラゴン貴族のほうだ。つづけてくれ」

「ケリーがあたしたちの要求を突きつけたとき、あのドラゴン貴族はただ立っていた、軍という後ろ盾がありながら。ケリーのほうが、本当はドラゴン兵士より力があるって考えられる？」

「いや」

「あたしも同感よ。力は、武装蜂起した民衆にこそあった。あなたもそれを〝目にした〟のよ。あなた個人が、あれよりも力があると思う？」

「さあな」

「あなたの意見が間違ってたかもしれないって認めるの？」

おれはため息をついた。「ああ」

「だったら、あたしの身を護ろうなんてことはやめたら？　それって何よりも、侮辱でしかないのよ」

「無理だよ、カウティ。わからないか？　そんなことできるわけがない。おまえには、自分の命を投げ捨てる権利はないんだ。誰だってそんな権利はない」

「あたしが自分の命を投げ捨てようとしてるって、ほんとに思うの？」

おれは目を閉じた。昨日の晩には流れもしなかった涙が浮かびはじめるのを感じた。それをなんとか押しとどめる。「その点については、もう少し考えさせてくれ」

「いいわよ」

「家に戻ってくれるか？」

「今度の件が終わるまで待ちましょ。そのあとで、あたしたちの関係がどうなってるか確かめることにしましょ」
「終わったら、だと？　いったい、いつになったら終わるんだ？」
「女帝が軍を撤退させたら」
「そうか」
ロイオシュが戻ってきて、おれの肩にとまった。おれは声をかけた。
《すべてうまくおさまったか、相棒？》
《だいたいはね、ボス。二、三日はあんまりうまく飛べそうにないけど。あいつが、右の翼にひどい一撃をくらわせたんだ》
《なるほど》
《心配するほどでもないよ》
《ああ》
おれは立ち上がり、カウティの身体には触れもせず、わきをすり抜けた。ケリーは手前の部屋におり、グレゴリーやほかの数人と熱心に話しこんでいた。おれが出ていくあいだ、誰もおれには見向きもしなかった。慎重にあたりをうかがってから外に出たが、あやしげな人物は見あたらない。瞬間移動で自宅に戻った。今のおれよりは、クレイガーのほうが事務所をうまく切り盛りできるだろう。
部屋までの階段が長く険《けわ》しく感じられ、しかも足は鉛のようだ。ようやく部屋にはいりこむと、またしてもソファにどさりと倒れこみ、しばらくは虚空《こくう》を見つめていた。部屋を掃除しようかとも考えたが、その必要はあまりなく、しかもおれにはそうするだけの気力もなかった。

芝居でも観にいかないか、とロイオシュがたずねてきたが、そんな気分でもない。

二時間ばかりかけて突き剣を研《と》いだ。もうじきこれが必要になりそうに思えた。そうして、もうしばらく虚空をじっと見据えていたが、名案が空から降ってわいておれの足もとに落ちてくるわけもなかった。

しばらくして腰を上げ、ウィントの詩集をひもといた。適当にページを開くと、『埋《うず》もれて』と題する詩にいきあたった。

……全能の力に挑み
汝《なんじ》がために流せし血は無に帰《き》しや？
血は我《われ》の、戦《いくさ》は汝の
明るく咲き誇りし花に埋もれ……

しまいまで詩を読みつづけ、ぼんやりと思いをめぐらした。おれが間違っていたのかもしれない。そのときばかりは、少しもあいまいになど思えなかった。

16

〃……左側のかぎ裂きを繕《つくろ》うこと〃

膝に本をのせたまま、おれは椅子の上で目を覚ました。身体がこわばって寝覚めが悪いが、椅子に坐って眠りこんでいたなら無理もない。伸びをして筋肉をほぐし、それから風呂にはいった。まだひどく早い時間だった。コンロに薪《まき》を入れ、妖術で火をつけると、卵をいくつか料理し、薬草《ハーブ》入りのパンもいくつか温める。パンは出ていく前にカウティがつくりおきしてあったやつだ。ガーリックバターをつけるとなおのことうまい。クラヴァは眠気を覚ます助けになったし、皿を洗ったり、キッチンを掃除したことも助けになった。掃除を終えるころには、今日という一日に取り組む準備ができかかっていた。

何人かにあてて指示書を認《したた》める。おれがこの世を去ったときの用心としてだった。文面は簡潔にすませた。腰をおろしたまましばらく考えこむ。最後の瞬間になって計画を変更するのは嫌いだ――そう、〃大嫌い〃だった。しかし、ほかに手はない。カウティの身の安全が保証できないうえに、ケリーのいうとおりだという可能性もある。いや、うまいこと敵がたがいに殺しあうよう細工するなどできるはずがない。ほかの手を打つほかなかった。ここ数日間の出来事や、おれがつくり出した状況をどうにか解決する手だてをすばやく見なおしていって、祖父に手伝ってもらう案をようやく思いついた。

ああ、それならうまくいくかもしれない。戦闘のさなかに、祖父が姿を見せたりしなければ。この案に、仕上げの一筆とでもいうべきものを加えた。

クレイガーに精神を集中させると、すぐに彼がこたえた。《誰だ?》

《おれだよ》

《どうした?》

《イシュトヴァーンに接触できるか?》

《ああ》

《あいつに、ケリーのとこの新しい住所を伝えてくれ、アドリランカ南域の。今日の午後、あそこに待機させとくんだ、姿を見られないようにな》

《わかった。ほかには?》

《あるとも》

おれはクレイガーに残りの指示を与えた。

《ほんとにやつがそんな危険を冒すと思うか、ヴラド?》

《さあな。だが、今のおれたちにとって、これが最善の手段だ》

《わかったよ》

つづいておれは突き剣を抜き、空中に何度か突きを入れて手首をならした。祖父がいつもいっていたように、しなやかでありながらしっかりと、だ。

いつものとおり慎重に武器をすべて確認したうえで、思考をととのえて瞬間移動した。ひどい思い違いでもしているんでないかぎり、今日こそは決戦の日となるはずだ。

アドリランカ南域の通りにはひどい風が吹き荒れていた。凍えるほど冷たいというわけではないが、風が巻き上げる砂が肌を刺す。ケリーの作戦本部そばの建物に身を隠していたおれのマントは、おかげでひどい乱れようだった。風のあまりない場所に移動することにした。そこのほうが身を隠すにも好都合だが、あまり視界はよくない。〈フェニックス警備兵〉が四名ずつきちんと隊列を組んで行進していくのを見守った。はじめから規律の乱れなど見あたらないところに、あえて規律を維持しようとつとめており、それに一部の連中――たいていはドラゴンだ――は退屈し、不平をもらしている。テクラどものほうは楽しんでいるようだった。なにしろ、通りを闊歩《かっぽ》して、威張ったふりをできるのだから。武器の柄《つか》をずっと握っているのはこういう連中だった。

おもしろいことに、道ゆく人々の政治的姿勢が手に取るようにわかった。はちまきをしている者はないが、そんなものは必要もなかった。通りをこそこそと、あるいは目的地めざしてせかせか歩いていく連中がいる。まるで外に出るのを怖れているようだ。その一方で、張りつめた空気を満喫している連中もあった。こいつらは、頭を昂然《こうぜん》ともたげてあたりを見まわしている。今にも何かが〝起こり〟つつあって、それを見逃したくないとでもいいたげだった。
午後まだ浅い時間には、イシュトヴァーンもおそらくどこかで配置についていたろうが、おれの目に留まることはなかった。クウェイシュもどこかにいるものと思われる。クウェイシュがいることをおれが知っているとはやつも知っていようが、イシュトヴァーンまでいることは知られていないような気がした。
もう一度クレイガーと接触する。《何かおもしろいことでもあったか？》
《いや。イシュトヴァーンはそっちにいる》
《そりゃよかった。おれも位置についた。よし、伝言を送ってくれ》
《ほんとにやるのか？》
《ああ、やるなら今しかない。あとでもう一度やる度胸はないからな》
《わかったよ。で、妖術使いのほうもか？》
《そう。そいつはケリーのとこの向かいにある薬種屋に送ってくれ。そこで待たせとくんだ。そいつはおれの顔を知ってるか？》
《知らんだろうな。だが、あんたの特徴を説明するのはひどく簡単だからな。あんたのことがわかるよう、こっちで手配しておくよ》
《よし。はじめよう》
《了解、ヴラド》

そうして、おれたちは計画を実行に移した。

ハースが受け取るはずの言《こと》づてはひどく簡略なものだ。それにはこう書かれている。

『〈フェニックス警備兵〉の撤退をそちらで手配してもらえるなら、当方も妥協の用意あり。〈警備兵〉のおかげで、当方、家を出られず。お好きな時間に来《こ》られたし――ケリー』

これの長所は、同時に短所でもある。偽《にせ》の伝言であることはあまりにも見え透いている。だが、ケリーとハースはたがいに精神内で通信できるほど親しくないから、伝言でのやりとりが必要だった。ハースはケリーをひどく見くびっているはずで、そのことも重要だった。これがうまくいくためには、ケリーが〈フェニックス警備兵〉を怖れているとハースが信じていなければならず、しかも〈警備兵〉どもがジャレグ家にとってどれほどの脅威であるかケリーは知りもしないとハースが思いこんでいる必要がある。そうしたことを本当はケリーも察していると〝おれ〟は知っているが、おそらくハースは知るまい。

それゆえ、問題はこういうことになる。ハース本人が姿をあらわすだろうか？　護衛はどれくらい連れてくるだろうか？　そして、ほかにどんな防御の手段をとるだろうか？

ほかに何ごとも起きないうちに、妖術使いの女が到着した。おれの知らない顔だった。背の高いジャレグで、黒髪をきつく巻いている。口もとは厳しく、血筋にアシーラの兆候がいくつかうかがえる。ジャレグ家の灰色を身にまとっていた。女は店にはいっていった。

おれも慎重にあとからつづく。おれが店にはいると、女はすぐに気づいて声をかけた。

「タルトシュ卿？」

おれはうなずいた。女がケリーの建物を示す。

「瞬間移動で出ていこうとする者を遮断する、と。ご用はそれだけですか？」

「ああ」

「いつからはじめれば？」

おれは硬貨を一枚取り出し、目と指でもってしばし確認してから、女に手渡した。

「こいつが熱くなったら頼む」

「承知しました」と女がいった。

なおもひどく慎重に、おれは店を出た。今のところはまだ襲撃されたくない。さっきの隠れ場所に戻り、そこで待った。数分後、ジャレグ家の色を身にまとったドラゲイラが一人あらわれた。

おれは告げた。《よし、ロイオシュ。出発してくれ》

《ほんとにいいのかい？》

《ああ》

《わかった、ボス。幸運を祈るよ》

ロイオシュは飛びたっていった。これで制限時間が生じたわけだ。この日の血なまぐさい部分は、おれのみるところ、三十分あまりのうちに終わらせないといけない。おれは短剣を抜いて低く構え、古びた高い一軒家が投げかける影にいっそう深く身を潜《ひそ》めた。そうして、短剣をしまって今度は突き剣に手をかけたが、抜きはしなかった。〈スペルブレイカー〉にも触れたが、手首に巻いたままにしておいた。拳をきつく握ったり開いたりとくり返す。

ケリーの部屋のなかで何が起こっているかは推測するほかない。が、さっきのジャレグがハースの遣《つか》いであるのは間違いない。あいつは部屋にはいっていって、「ハースさまがここに向かっている」とかなんとか告げたのだろう。ケリーも使者もそのわけは知るまいから――

ナターリャとパレシュが建物から出てきて、それぞれ反対の方向に去っていった。

――ケリーは援軍を頼みに出したのだろう。誰に？　〝民衆〟にだ、もちろん。おれの当初の計画では、これが必要不可欠だった。そうしておいて、〈フェニックス警備兵〉に報告し、たがいに殺しあうよう煽《あお》ればよかった。しかしながら、今ではそうするわけにもいかない。カウティがいまだにやつらといっしょにいる以上は。

ジャレグ家の男が四人、姿をあらわした。用心棒や臨時雇いの護衛役、遣い走りどもだ。そのうち二人がなかにはいって建物を確認し、残る二人は周囲を調べ、おれのような者がいないかさがしている。おれは隠れたままでいた。イシュトヴァーンもその場にいるとすれば、彼もそうしていよう。同じく、クウェイシュも。街なかの通りに身を隠すことがいかに容易であるか、おれは教訓を得ていた。それと、身を隠している者をみつけ出すのがいかに難しいかについても。

約七分後、ハースが姿を見せた。バジノクとほかにも護衛役が三名ついている。連中は建物にはいっていった。おれはしばし精神を集中させ、ひどく単純な呪文をおこなった。硬貨が熱を帯びる。瞬間移動防御壁が建物のまわりに張りめぐらされた。

ちょうどそのころ、〈東方人〉やまれにはテクラが通りに大勢集まりだした。遣い走りの一人がなかに駆けこむ。推測するに、状況を報告しにいったのだろう。そいつは、またすぐに姿をあらわした。つづいて、〈フェニックス警備兵〉も通りの反対側に集まりだした。驚くほど短時間のうちに――五分ほどだったろうか――前にも目にした光景が再現されていった。片や二百人ほどの武装した〈東方人〉が、そしてもう一方には、八十名あまりの〈フェニックス警備兵〉が。あんたへの贈り物だ、ケリー。即席のいがみあいを、タルトシュ卿より。

困ったことに、もはやおれは、いがみあいなど望んでいなかった。当初の計画では、カウティを運動から抜けさせる手はずになっており、それならおれがハースを殺して、その間《かん》にイシュトヴァーンがクウェイシュを殺し、〈警備兵〉どもはケリーとやつの仲間を殺せばよかった。だがおれは、このことを〈フェニックス警備兵〉に通告してさえいない。やつらは勝手に嗅《か》ぎつけてきたわけだ。ともかくも、忌々《いまいま》しい連中だ。

うむ、ここにいたってはもう引き返す手だてもない。今ごろはハースもなかで、さっきの言づてがケリーからのものでなかったことに気づいていようし、建物のまわりに瞬間移動防御壁が張られていることにも気づいていよう。おれがどこかに隠れてやつを殺そうと待ちかまえていることも、ハースは推測しているだろう。やつはどうするだろうか？ うむ、単にそのまま出てくるかもしれない——〈フェニックス警備兵〉がずらりと居並ぶ前では、おれが何も仕掛けてこないだろうと。それとも、さらに護衛を呼び寄せて、完璧に身のまわりを固めてから、瞬間移動できるところまで立ち去ろうとするかもしれない。おそらくやつは、今ごろひどくかっかしているだろう。

この前の副官はどこにも見あたらない。代わって〈警備兵〉を指揮していたのは年配のドラゲイラで、フェニックス家の黄金のマントの下は青と白というティアサ家のいでたちだった。この男は、一種独特な、長い軍人生活によってつちかわれた、〝背筋はしゃんとしていながら力みのない〟姿勢をとっている。彼が〈東方人〉だったら、長い口ひげでもしごいているところだろう。もちろん〈東方人〉ではないから、彼はときどき鼻のわきを掻《か》いていた。それをのぞけば、ほとんど微動だにしない。彼の剣が非常に長くてしかも軽そうなことに気づき、おれはこの男とやりあいたくないと感じた。そうして、これぞ〈フェニックス警備隊〉の指揮官たる老ティアサ、カヴレン卿そのひとであろうと気がついた。おれは感心していた。

〈東方人〉も〈警備兵〉もともに集まりつづけ、ケリー本人も外のようすをうかがいに姿を見せた。ナターリャとほかにも何人か引き連れている。彼らはすぐに引っこんだ。ケリーを観察しても何一つ情報はつかめなかった。少したつとグレゴリーとパレシュが出てきて、〈東方人〉に小声で話しはじめた。おとなしくしているよう彼らにいい聞かせたのだろう。

おれはかるく指を曲げた。目を閉じて、通りの向かいの建物に精神を集中させる。廊下のようすを思い起こした。右足のそばに割れた陶器のかけらが見えたが、それは無視する。もう片づけてしまったかもしれない。赤い染みの映像を呼び覚ます。床や壁にこぼした酒のあとだろう。それから、廊下のまんなかにあった階段を思い出した。地下の貯蔵室にでも通じているらしく、入口にはカーテンが引かれていた。天井の部分にへこみがあり、塗料がはげて、嵌《は》めこみ細工がわずかに欠けていた。天井からはほつれた紐が一本垂れていた。あの紐は、おそらくかつては枝つき燭台を吊り下げていたなごりだろう。紐の太さやほつれた端が垂れているようす、それにほつれの形状もおぼえている。カーテンをはいってすぐのところに積もったほこりの厚さを思い出した。それにカーテンそのものについても。焦げ茶と、醜悪な薄汚い青色がぎざぎざの模様を描いていた。地色はもともと緑色だったのかもしれない。廊下のにおい――風通しが悪くて、ほこりがたまってむっとしていた。ひどく強烈で、味覚として感じられそうなほどだ。口のなかにほこりの味を感じ〝られる〟ほどだった。

これくらいで充分だろう。その感覚をたもったまま〈帝珠〉に接触すると、おれの身体に力が流れこんだ。形をこさえて、こねくりまわしてねじり、ついには深遠ながら説明しがたい手段によって、おれが思い描いた光景やにおい、味わいとぴったり一致した。

目をきつく閉じたままそれらを引き寄せ、そして自分が〝どこか〟に達したことがわかった。腹のうちで、吐き気をもよおす蠢動《しゅんどう》がはじまっていたからだ。最後のひとひねりを加えて、目をあける。そして、そう、おれはまさしくそこに立っていた。おぼえていたとおりまったく同じ模様やにおいというわけでもなかったが、ほぼ記憶どおりだ。それはともかく、カーテンが充分におれを隠していた。

廊下には護衛が待機しているものと思われたから、音はたてないよう注意した。今にも吐きそうなのに、声を出せない苦しさというのを体験したことはおありだろうか？　だが、くどくど説明するのはやめておこう。おれはなんとかこらえた。

しばらくすると、危険を冒してカーテン越しにのぞいてみた。護衛が一人、廊下に立っているのが見える。そいつは、目下《もっか》のところ何も起こっていないにしては、それなりに気を配っていた。つまり、それほど気を配ってはいなかったということだ。気づかれないうちに首を引っこめる。反対のほうものぞいてみたが、裏口にひとの姿はない。裏口の外に一人や二人は立っているかもしれないし、ケリーの部屋そのものの裏口をはいってすぐのあたりにいるかもしれないが、どちらにしても今は無視してかまわない。

耳をすますと、断固とした調子でしゃべるハースの声が聞こえてきた。ということは、やつはなかにいるわけだ。もちろん、しっかりと護られている。おれの選択肢はかなりかぎられているようだ。やつの護衛を一人ずつはがしていくという手もある。つまり、なかの連中の注意を惹かずにあの二人をおとなしくさせる手段を講じ、死体は隠しておいて、ほかの誰かがさがしに出てくるのを待って、必要なだけ同じ手をくり返せばいい。気をそそられる部分もあるが、それほどの人数を音もたてずに始末する能力がおれにあるかという点に強い疑問が残る。どのみち、ハースのほうでそれが一番の好機とみなせば、いつなんどき廊下に顔を出さないともかぎらない。

その一方で、選択肢はもう一つ残されているが、それは愚かな手段といえた。というよりは、〝じつに〟愚かな手段だ。そこまで愚かなことをするのは、ひどく頭に血がのぼってものごとをはっきり考えられず、どのみち自分は死ぬと思いこみ、数週間におよぶ不満がつのって今にも爆発しかけ、何人かは道連れにできるかもしれないと計算し、そしてたいがいは、もうどうにでもなれという気になったときだけだ。

今こそはまさにその最適の機会である、とおれは判断した。

武器をすべて確認しなおし、薄くてひどく鋭い投げナイフを二本抜く。腕はわきにおろした。そうしておけば、ナイフを隠せないまでも、少なくともめだつことはない。おれは廊下に足を踏み入れた。

そいつはすぐにおれを目に留め、まじまじと見つめた。おれはそいつに近づいていきながら、唇に笑みをたたえていたように思う。そう、実際のところ、笑みを浮かべていたのをはっきりとおぼえている。もしかしたら、そいつが動かずにいたのはそのせいかもしれないが、とにかくそいつはおれを見つめるばかりだった。そのころまでに、おれの鼓動は早鐘のように打ちはじめていた。おれは歩みをつづけ、充分に近づくか、それとも相手が動くのを待った。あとから振り返って推測するに、廊下を渡っていく十歩のあいだにそいつをせかしたりしたら、おれはすぐにも殺《や》られていたろう。だが、笑みをたたえ、歩いて近づいたがゆえに、そいつの予測を狂わせたんじゃないかと思う。そいつは幻惑されたように見つめつづけ、おれがすぐそばに近づくまでなんの動きも起こそうとしなかった。

そうしておれは、そいつの腹に片方のナイフを突き立てた。致命傷ではないまでも、相手をひどく無力化させる一撃だ。そいつはおれの足もとに崩れ落ちた。

おれはブーツからナイフを一本抜きはなった。投げることも、切ることも突き刺すこともできるナイフだ。おれは部屋にはいっていった。

護衛二人はちょうど扉口のほうに目を向けたところで、おずおずと武器に手を伸ばしかけた。使者のほうはソファに腰をおろしており、退屈そうな顔で目を閉じている。バジノクはハースの隣に立ち、ハースはケリーと話していた。おれからはケリーの顔が見えるが、ハースのほうは見えなかった。ケリーは楽しんでいるふうでもない。ケリーの隣にはカウティが立っており、すぐさまおれに目を留めた。パレシュとグレゴリーも室内にいて、ほかにおれの知らない〈東方人〉が三人とテクラも一人いる。

そして、ハースのそばにはもう一人護衛がついており、おれをまっすぐに見つめていた。その目は見開かれている。そいつの手にはナイフが握られていた。おれに投げつける用意ができていた。そいつは右胸の上部におれのナイフをくらって倒れた。

倒れざま、そいつはなんとか武器を投げつけたが、おれはわきによけたから脇腹のあたりをかすめただけだった。ナイフをよけるや、おれはハースを始末しにかかったが、バジノクがやつとのあいだに立ちふさがった。おれは小声で毒づき、さらに室内を進んで、ほかの連中のようすをさぐった。

残る二人の護衛も武器を抜いていたが、おれは自分で思っていた以上にすばやかった。それぞれの護衛に小さな投げ矢を投げつけた。それには毒が塗ってあって、筋肉を収縮させるはたらきがある。そのうえ、ほかの武器も投げつけていた。二人は倒れ、起き上がろうとしてまた倒れた。

その間におれは突き剣を抜き、左手には短剣を手にしていた。バジノクはどこからかレピプを取り出している。どうにもやっかいな話で、この武器とまともに打ちあったら、おれの剣は折れてしまうだろう。バジノクの肩ごしにハースが見つめていた。やつはまだ武器を抜いていない。いまだによくわからないが、やつは武器を携帯していなかったのかもしれない。おれはバジノクの一撃をかわして突き返し——剣先がきれいに胸をとらえた。バジノクは一度びくっと身体を震わせ、そして倒れた。

おれは使者役の男をかえりみた。そいつは短剣を手にして、なかば立ち上がろうとしかけていた。使者は短剣を落とし、もう一度坐りなおして、両手は身体からはっきりとはなした。

おれが室内に踏みこんでから、ものの十秒とたっていない。今や、護衛役三人はそれぞれさまざまに、不快でしかも役に立てない状況にあるし(廊下の二人のことはいうまでもない)、バジノクはおそらく瀕死の状態で、ハース側に残されたただ一人の男はみずから不参加を表明していた。

こんなにうまくはこぶとは、自分でも信じられなかった。

それはハースも同じだった。

やつがつぶやいた。「おまえは、何者なんだ?」

おれは突き剣を鞘におさめ、腰の短剣を抜いた。やつの問いかけにはこたえない。標的とは話をしないことにきめている。そんなことをしたら、まったく場違いな関係だって生じかねない。

そんなとき、おれは背後に物音を聞きつけ、カウティが目を瞠《みは》るのも見えた。おれは横ざまにとび、そのまま回転して膝立ちになった。

死体——おれがこさえたものではない——が一つ、床にころがっていた。カウティも短剣を抜いていたが、すぐに手をおろした。ハースはなおも動こうとしない。おれは死体を調べ、それ以上の存在でないことを確認した。まさしく死んでいる。クウェイシュだった。短い鉄の刺《とげ》が背中から突き出ている。ありがとよ、イシュトヴァーン、どこにいるにしても。

おれは立ち上がり、使者に向きなおった。

「出ていけ」と告げる。「外の護衛二人がはいってきたりしたら、外に待たせてあるおれの仲間がおまえらを殺す」

おれの仲間が外で待っているなら、どうして護衛を殺さなかったのか、そいつもいぶかったかもしれないが、何もいわずに出ていった。

おれはハースに一歩踏み出して、短剣を振り上げた。この期《ご》におよんでは、誰に見られようと気にもならなかった。帝国《おかみ》に突き出されようがかまわない。とにかく、けりをつけてしまいたかった。

ケリーが口を開いた。「待て」

おれは動きをとめた。おもに、どうにも信じられない思いからだった。「なんだと？」

「殺すのはよせ」

「気でも違ったか？」おれはもう一歩踏み出した。ハースはまったくなんの表情も浮かべていない。

「本気でいってるんだぞ」とケリー。

「そりゃよかったな」

「殺すんじゃない」

おれは足をとめ、一歩さがった。「そうかい。理由は？」

「この男は〝われわれの〟敵だ。長年にわたって争ってきた。そんなところへきみが割りこんで、われわれに代わってけりをつけてくれる必要などない。帝国にも、ジャレグにも、彼の死を嗅《か》ぎまわられたくないからな」

「あんたにゃ信じがたい話かもしれないが、あんたが何を望んでようが、こっちはテクラの悲鳴ほども気にかけちゃいないんだ。こいつを今殺さなけりゃ、こっちが死ぬはめになる。どのみちおれは死ぬだろうと思ってたが、どうやら事態はうまくはこびかけてるらしい。なんとか死なずにすむかもな。だったらなにも――」

「この男がきみの命を狙うことのないよう、うまくとりはからえるだろう。きみ自身が彼を殺さずともな」

おれは目をしばたたいた。ようやくにして、おれはいった。「よかろう。どんなふうに？」

「わからん。だが、この男の状況を見てみるがいい。きみは彼の組織が立ちゆかなくなるほどの打撃を与えた。再建するだけでも全力を注《そそ》がねばならんだろう。彼は弱い立場にある。きみはどうとでも手を打てるはずだ」

おれはハースを見た。なおも表情はいっさい浮かべていない。おれはいった。「うまくいっても、しばらくはこいつが攻撃を手控えるってだけのことだ」

「かもしれぬな」

おれはケリーに向きなおった。「おれたちが何をしたとか、こいつがどんな状況にあるなんて、どうしてそこまで知ってるんだ？」

「知ることこそがわれわれの任務だからだよ。われわれや、われわれが代表している人々に影響のあることとならなんであれ。なんのかんのと、この男とは何年にもわたって争ってきた。彼自身についてや、彼がどんな商売をしているかも知る必要があったんだ」

「なるほど、そうかもな。だが、あんたはまだ、おれがどうしてこいつを生かしておくべきなのか説明してくれてないぜ」

ケリーは目をせばめておれをにらんだ。「わかっているのか、きみ自身が歩く矛盾のかたまりだということが？　きみの出自はアドリランカ南域にある。きみは〈東方人〉だ。それなのに、きみはこれまでの人生すべてを、それを否定することに打ちこんできた。ドラゲイラのような態度を身につけ、ほとんどドラゲイラそのものになるべくして。そのうえ、貴族階級にも——」

「そいつはまったくの——」

「ときどききみは、貴族階級の口ぶりに影響されることがある。きみは、金ではなく〝力〟を持とうとして懸命に打ちこんできた。それこそは、貴族階級が何よりも重きをおいているものだからな。それでいて、同時にきみは口ひげをたくわえ、〈東方人〉としての出自を明示している。みずからを〈東方人〉と同一視するあまり、話に聞いたところでは、〈東方人〉相手にはきみの得意とする商売をやらないというし、フランツ殺害の申し出も断ったそうじゃないか」

「で、それがなんの——」

「今や、きみは選ばねばならない。きみに仕事をやめろと頼むつもりはない——なるほど、見下げはてた職種ではあるが。じつのところ、きみに〝何か〟を頼むつもりもない。わたしがいいたいのは、この人物をきみが殺さずにおくのがわれわれのためになるということだ。あとはきみの好きにするがいい」そういって、ケリーは背を向けた。

おれは唇を嚙み、いわれるままに考慮しはじめたこと自体に、はじめはびっくりした。首を何度も振って、頭をはっきりさせる。おれはフランツのことを考えていた。あの男は、自分の死後に名前が宣伝《プロパガンダ》に使われたことを、実際のところ喜んでいるだろう。それにシェリルも、おそらくは同じ気持ちのはずだ。さらには、このところ何度かケリーと交わしてきた会話を残らずさらいなおしてみたし、ナターリャとの会話も、そしてパレシュとの会話も思い出した。今でははるか昔のことのように思えた。そして、最後にパレシュが向けた顔つきまでも。今では、おれにも理解ができた。

たいていの連中は、どっちの側につくか選ぶ機会さえもない。ところが、おれにはそれがあった。それこそはパレシュがおれに告げたこと、それにシェリルやナターリャが告げたことにほかならない。フランツはおれが選択したものとみなしていた。カウティもおれも、自分がどちらの側にまわるか選ぶ時機に達していた。カウティは選択し、そして今や、おれも選ばないといけない。中立の立場を選ぶことはできるだろうか。

ほかの連中がそばにいることなど、急に問題ではなくなっていた。おれはカウティに向きなおり、そしていった。「おれもおまえにならうべきなんだろうな。それはわかってる。だが、できない。でなけりゃ、そうするつもりはない。どうやらそういうことらしい」

カウティは何もいわなかった。ほかの連中も黙っている。この薄汚い小部屋のぎこちない沈黙のなかで、おれはただ一人しゃべりつづけた。

「おれがどんな人間になったにしろ、先を見越すことはできない。ああ、おれだって何かしてやりたいさ、人々の大いなる利益のために——おまえがこう呼びたいならな。だが、おれにはできないし、おれたちは二人ともそれに縛られてる。どれだけ泣いたりわめいたりしたところで、おれが何者か、おまえが何者かっていうようなことに変わりはないんだ」

なおも、誰一人として口をきこうとはしない。おれはケリーに向かっていった。「おれがどれほどあんたを憎んでるか、たぶんけっしてわかりゃしないだろうな。あんたには敬意を払うし、あんたのしてることにも敬意は払ってる。だがな、あんたはおれ自身の目に、卑小化したおれを見せつけた。カウティにも。そのことだけは許せない」

その瞬間ばかりは、やつもただの人間にかえっていた。「わたしがそんなことをしただって？　われわれは、やらねばならないことをしているまでだ。われわれの決定はどれも、何が必要かという観点からくだされる。きみにそんなことをしたのは、本当にわたしだというのか？」

おれは肩をすくめ、ハースのほうを向いた。どうせなら、すべて片づけてしまおう。

「おれはきさまが一番憎い。ケリーを憎んでる以上にな。つまり、仕事うんぬん以前の問題だ。ハース、おれはきさまを殺してやりたい。しかも、じわじわと。おれがやられたのと同じように、拷問にかけてな。そうしてやりたい」

ハースはなおも表情を見せない。忌々しい目つきだった。少なくとも、こいつが恐怖に身をすくめるところでも見てみたかったが、それさえもかなわなかった。そのほうがこいつのためだったかもしれないし、そうじゃないかもしれない。だが、こいつをにらみつけるうちに、おれはまたしても自制を失いかけていた。おれは錐刀《スティレット》を手にしていた。単純な暗殺行為のときにおれがもっとも愛用している武器だ。この剣をやつに意識させてやりたい。もう耐えられないといったように、哀願させたかった。

こんなのは、とにかく受け入れがたい。おれはやつの喉首をつかみ、やつを壁に押しつけて、剣先をやつの左目にひたと据えた。おれはなにやらつぶやいた。よくおぼえていないが、悪態の範疇を超えたものではなかったように思う。そうして、おれはいった。「この連中が、きさまを生かしておきたいとさ。わかったよ、くそったれめ、生かしといてやる。今しばらくはな。だが、きさまを見張らせてもらうぞ、いいな？　おれに誰かをさし向けでもしたら、そのときこそ、きさまは一巻の終わりだ。わかったか？」

やつはいった。「あんたに誰かをさし向けたりなどしない」

おれは首を振った。こいつのいうことなど信じてもいないが、少なくともいくらか時間が稼げるだろう。もう一度カウティに呼びかけた。「おれは家に戻る。いっしょに来るか？」

彼女がおれを見た。額にはしわが刻まれ、目には悲しみが宿っている。おれは顔をそむけた。

ハースがドアに向かいはじめたころ、おれの背後で鋼《はがね》と鋼がぶつかりあう音が聞こえ、重い剣が部屋にとびこんできた。さらに、ジャレグ家の男が一人、あとずさるようにはいってきた。そいつの喉もとには突き剣が突きつけられ、その剣は祖父の腕へとつづいている。祖父の肩にはアンブルースものっていた。ロイオシュが部屋に飛びこんできた。

「ノイシュ＝パ！」

「やあ、ヴラディミール。わしに用だって？」

「ある意味ではね」おれはいった。なおも押し流せずにいた怒りがいくらか残っているが、薄れつつある。癇癪がぶり返す前にここを出たほうがいい。

ケリーが祖父に声をかけた。「やあ、タルトシュ」

二人はうなずきあった。

「ちょっと待っててくれ」おれは誰にともなくいい捨てた。廊下に出ると、おれの手で怪我を負わせたあの護衛役の男が、なおもうめきながら腹を押さえていたが、ナイフは引き抜かれていた。その隣にもう一人、右脚を押さえている男もいる。両手両足、そして肩にも傷が見てとれた。小さな傷ではあるが、深そうだ。おれの記憶しているとおり、祖父の腕が鈍っていないことにうれしさをおぼえた。おれは注意してそいつらのわきをすり抜け、通りに出た。今では武装した〈東方人〉の堅固な列ができており、同じく堅固な〈フェニックス警備兵〉の列も生じている。しかしながら、もはやジャレグ家の護衛どもの姿はどこにもなかった。

おれは兵士どものあいだを抜けて、指揮官を見いだした。

「カヴレン卿でしょうか？」おれが呼びかけた。

彼はおれを目にして、顔をこわばらせた。こくりと一度うなずく。

おれはいった。「何ももめごとはありません。ほんの手違いでして。すぐにもこの〈東方人〉たちは解散するでしょう。それだけをご報告しておこうと思いまして」

彼はしばらくおれを見つめていたが、そのうちにぷいと顔をそむけた。腐肉あさりの爬虫類など相手にできぬ、とでもいうように。おれは背を向け、薬種屋にはいっていった。

妖術使いの女をみつけて声をかける。「よし、もう解除してもらっていい。もっと小遣いを稼ぎたいなら、もうじきハースが出てくるだろうから、家まで送り届けてやれば、やつは感謝すると思うぞ」

「それはどうも」と女はいった。「楽しかったわ」

おれはうなずき、ケリーの部屋に戻っていった。おれのいったとおり、怪我した護衛数人をともなって、ちょうどハースが出てくるところだった。ほかの連中が運んでやらないといけないやつもいた。ハースはおれに見向きもしない。おれはやつのわきを通り抜けた。妖術使いの女がやつに声をかけるのが見えた。

なかに戻ってみると、祖父の姿は見あたらず、カウティもいなくなっていた。

ロイオシュがいった。《二人なら、ケリーの書斎にはいってったよ》

《そりゃよかった》

《どうしてノイシュ＝パに精神内で接触しないで、代わりにおれを遣《つか》いに出したんだい？》

《ノイシュ＝パは、非常時以外にあれを使いたがらないもんでな》
《今度のは非常事態じゃなかったのかい？》
《ああ。それと、おまえには離れててもらいたかったんだ。おれが愚かなふるまいをできるように》
《なるほど。で、そうしたのかい？》
《ああ。しかも、うまくやってのけた》
《へえ。それって、すべてうまくおさまったってことかな？》
祖父がカウティと話しあっている書斎のほうを、おれはかえりみた。
《たぶん、そうじゃなさそうだ。だが、そいつはおれの手でどうこうできるもんでもない。これが片づくころには、たぶんおれは死んでると思ったもんで、誰かカウティの面倒をみてくれる者にそばにいてほしかったんだ》
《けど、ハースの件は？》
《証人がいる前で、やつはおれをほうっておくと約束した。ともかくも、何週間かは誓いを守るだろう》
《で、そのあとは？》
《ようすを見るほかないな》

17

〝ハンケチ一枚――洗濯のうえ、アイロンをかけてたたむこと〟

翌日、アドリランカ南域から兵が撤退したという報告を受けた。カウティは戻らなかった。もっとも、本気で期待していたわけでもない。

気をまぎらすべく、おれは近所を散歩に出かけた。このばかげた騒動がはじまるまでと同じ程度には危険が過ぎ去ったことを、うれしく感じはじめたところだった。長くはつづかないかもしれないが、楽しめるうちに享受しておこう。おれは自分の縄張り《シマ》より先まで足を伸ばした。散歩があまりに心地よかったからだ。普段は訪ねることもない酒場に何軒か寄り道し、それもまた楽しんだ。たいした問題にはなるまいが、あまり酔いすぎないよう気をつけておいた。

はるか昔に訪ねたあの占い師の店先を通りかかり、はいってみようかとも思ったが、やめておいた。しかしながら、あのときのことを思い出して、大金をどうすべきかという問題にふたたびたちかえった。カウティに城を買ってやることがないのははっきりしている。

たとえおれのもとに戻ってきたとしても、もうカウティが城を欲しがるとは思えない。それに、ジャレグ家の高位の身分を購《あがな》うというのもばかげたことに思えた。となると、残るは——

そんなとき、解決の策がひらめいた。

最初の反応は笑いだすことだったが、今では、どんな策であっても笑いとばせる余裕などおれにはない。それに、通りのまんなかでいきなり笑いだしたりしたら、ばかげて見えるだろう。しかしながら、考えれば考えるほどうまい策のように思えてきた。ハースの側にとっても、それは同じだ。つまり、ケリーがいったように、あの男はあやうくつぶれかかっていたわけだ。これならやつは無事に生きていけるし、やっとしてもおれを殺す必要がなくなる。

おれの側から見れば、ことはもっと単純だった。もちろん、統治上の問題がいろいろ生じるだろうが、少しくらいの問題ですむならありがたいくらいだ。ふうむ。

なんの面倒も起こらないまま、おれは散歩を終えた。

二日後、おれは執務室に坐り、営業の再開にともなう細々《こまごま》とした問題や、ほかにもあれこれととりかかりはじめていた。そんなところへ、メレスタフがはいってきた。

「どうした？」

「たった今、ハースから使者がやってきまして、ボス」

「ほう、そうか。なんといってきてる？」

「答えは〝了承する〟だそうです。なんのことかはボスがご存じでしょうからと。返事を待ってますぜ」

「ほう、驚いたな」おれはつぶやいた。「ああ、なんのことかわかってるとも」

「ご指示は？」

「ああ。保管室に行って、帝国金貨五万枚を引き出してこい」

「五万枚、ですって？」

「そのとおり」

「ですけど――わかりました。で、どうするんです？」

「そいつを使者に渡してくれ。つき添いも手配しろ。ちゃんとハースのもとに届くようにな」

「わかりました、ボス。おっしゃるとおりに」

「それがすんだら、ここに戻ってこい。いろいろとやることがあるぞ。それと、クレイガーも呼んでくれ」

「わかりました」

「おれならここにいるが」

「はぁ？　おお、そうか」

「どうなってんだ？」

「おれたちの望んでたものだよ。売春宿が手にはいった。店は閉めるか、改装しないといけないがな。暴力沙汰は一切とりやめにする。それと賭博場や故買屋、ほかの小さな店はそのままでいい」

「うまくいったってことか？」

「ああ。たった今、おれたちはアドリランカ南域を買い取ったんだ」

その晩遅く、家に戻ってみると、カウティがソファで眠りこんでいた。彼女の寝顔を見おろす。彼女の黒い黒い髪は乱れ、ほっそりした気高い顔にふうわりとかかっている。室内にたった一つ点《とも》されたランプの灯りを受けて頬骨がきわだち、すうっと伸びた眉は、眠りのうちにも眉間にしわを寄せている。まるで、夢のなかで告げられた何かに当惑しているかのようだった。

それでも、カウティはひどくきれいだ。彼女を見ていると胸が痛んだ。やさしく揺すり起こす。カウティは目をあけ、かすかに微笑んで起きなおった。

「あら、ヴラド」

おれも隣に腰をおろす。ただし、あまり近づきすぎないように。

「よお」

カウティは何度かまたたいて、眠気を追い払った。少しして、カウティがいった。

「ノイシュ＝パと長いこと話したの。それこそは、あなたが望んでたことなんでしょ？」

「おれにはうまく話せないってわかってた。おれには無理でも、ノイシュ＝パならうまく話してくれるんじゃないかと思ってな」

彼女はうなずいた。

おれがつづける。「そのときのことを、おれに話す気はあるか？」

「さあ、どうかしら。もうずいぶん前のことだけど、あたしがあなたにいったこと、あなたがどれほど不幸で、それはどうしてなのかってことだけど、あれはやっぱりみんな本当だと思うの」

「ああ」

「それと、あたしがしてること――ケリーたちとの活動――は正しいと思うし、これからもつづけるつもり」

「ああ」

「けれど、それですべての疑問にこたえられたわけじゃない。こうしようって心にきめたとき、それですべてが解決できると思ってた。そうしてあたしは、あなたをひどい目にあわせたのね。ごめんなさい。あの活動をはじめたからって、それでほかの生活が終わりになるわけじゃない。ケリーたちと活動してるのは、それがあたしの務めだから。けど、それで終わりじゃないのね。あたしには、あなたに対しても務めがある」

おれは視線を落とした。彼女がそれ以上何もいわずにいたから、おれのほうからいった。

「それがおまえの務めだからって理由だけで、おれのもとに戻ってほしいとは思わない」

カウティがため息をつく。「あなたのいってる意味はわかるわ。ううん、あたしのいってるのはそういうことじゃないの。問題なのは、あなたのいうとおりだったってこと。あのことは、あなたに前もって話す〝べき〟だった。けど、そんな危険は冒せなかった――あたしたち二人の関係を危険にさらすなんて。あたしのいう意味、わかってもらえる？」

おれは彼女をじっと見つめていた。そんなことなど、これまでおれが考えもしなかったことはおわかりいただけようか？　つまり、おれ自身がそれを怖れ、不安に思っていたのはわかっている。だが、〝カウティ〟も同じように思っていようとは考えてもみなかった。

おれはいった。「おまえを愛してる」

カウティが腕を広げたから、おれは身を寄せて彼女に腕をまわし、抱きしめた。しばらくして、おれはいった。「戻ってきてくれるか？」

「そうしたほうがいいの？　あたしたちには、まだ解決すべきことがたくさん残ってるわ」

おれはついさっきの買い物のことを考え、くっくっと笑いだした。「おまえはその半分もわかってない」

「えっ？」

「ついさっき、アドリランカ南域を買い取ったんだ」

彼女はまじまじと見つめた。「アドリランカ南域を〝買い取った〟ですって？　ハースから？」

「ああ」

カウティは何度も首を横に振っていた。「そうね、あたしたちには話しあうべきことがあるみたい」

「カウティ、これでおれの命は救われたんだぞ。それって、なにも――」

「今はよして」

おれはそれ以上何もいわなかった。

少しして、カウティがいった。「今のあたしの心はきまってる。ケリーや〈東方人〉やテクラとともにあるの。そのことをあなたがどう感じるかは、今もよくわからないけど」

「おれもだ。おまえがまたここでいっしょに暮らすようになったら、問題が容易になるか、かえってややこしくなるのか、おれにもわからない。おれにわかってるのは、おまえがいないとさみしいってことと、おまえなしに眠るのは心が痛むってことだけだ」

カウティはうなずき、そしていった。「あなたがそう望んでるなら、戻ることにする。それで、どうなるのかはっきりさせましょ」

「そうしてほしい」

それ以上派手に祝福するでもなく、おれたちはただ抱きあっていた。それこそがおれにとっての祝福だった。そのときおれが彼女の肩にこぼした涙の粒は、予期せぬときに釈放された死刑囚の笑い声のように、清らかで純真なものだった。

この喩《たと》えは、ある意味で、そのときのおれをひどくうまいことといいあてていた。

訳者あとがき

「今日までのあらゆる社会の歴史は、階級闘争の歴史である」とはマルクス／エンゲルスの有名な一節だが、ドラゲイラ帝国の社会においてもこれはあてはまりそうだ。

第三作となるこの『虐《しいた》げられしテクラ』は、一巻目の数週間後からはじまる。ある重要な〝仕事〟を成し遂げたことによって大金を手にしたヴラドはその使い道をきめかね、占い師に未来を問う。そうして老占い師から聞かされたのは「事業を拡大するとなれば、強大な組織が崩れ落ちよう」という託宣だった。ばかばかしくなって席を立つヴラドに、今度は見知らぬ男が声をかけてくる。「あなたにうってつけの〝仕事〟があるんですが」と。

こんなプロローグからはじまる物語は、前作までと同じように、新たな〝仕事〟をめぐってジャレグ家組織内での抗争が描かれていくかにみえるが、ことはそう簡単ではない。つづく場面において、優雅にワインを飲みかわしながら妻と大金の使い道について語りあうヴラドのもとに新たな訪問客があらわれ、そこから事態が大きくうねりだす。

そうしてはじまったヴラドの苦渋の日々が、各章の題辞にあるとおり、主人公の身につけている衣服の汚れとして蓄積されていく。それをいかに洗浄し、最後に話を折りたたむのかというのが本書の見どころだ。

さて、ご一読されればわかるとおり、本書は前作までと明らかに趣《おもむき》を異にしている。作品全体に暗い影がさしていて、主人公はいつになく陰鬱なムードで葛藤《かっとう》をつづける。そのためか、この第三作は本国であまり評判がよくなかった。これをシリーズ中でもっとも好きでない作品として挙げる者も少なくない。だが、作者ブルーストの物語作家としての力量ははっきりと向上しているし、そもそも彼の意図は、前作までに確立されてきた展開を踏襲することになどない。

作者の言によれば、この三作目にして、ヴラド・タルトシュの物語をはじめてシリーズとしてとらえる気になったのだという（あれだけ伏線をちりばめておきながら――という気はするが）。そして、シリーズであるためには、主人公がこのままのうのうと暮らしつづけるべきでないし、それこそは作者自身が創作に倦《う》むことなく今後も書きつづけていくため必要な岐路であったらしい。そのへんの是非はともかく、本作品によってシリーズのゆくえが大きな変転を遂げたことは間違いない。

ところで、今回のタイトルになっているテクラだが、作者によれば、これは汽水性の沼沢地に生息する小型の野ネズミであって、臆病さと多産を象徴しているという。彼らテクラ家は帝国内で最大の人口をかかえ、その大半が農村に住まうが、都市部においても最下層の貧民として蔑《さげす》まれつつ日々を過ごしている。ドラゲイラ十七大家にあって彼らだけは貴族階級をもたず、望みさえすれば誰でも彼らの家に加わることができる。テクラ家が〈帝珠〉をとるときは共和制を敷き、その遂行は革命によるほかないらしい。

本書において、彼らテクラ家と、同じくドラゲイラ社会の最下層をになう〈東方人〉とが、ある事件を契機に蜂起するわけだが、彼らの目的は〈帝珠〉をとってみずから統治することにはない。帝国というシステムそのものを破壊し、彼らにとってよりよい社会をつくらんと企図している。それこそは革命による共産的社会の実現ということだろう。

ここで、冒頭に引用したマルクス／エンゲルスに話題を戻そう。革命運動組織の指導者、パドライク・ケリーがヴラドと交わす言葉の端々《はしばし》に、マルクス／エンゲルスとよく似た主義主張がにじみ出ている。明らかに作者は、マルクスとエンゲルスを、ケリーともうひとりの協力者フランツに投影しているものと思われる。マルクスは若い時分に詩人を志し、フランスの二月革命について歴史書なども残しているし、実質的に革命家というよりは書斎のひとである。このケリーも同じく歴史書を記しているし、詩歌に造詣が深く、どちらかといえばおもてだたず書斎にこもりがちだ。いっぽうのエンゲルスは資本家の長男として生まれ、家業を継いでせっせと資金を稼ぎ、それをマルクスの家族や運動のために投資しつづけた。そしてマルクスの死後には、みずから彼になりかわって社会科学の啓蒙のために奔走しつづけたひとだ。こうしたところも、活動のため前線に立ちつづけ、あらゆる行為にかかわってきたがゆえに犠牲となったフランツと重なって見える。

もちろん、小説中の登場人物に実在した個人を重ねあわせることなど無粋であろう。しかしながら、ここでマルクス／エンゲルスの名を出したのはけっして故《ゆえ》ないことでもあるまいと思う。作者にとっての二作目となる *To Reign in Hell*（1984）は天使たちの反乱騒ぎを描いたものであったし、のちにエマ・ブルとの共著として書かれた *Freedom and Necessity*（1997）は、ずばりエンゲルスの発言（元来はヘーゲルの引用だが）を書名としたもので、実際にエンゲルスも脇役ながら登場している。作者が若き日から彼らの主張に関心をもっていたのは間違いなく、さらに踏みこんでいえば、エンゲルスのほうにより親近感をおぼえていたようだ。それは、大言壮語を振りかざすケリーよりも、行動のひとフランツのほうがやや好意的に描かれているあたりからもうかがえよう。

それはそうと、本書にはほかにもいくつか指摘しておきたい点がある。まずは、ミステリとの関わりでいえば、〈タルトシュ〉シリーズとロバート・B・パーカーの〈スペンサー〉シリーズとの類似性を指摘する声も少なくない。どちらも一人称の主人公が都会的なしゃれた軽口をたたくうえ、仲間と協力しつつ作戦を遂行していくところや、主人公が料理好きなところなども共通している。そして〈スペンサー〉シリーズでも、（本書と同じように）主人公の恋人が離れていってしまう時期があって、スペンサー・ファンを大いにやきもきさせたものだ。作者ブルーストは意識的にこうした展開を踏襲しているらしく、彼の別作品においてはパーカーの作品が言及されていたりする。ファンタジイとミステリをともに好む読者なら、いろいろと比較してみるのも一興かもしれない。

それから、この巻において「カヴレン」という人物がはじめて登場することは特記しておくべきだろう。もちろん彼こそは、〈カヴレン〉シリーズ（第一巻の訳者あとがき参照）の主人公となる男だが、ヴラドと邂逅《かいこう》をはたす場面では、ただの気むずかしい老将といった印象だ。ところが前史〈カヴレン〉シリーズにおいては、まさしく「ダルタニャン」顔まけの、はつらつとした、機知に富む若者として登場する。ちなみに、彼はティアサ家だ。本書冒頭に出てくる占い師も同じくティアサであったが、彼らティアサは霊感と発想に富み、周囲の触媒となって事件をかきたてる性質がある。ダルタニャンがドラゲイラであったなら、ティアサ家をおいてほかに考えられそうにない。

そのほかにも、過去の事件がさりげなく語られていたりするのだが、こちらはいつか〈カヴレン〉シリーズを読まれたなら、はたと膝を打つことになるだろう。

はてさて、本書で生じたヴラドとカウティのあいだの亀裂はかろうじて修復されたようにも見えるが、それですべてが解決できたわけではない。今後、さらなる大事件へと発展して、ヴラドははっきりと自身の未来を選択しないといけなくなる。それはもちろん四巻で語られて……いくと思われるだろうか？　だとしたら、あなたはまだスティーヴン・ブルーストという作家をわかっておられない。彼は、なによりも読者の予想をくつがえすことを無類の楽しみにしているのだから。

すなわち、四巻目ではまたしても過去が語られることになる。そう、シリーズ最初期の、ヴラドが縄張りを手に入れた直後のこと、そしてマローランやアリーラとの出会いが。これは〈スペルブレイカー〉を手に入れる話でもあり、〈死者の道〉に分け入る話でもある。シリーズ中もっとも変化に富んだ物語で、この作品をお気に入りとして押すファンも多い。

ここで、私的な話を少しさせてもらおうと思う。

訳者がこのシリーズに出会ったのはもうずいぶん前のことになる。当時はまだ翻訳業に手を染めてもおらず、世界をあてもなくうろつきまわる、一ファンタジイ愛好者にすぎなかった。そんなころこの作品と出会い、たちまちスティーヴン・ブルーストという作家の魅力にとりつかれた。そして、彼の作品がまだ日本でまともに紹介されていないことに驚き、いつの日か自分の手で翻訳したいと望むようになった。それ以来、何人かの編集者にこの作家を薦《すす》めてきたのだが、なかなかいい感触を得られないまま歳月は過ぎていった。

そんなおり、ひさしぶりに再会したある人物に相談すると、このシリーズを大いに気に入ってくださった。そうして氏の尽力もあってなんとか出版までこぎつけたわけで、氏の存在なくしてはこの作品が日本の読者の目に触れることはなかったかもしれない。

数年前に、原書ではシリーズ初期の三作がまとめて一冊本（*The Book of Jhereg*）として再刊されていたため、翻訳のほうも、まずは三作目まで間をおかずに出版する経緯となった。が、いまも書いたとおり、シリーズは今後もつづいていくし、本巻はその序章でしかない。わが国でこの先も刊行がつづくかどうかは読者諸賢の熱意いかんにかかっている。

「全国のファンタジイ愛好者よ、団結せよ！」——というか、なにとぞご支援のほどを。

訳者略歴　1969年生，1992年明治大学商学部商学科卒，英米文学翻訳家　訳書『錬金術師の魔砲』キイズ，『ロズウェル／星の恋人たち』メッツ，『エルダ 混沌の〈市〉』フィッシャー，『策謀のイェンディ』ブルースト（以上早川書房刊）他多数

HM=Hayakawa Mystery
SF=Science Fiction
JA=Japanese Author
NV=Novel
NF=Nonfiction
FT=Fantasy

虐《しいた》げられしテクラ

〈FT419〉

二〇〇六年七月十日　印刷
二〇〇六年七月十五日　発行
（定価はカバーに表示してあります）

著者　スティーヴン・ブルースト
訳者　金《かね》子《こ》司《つかさ》
発行者　早川浩
発行所　株式会社　早川書房

郵便番号　一〇一－〇〇四六
東京都千代田区神田多町二ノ二
電話　〇三－三二五二－三一一一（大代表）
振替　〇〇一六〇－三－四七七九九
http://www.hayakawa-online.co.jp

印刷・星野精版印刷株式会社　製本・株式会社川島製本所
Printed and bound in Japan
ISBN4-15-020419-5 C0197